中國古典文學基本叢書

王惲全集彙校

第五册

〔元〕王惲 著
楊亮 鍾彦飛 點校

中華書局

王惲全集彙校卷第三十四

七言絶句　附六言、三五七言

讀漢武帝外事七詩①

汾水西風岱頂柴，侈辭稱自馬遷開。誰知留謗千年後，還向班生筆底來。

瀟颯神飆下寢園，玉衣晨舉馬嘶煙。不容夢語加明譴，應是千金漢相賢。

白髮劉郎一帝巫，老方服食悟前圖。首言要格君心妄，萬古鄒卿一大儒。

太一蓬仙杳不聞，龍輿三駕海東雲。明知求訪終無驗，才悟文成又少君。

嬴傑而顛徹黷兵②，較來遺迹不多争。戾園甘分秋風裹③，流血争教到市氓。

鵁艦龍旗照水開，昆明都試想雄材。眼中不惜肌膏盡④，博得西南枸醬來⑤。

晝獵南山夜不歸，白龍幾中豫且危。論功正有高皇約⑥，不爲諸孫濟所私。

【校】

①「七」，元刊明補本作「回」，抄本作「四」；薈要本作「七」；四庫本脱。

②「嬴」，抄本、四庫本同元刊明補本；薈要本作「秦」。「徹」，抄本同元刊明補本；薈要本作「漢」；四庫本作「武」。

③「戾」，抄本同元刊明補本；薈要本、四庫本作「内」。

④「惜」，薈要本、四庫本同元刊明補本；弘治本作「惜」，形似而訛。

⑤「枸」，弘治本、薈要本、四庫本作「拘」，形似而誤。「醬」，弘治本同元刊明補本；薈要本、四庫本闕。

⑥「約」，弘治本同元刊明補本；薈要本、四庫本作「帝」，非。

二喬觀史圖

二喬絶豔煽江東，一札龍韜閲未終①。多是周郎傳報捷，華容燒虜夜來空。

【校】

①「閲」，弘治本同元刊明補本；薈要本、四庫本作「閼」，非。

劉永年棘兔

周身有術無牙角，出没中林草棘深。幸自得沾閑静處，枉將陰巧見機心。

神明之後管城封，埋骨詩書有駿功。原野暖煙三穴樂，緣雲無夢入蟾宫，

月中搗藥伴蟾蜍，嘯傲秋風桂影疏。今日棄捐茆棘底，免冠甘謝不中書①。

【校】

①「廿」，元刊明補本作「廿」，形似而誤；薈要本、四庫本作「申」；據弘治本改。

旅獒圖①

厖然纖氄褐毛鮮②，閃閃蒼精照帝軒。誰爲此監楊得意，一言曾達漢文園。

何人刺繡旅獒圖，慘淡風煙較獵餘。不寶珍奇安遠邇，至今人味召公書。

【校】

①「獒」，弘治本、四庫本同元刊明補本；薈要本作「熬」，形似而誤。

②「纖」，弘治本同元刊明補本；薈要本、四庫本作「織」，形似而誤。

風雪藍關圖

天威不遠雷霆迅，雪擁藍關惜自傷。不似老坡南竄夜，一天風露縱浮航。

兇鋒笑折王庭湊①，赤手嬰鱗撼憲皇②。可惜堂堂忠義氣，枉將衰朽托吾湘。

【校】

①「湊」，弘治本、四庫本同元刊明補本；薈要本作「奏」，俗用。

②「撼」，弘治本同元刊明補本；薈要本、四庫本作「笑」，非。

庚子歲門帖子

庭驚爆竹驅儺鬼，門掩春風貼畫雞。戀闕心丹老猶在①，夢中來趁筍班齊。

【校】

①「心丹」，弘治本同元刊明補本；薈要本、四庫本作「丹心」。

庚子元日即事

春融官閣梅仍好，暖透牆陰雪盡消。長記紫宸朝退後，洋洋猶説太師詔。

覓酒

正月三日皆風色陰寒

門外風霾障日昏，地爐吹火發春温①。牀頭説有青藤釀，好遣麻姑送一樽。敬甫英豪蓋代聞，三年幸得作比鄰。閑來屈指從頭數，得見青瓶有幾人。時以佳酒貯青瓶來貺②。

【校】

①「爐」，弘治本、薈要本同元刊明補本；四庫本作「壚」，偏旁類化。

②「貺」，弘治本、薈要本、四庫本作「貯」。

題文殊院壁

吴僧久住文殊院，千里東歸未有涯。十二通衢春雪滿，又攜藜杖去誰家。

跋梁中憲無盡藏手卷四首

人物風流晉永和，一樽觴詠百年歌。邇來水檻中台宴，更比當時樂事多。

長橋春露濕吟鞋，共警時思怵惕懷。只爲一終天理在，晚香何有百花崖。

鐘鼓山林窮勝事，衣冠韋杜似樊川。一門顯允稱多士，野老猶能説定年。

馬頭旌旆八騶行，劍佩鏘鏘尹維京①。特就房山巖畔月，百花潭水濯冠纓。

【校】

①「鏘鏘」，元刊明補本、弘治本作「璐璐」，據薈要本、四庫本改。「維」，弘治本作「雒」；薈要本、四庫本作「洛」。

海岸古木圖

古木螭蟠鬱有華，輪囷奇崛欲誰誇。何年海藏龍宫使，推出秋風八月槎。

題肅齋詩卷①

坐如泥塑程明道②，笑比河清孝肅公。一字名齋見操守，儼然思有古人風。

外自形骸内自心，敬恭交養理尤深。用功不必求他説，細讀西山夜氣箴。

【校】

①「肅」，弘治本同元刊明補本；薈要本、四庫本作「蕭」。

②「坐」，弘治本同元刊明補本；薈要本、四庫本作「生」。

再題梁氏無盡藏

月白風清世不知，園林鐘鼓想當時。萱堂此日南陔樂，又見肩輿拜慶詩。

洹水郎山雨露春，江山如畫見横陳。世臣喬木千年事，長配先生德日新。

吴郡張總管代輸民租手卷

吴郡張矦潤屋餘，歲供民賦濟貧居。二十四考中書令，此樂融融未必如。

庚子歲冬與僧印相對見其頗瘦戲作一詩相贈

雲往青天水在瓶，禪關終日不曾扃。莫疑磨衲松形瘦，午夜吹燈唱佛經。

又題遠僧定禪

東林法第隱峨嵋，風雨中途避樹枝。千劫塵緣終共盡，枉將公案詫神奇①。

【校】

①「詫」，弘治本、薈要本同元刊明補本；四庫本作「詑」，形似而誤。

題王國祥適安齋詩卷

神光仰面溢流東，睡起東窗日已紅。適意有詩樽有酒，曉猿休訝草堂空①。

斷崖煙隔回逋駕②，山鳥山花樂亦佳。一夜山靈來軟脚，盡分空翠濕吟鞋。

起居有道適之安③，況復山人已考槃。辛苦東曹馬觀復，簿書燈火五更寒。

兕鋒北折恒山逆，鰐暴南移窟宅空。天地此身無定在，適安何似一盤中。

馬卿來索適齋詩，終歲思歸未得歸。羨殺昌黎盤谷敍，山林長往最知機。

【校】

①「猿」，抄本同元刊明補本；薈要本、四庫本作「堂」，涉下而誤。

②「逋」，抄本同元刊明補本；薈要本、四庫本作「通」，形似而誤。

③「適」，抄本、薈要本同元刊明補本；四庫本作「遭」。

呈德昌郎中

太平朝野足娛懽①，漢日舒長省府閑。前日景陽臺上讌，一堂絲竹兩東山。

江山大筆硬盤空，誇海歸來不自雄。紅藥滿階春露濕，看君給事大明宫②。

沉沉宫漏出華遲③，曉日雲籠簇仗齊④。前日彤庭青瑣客，只今騎馬欲雞棲。

【校】

①「懽」，抄本同元刊明補本；薈要本、四庫本作「歡」，亦可通。按：字從忄、從欠義多可通。懽、歡，同。後依此不悉出校記。

②「宫」，元刊明補本作「官」，形似而誤；據抄本、薈要本、四庫本改。

③「華」，抄本、四庫本同元刊明補本；薈要本作「花」。

④「籠」，元刊明補本、抄本作「籠」，偏旁類化；據薈要本、四庫本改。

蘭陽僧榮説昔開汴河得入定隋僧今移葬寶相藏寺前殿趾下手爪纖長纏繞兩胯或問彌勒下生否未也榮説寺中見有碑記①

漢家習戰鑿昆明，劫火留灰憶見曾。誰謂大梁蘭若底，土中入定有隋僧。

【校】

①「開」，抄本、薈要本同元刊明補本；四庫本作「聞」，形似而誤。「今」，抄本同元刊明補本；薈要本、四庫本作「令」，形似而誤。

錢舜舉桃花黄鶯圖

金衣公子絳桃芳，飛下喬林過錦江。細按玉琴能巧囀，絳紗高捲薛濤窗。

壽陽公主折梅圖

滿庭梅影媚春陽，粉萼封香散麝囊。折得一枝春在手，含章宫閤鬥新粧。

寶檐幺鳳探芳叢①，瓊蕊飛翻入卧中。一自粉綿輕拂散②，暗香吹滿壽陽宫。

【校】

①「幺」，元刊明補本作「公」；薈要本、四庫本作「么」；據抄本改。

②「綿」，抄本同元刊明補本；薈要本、四庫本作「痕」。

題武教授峨嵋山溪堂圖

野水林塘淡欲秋，日長繒繳在沙頭。故山咫尺峨嵋外，未礙因人作遠遊。

張金吾慎獨堂

赤丸夜語飛電如①，徼巡誰猛張金吾②。能於不覩不聞際，一妄纔生制得無。

【校】

①「夜」，抄本同元刊明補本；薈要本、四庫本作「下」，非。

②「誰」，元刊明補本、抄本作「誰」，薈要本、四庫本作「雄」。

中和堂

草隨風偃理之常①，況是京師首善鄉。聞説開元天子聖，羽林多半授經郎。

【校】

①「常」，抄本、四庫本同元刊明補本；薈要本作「長」，聲近而誤。

慶壽東西二橋

慶壽精藍丈室前松蕤盈庭，景氣蕭爽，嘗引流水，淲鳴其間，東西梁貫，以通往來。今水湮橋廢①，止存二石屏，上刻「飛渡橋②」、「飛虹橋」六字。筆力遒婉，勢若飛動，有王禮部無競風格，寺中相傳亡金道陵筆也③。主僧西雲安公喜作詩，通書學，以無礙妙辯，現當機應身，軒露頭角，價重統堂。緬懷遺迹，修護珍惜④，屬秋澗翁作詩讚嘆，傳示後來。謹賦二絶奉答雅意，秋澗王惲和南。

花木禪房逕窈通⑤，卧波曾覩未雩龍。摩挲一片西山石，依舊宸奎照碧松。

飛渡飛虹總舊名，玉淵無復繞松棚。偶投静境便僧話，指顧瑶鐫説道陵。

【校】

①「湮」，抄本、薈要本同元刊明補本；四庫本作「堙」，亦可通。

②「橋」，元刊明補本、抄本脱；據薈要本、四庫本補。

③「亡」，抄本、薈要本同元刊明補本；四庫本作「昔」，妄改。

④「護」，抄本同元刊明補本；薈要本、四庫本作「讓」，形似而誤。

⑤「花」，抄本、薈要本同元刊明補本；四庫本作「化」，俗用。「窈」，抄本同元刊明補本；薈要本、四庫本作「竊」，非。

半山石詩

一拳山骨動溪神，小字金書爽醉魂。竊吹濫巾非我事，約公同賞謝家墩。

荆公精舍定林居①，蔣廟相過恰半途。不憶半山亭上石②，溪光一夕照吾廬。

【校】

①「荆」，抄本同元刊明補本；薈要本、四庫本作「王」。

②「憶」，抄本、薈要本同元刊明補本；四庫本作「意」。「亭上石」，抄本同元刊明補本；薈要本、四庫本作「亭下路」。

農里歎 并序

至元廿八年秋九月，檢視水災，趙之東偏自平丘至劉村渡凡一十一處。因老農問答，集爲十絶句，庶以見農家有終歲作苦，卒至於無成者，可哀也哉！作《農里歎》，其辭曰：

今歲馮夷勢蹇驕，漫流西岸不知遥。枯槎聚沫猶然在，時見田間擁樹腰①。

洨水南來接泜滹②，兩河會合泛田廬。官來檢驗承尊重，所望申圓早得除。

寧晉東南舊馬頭，今年秋稼被災稠。至今田畯揚旌處，猶作長河水漫流③。

漲痕到處盡翻耕，壟畝縱横宿麥青④。馬首野人争説似，肯教欺昧老提刑。

薄有田疇在遠坰，近村減掩不能耕⑤。今年已損秋禾了，庶望來年麥有成。

野漲平田一漫蒼，只緣溝澮失隄防。田廬相近初無礙，賴有莊東白草岡。

馳傳東來相水災，並河村分盡俱該⑥。莫疑詢訪多諄複⑦，切恐文移不細開⑧。

每年秋漲賴横堤，水縱漫堤尚害微。近爲鹿城偷堰破⑨，放交流潦到柴扉⑩。

每歲災傷走吏曹，何嘗南陌到東皋⑪。正緣事重人微甚，特遣官來慰爾勞。

穀穗虚穰草色熏，滿前堆積漫如囷。一餐到口還無濟，辛苦田間力稼人。

火雲六月旱爲災⑫，嘉穀方苗大水來。老牸瘦來無可飼，放教河底嚙枯荄。

辛苦農民上所哀⑬，況遭今歲水爲災。得除與否渾閑事，最喜分司檢踏來。

【校】

①「間」，抄本、四庫本同元刊明補本；薈要本作「家」，非。

②「洨」，抄本、四庫本同元刊明補本；薈要本作「交」，俗用。「泜」，元刊明補本闕；薈要本、四庫本作「北」；據抄本補。

③「水」，元刊明補本、弘治本作「一」，據薈要本、四庫本改。

④「壟」，弘治本同元刊明補本；薈要本、四庫本作「隴」，亦可通。後依此不悉出校記。

⑤「掩」，元刊明補本、弘治本作「埯」，形似而誤；據薈要本、四庫本改。

⑥「並」，弘治本、四庫本同元刊明補本；薈要本作「瀕」。

⑦「複」，弘治本同元刊明補本；薈要本、四庫本作「復」，亦可通。後依此不悉出校記。

⑧「切」，弘治本、四庫本同元刊明補本；薈要本作「竊」，亦可通。後依此不悉出校記。

⑨「堰」，弘治本、四庫本同元刊明補本；薈要本作「眼」，聲近而誤。

⑩「流潦」，弘治本同元刊明補本；薈要本作「潦流」；四庫本作「潦溜」。
⑪「嘗」，弘治本、薈要本同元刊明補本；四庫本作「當」，形似而誤。
⑫「爲」，弘治本同元刊明補本；薈要本、四庫本作「如」，非。
⑬「上」，弘治本、薈要本同元刊明補本；四庫本作「尚」，聲近而誤。「所」，弘治本同元刊明補本；薈要本、四庫本作「可」，非。

責備

利爲人後責居先，子細評來不苦偏。鄭重左山親有語，天心責備最相憐。

相鄉懷古

整整唐旗向日開，賊兵來陣亦雄哉。膽寒已落銀刀手，不待騎河百戰來。

泜水

倚空趙壁漢旗殷，褫魄南隨逝水寒。自是炎劉方爾熾，不應儒將責成安①。

【校】

①「責」，弘治本同元刊明補本；薈要本、四庫本作「貴」，形似而誤。

題趙總尹書堂

趙氏諸郎玉不如，籯金雖貴樂三餘。朝來放眼芸香閣，信有人間未見書。

河内許生希顔願而有立志予在襄國問學者月餘及其行也求一言爲訓故書此以貽之

筮仕常深未信懷，孔門惟有漆雕開①。治平果得真知理，青紫何愁俯拾來。

【校】

①「雕」，元刊明補本、弘治本作「彫」，據薈要本、四庫本改。

題陳居士歸真谷圖三首①

林下山間本寂寥，只緣久動思漁樵。君看白首争名者，穰穰依前滿市朝②。

桂樹巖幽謾見招，風煙圖畫儘高標。一從五柳歸來後，此事人間久寂寥。

舉世誰能未老閑，風煙空對畫圖間。應憐心遠陳居士，杖屨西山夢往還。

【校】

①「谷」，薈要本、四庫本同元刊明補本；弘治本闕。

②「穰穰」，弘治本、薈要本同元刊明補本；四庫本作「攘攘」，亦可通。

松林秋月

萬壑松聲月色開，夜深清景湛靈臺。放懷不爲樽中醁，坐聽蒼髯説法來。

題劉道濟所藏石屏

石中乃有此奇雯①，來策臨池障墨勳。絶似雞鳴南下望，桑乾東捲入寒雲。

【校】

①「雯」，弘治本同元刊明補本；薈要本、四庫本作「文」。

過寧晉北陳村題陳節齋故居草廬壁

皎皎丹心與義俱，要須身外更無餘。截然不負平生志，依舊陳村一草廬。

生死分岐又六年，野煙行入北陳阡①。不煩更聽山陽笛，老淚臨風已泫然。

【校】

①「北」，薈要本、四庫本同元刊明補本；弘治本作「比」，形似而誤。

過後趙右侯張賓墓

自擬籌兵借節倫，品量何必果誰親。風雲慘淡龍蛇裏，獨識將軍亦可人。

一劍横談動世龍，掃除河朔晉爲空。運歸曾不論夷夏，乾没并門坐嘯功。

勒遇光皇竝駕先①，右侯端有子房賢。一時瀟洒君臣契，虎視鷹揚豈偶然。

【校】

①「竝」，弘治本同元刊明補本；薈要本、四庫本作「並」，亦通。按：竝、並。古今字。後依此不悉出校記。

鉅鹿懷古

寰宇記平鄉秦鉅鹿也項王解趙圍於此

鐵鎖秦圍一戰開，羣雄稽顙拜平臺。君王邂逅東城敗，驕氣須知自此來。

趙圍纔解已亡秦，六合風雲霸業新①。逆取不思須順守，嘔嘔空抱婦人仁②。

【校】

①「風雲」，弘治本同元刊明補本；薈要本、四庫本作「雲風」，倒。

②「嘔嘔」，弘治本同元刊明補本；薈要本、四庫本作「區區」。

沙丘懷古

一從奇貨落韋機，秦自莊襄統已非。大寶前依王命論，牛當馬後一何微。滈壁投來讖已真，沙丘臺下位宫臣。事機説到還元處，造物於中太戲人①。

【校】

①「太」，弘治本同元刊明補本；薈要本、四庫本作「天」，非。

時苗墓

苗魏人官壽春滿留犢寰宇記云墓在平鄉縣東北二十里至今二村以時南時北爲稱①

典郡風流若可稱，當官明允復冰清。來時孤牸歸遺犢，卻恐存心似近名。

笑卻青鳧取大錢，去留黃犢縣門邊。就中處置人情近，似覺山陰守更賢。

【校】

①「犢」，弘治本、四庫本同元刊明補本；薈要本作「牘」，形似而誤。「記」，元刊明補本作「紀」，非；據弘治本、薈要本、四庫本改。

苦熱

炎官令虐不容安①，背汗翻漿厭午餐。遥憶百門山下水，玻璃盆面萬珠寒。

【校】

①「令」，弘治本同元刊明補本；薈要本作「肆」；四庫本作「人」，非。

沙丘懷古

六國平夷甚虎狼，擬從一世到無疆。誰期五十餘年後，生處元來是死鄉。

擬就靈仙不死期，翠華拂面事皆非。須知一把亡羊火，望望驪山待汝歸。

萬靈訶護駭東巡①，一死沙丘等棄焚。不直鮑車曾臭惡②，萯陽宫事儘腥聞。萯如字，花名王萯③，四月開。見《廣韻》。

陌上行人去不還，眼中貙虎滿朝班。齊雲樓下陂陀血，紅比龍袍色更殷。右讀《唐昭宗紀》。

東就梁營怒重岐，傾危何翅託苕枝④。日斜袖搭欄干曲⑤，花滿春宫去住時。

【校】

①「駭」，弘治本同元刊明補本；薈要本、四庫本作「到」。

②「臭」，弘治本、薈要本、四庫本作「具」，形似而誤。

③「王」，弘治本、薈要本、四庫本作「玉」，形似而誤。

④「翅」，弘治本同元刊明補本；薈要本、四庫本作「處」。「枝」，元刊明補本、弘治本作「衼」，形似而訛；據薈要本、四庫本改。

⑤「日」，薈要本、四庫本同元刊明補本；弘治本作「目」，形似而誤。

讀明皇雜事

梧桐葉上雨聲繁，絶似花奴羯鼓翻。不待迫遷西内後，上皇當此已消魂。

讀肅宗雜事

淒涼南内廢晨昏，興慶宮官不一存。進藥失嘗蒙大惡，肅宗當以弑君論。

又①

擁憐愛子遽聞言，天理中還帝泫然。龍德本非乾健體②，不應良娣健而顓。

【校】

①「又」，弘治本同元刊明補本；薈要本、四庫本脱。

②「健」，弘治本、四庫本同元刊明補本；薈要本作「從」，非。

廣宗早發①

武道亭西望鎮陽②，趣裝猶是四程强。夜來一雨扙炎傘③，借得長途兩日涼。

【校】

①「宗」，弘治本同元刊明補本；薈要本、四庫本作「中」。

②「鎮」，弘治本同元刊明補本；薈要本作「旗」，非；四庫本作「沛」，非。
③「扙」，弘治本作「扠」；薈要本、四庫本作「杈」。

贈擒虎張侯第三子飛卿

射虎聲雄發五豝，三郎閑損玉梢花①。雍容詩禮相逢處，不信風姿是將家。
大學淵源在六經，振振儀鷺儘充庭。君看萬字長沙策，不到詩家月露形。

【校】

①「梢」，薈要本、四庫本同元刊明補本；弘治本作「稍」，形似而誤。後依此不悉出校記。

黄巾墓

洶洶黄妖聚一呼，棘矜元是力耕夫。人心莫作平常看，易動難安最可虞。

再過隆平

我欲臨流濯鬢埃，沙鷗橋畔莫驚猜。亭亭一點隆平塔，半歲還成兩度來。

銅馬祠

古鹿城西野廟新，戰勳猶説馬將軍。甲光千丈雲臺畫，只有荒煙對夕曛。

昭慶陵

紫雲仙李隴西宗，又向平隆見祖宮①。陵寢柏城俱掃盡，石麒麟鬣動秋風。

【校】

①「平隆」，弘治本、薈要本同元刊明補本；四庫本作「隆平」。

過唐山望禱帝堯祠

光宅宫庭歲祀新，壤歌猶是昔時民。遥祈一勺龍泓水①，痛與山前洗旱塵。

【校】

①「泓」，元刊明補本、弘治本作「弘」，據薈要本、四庫本改。

讀李斯傳

常笑秦斯訴己忠，豈知身墮趙機中。沙丘不負先王託，雖死猶能保霸功。

盧處道處覓書

米家書畫滿江船①，月貫長虹夜色鮮。欲識廣收多蓄意，北歸分賜到諸賢。

【校】

①「書」，弘治本同元刊明補本；薈要本、四庫本作「詩」，非。

題塗水老人趙君璵詩卷

豪傑并門自昔聞，儻來軒冕等浮雲。瀟然獨老琴書樂，塗水看來只趙君。

老鶴昂藏不受羈，九臯心與野雲期①。翩翩不墜中郎業，又向詩書得蔡姬。

【校】

①「期」，元刊明補本、弘治本作「斯」，據薈要本、四庫本改。

廣武君李左車墓

廣武籌兵見未形，規模儘敵漢威靈。天其不奪成安魄，赤幟何由下井陘。

早發銅梁

旱損滹南二十城，蠶沙充食葉爲羹。朝來夢覺梁門驛，幾處坊場聽鼓聲。

春宫元日口號

日融欄檻猊金麗，春滿松廊鶴禁深。四海謳歌皇子壽，一年得拜老臣心。

色目依班向殿趨，入門一字立青蒲①。侍臣直上牙牀啓，拜畢分觴當大酺②。

獸樽人立遠傳臚，軋軋聲來啓左樞。玉馬抱牽當殿過，一時肅拜不聞呼。

沉沉蘭殿鬱穹窿，一點前星現半空。事事見來臣分裏③，中單奚取絳紗紅。

暖煙宫殿歲華新，入賀東朝異紫宸。内外百官皆便服，紫衣獨見海東臣。

三薰來獻野人芹，不謂芻蕘得上聞④。銀研柘弓非所覬，庶憑春鐸振斯文。

朝拜歸來户晝扃，小齋孤坐喜春晴。太平儻許斯文致，未礙明窗管墨卿。

【校】

①「立」，抄本同元刊明補本；薈要本、四庫本作「並」，非。

②「醽」，元刊明補本、抄本作「脯」，據薈要本、四庫本改。

③「見」，抄本同元刊明補本；薈要本、四庫本作「看」。

④「謂」，抄本同元刊明補本；薈要本、四庫本作「請」，形似而誤。

偶書

唐到開元極盛年，見人説似即欣然。時時夢裏長安道，驢背詩成雪滿肩。

太一宮春早即事①

漢家望祀竹宮神，參禮精嚴動早晨。殿瓦漸分籠月白，一聲金磬聽朝真。

【校】

①「太一宮春早即事」全文至「謝安石奕棋圖」詩之「勝負自初成算」句，抄本同元刊明補本；薈要本、四庫本闕。

壬午除夜雜詩

來住京師已半年，欲行還止果誰然。淵明豈是山林士，苦要絃歌爲秫田。

兩間齋室過今冬，臈雪纔消又朔風。底滯五窮何所戀，終年相伴要詩工。

鐵畫顏書雪屋燈，夜深相對眼增明。莫疑擲几金聲砉，讀盡諸孫得杲卿。

科斗秦燔漢莫猜，螯陵況是晉初開。辭堅句澀無多旨，筆削疑從戰國來。

輝輝風日暖生煙，氣韵和平恐信然。軒冕儻來皆外物，歲功無切是豐年。

瓜畦分溉引温湯，三月中旬已進嘗。縱使得先諸果上，摘來終是不馨香。

衆卉近春竊化權，苦寒都在早梅邊。不愁一夜冰花老，便得和羹亦槁然。

失之須信本來無，勉强難於上坂車。看取一陽潛丸地，春來葭琯自舒徐。

謝安石奕棋圖

百萬秦師未易摧，動容無復捷音來。入門偶折登山齒，一矯論公恐妄猜。

江東全倚謝家安，雅量形容對奕間。勝負自初成算在①，風聲何賴八公山。

【校】

①「在」，元刊明補本作「在在」，據抄本、薈要本、四庫本改。

沛公洗足見酈生圖

氣折狂豪一洗間，要令游士吐嘉言。初從沛長咸陽帝，此術施來第幾番。

噫然洗腆孰爲賓，中隱炎劉四百春。一説便能延上客，君王肯效婦人仁①。

包總綿區細故捐，未妨撣洗酈生前②。一嚬一笑非無謂，不似高皇氣馭權。

落魄高陽一酒徒，略除邊幅展雄圖。桓門堅忍須臾去，長爲東山出此模。

布褐昂藏七尺身，不容空老酒壚春。風雲慘淡龍蛇際，首識隆顔亦可人。

【校】

①「效」，弘治本、四庫本同元刊明補本；薈要本作「放」，形似而誤。

②「揮」，弘治本、薈要本同元刊明補本；四庫本作「揮」。

書壬午歲十二月廿二日夢中所見

青山隱隱水悠悠，鶴蓋前頭列火篝。江閣連延三十里，停輈看處古昇州。

孫陽相馬圖　龍眠筆

昭王墓老秋蕪合，虞坂人歸暮靄蒼。屈産何嘗無駿足，世間能有幾孫陽。

渭橋迎代王圖　龍眠筆

古人作事洞胚胎，畫到龍眠見大材。勘破丹青揮灑意，英宗還自濮陽來。

李臨城挽章

桂香坊裏推時雋，爆竹聲中見孝心。人道臧孫今有後，惜教含笑九原深。

榮歸亭

策勳自合畫麒麟，佚老榮歸帝里春。開卷賦詩還自笑①，滿纓塵土向時人。
身外功名弊屣輕，一亭歸卧有餘榮。分明昨夜南山獵②，夢裏弦驚裂石聲。

【校】

①「笑」，弘治本、四庫本同元刊明補本；薈要本作「突」，形似而誤。

②「獵」，元刊明補本作「臘」，據弘治本、薈要本、四庫本改。

再題胡烈婦殺虎圖

丈夫不作屠龍舉，健婦能成剌虎威。試看五行參運化，二陰何盛一陽微。

耽耽哆口攉天去，死地求生有若人。寸鐵竟能伸義烈，大臣當國合横身。

古稱政猛苛於虎，揃暴除殘惜壯圖①。蹀血兩坊三義俠②，袖鎚揮處幾於菟。

【校】

①「揃」，弘治本、四庫本同元刊明補本；薈要本作「剪」，亦可通。後依此不悉出校記。

②「三」，弘治本作「王」；薈要本、四庫本作「真」。

汙宅 全用倀鬼事①

皮骨皆爲虎吻腴②，鬼幽曾不悟當初。棘林夜黑相逢處，猶恐倀倀泣有餘。

【校】

①「汙宅」，抄本作「汙宅」，從抄本；元刊明補本作「汗宅」；薈要本、四庫本作「汗它」。

②「虎吻」，抄本同元刊明補本；薈要本、四庫本作「吻虎」，倒。

石鼎聯句圖

衡山何物老彌明，氣歷侯劉到震驚①。笑向半空盤硬語，火爐頭上把降旌。

海上游談接大顛，鼎邊聯句託軒轅。不須苦泥中間事，二者看來總大言。

【校】

①「歷」，抄本、薈要本同元刊明補本；四庫本作「壓」。「到」，抄本同元刊明補本；薈要本、四庫本作「震」，涉下而誤。

渭橋辭謁圖

閃閃鑾旗擁帝輿①，八方臣妾效嵩呼。君王莫以來同喜，衛霍功成萬骨枯。

【校】

①「旗」，抄本同元刊明補本；薈要本、四庫本作「輿」，非。「帝輿」，抄本同元刊明補本；薈要本、四庫本作「大弧」，非。

周文矩畫金步摇宫人圖

螭玉珠華兩翅排①，髻高雙鳳拂雲來。玉笙合就新翻曲，恰值碧桃花正開。

【校】

①「趐」，抄本、薈要本、四庫本作「翅」，亦可通。

雪中同郡寮遊達活泉①

訟牒聽餘事未圓，日長誰辨枕書眠。出門偶作閑人計，踏雪來觀達活泉。

淵碧澄泓一畝池，勝遊都在郡城西。潛蛟免致騰雲潤，歲歲分香入稻畦。取東坡夏壟餅餌香之例也。

【校】

①「寮」，抄本同元刊明補本；薈要本、四庫本作「僚」，亦可通。

雪窗無寐

夜深雪晃客窗明，更比西樓月色清。老大看書無眼力，偃然攲枕數寒更①。

【校】

①「攲」，抄本同元刊明補本；薈要本、四庫本作「倚」，亦可通。

早秋夜坐

候蟲唧唧掩荊扉，落索瓜篗滿敗籬。涼氣已隨新雁至，小齋燈火便相宜。

飲醯圖

一勺儘調鼎味，三升鼻吸誠難①。翁不去爲卿相，何人禁此辛酸。

【校】

①「誠」，抄本、薈要本同元刊明補本；四庫本作「試」，形似而誤。

江南道

閩越自方千里，冥冥海角天涯。野竹疏梅沙路，江邊到處人家。

早起效三五七字格

東方明，清風發。白露下無聲，步久寒侵襪。撫楹歌罷酒微醒，月明滿地蘆花雪。

王惲全集彙校卷第三十五

書

上世祖皇帝論政事書①

臣近蒙禮部符，承中書省劄該憲臺欽奉聖旨，召臣惲馳傳赴闕庭者。臣惲伏自欽承明命，夙夜祇懼，不知所爲。意者憲臺過舉，俾備顧問，庶有所發明。因自忖量，國家之事日有萬幾，非愚下所能識。然臣自中元迄於今日，久叨仕進，區區管窺，不無一見，輒敢以時務所宜先者數事，昧死上聞。

臣聞自古創業垂統之君，必定制畫法，傳之子孫，俾遵而守之，以爲長世不拔之本。欽惟皇帝陛下聖文神武，以有爲之資，膺大一統之運，長策撫馭，區宇民數，遠邁漢唐。其所渴者②，特治道而已。然三十年間，勵精爲治，因時制宜，良法美意，固已周悉。今也有更張振勵，講明畫一，若懸象而昭布之，使臣民曉然知其法之所以，豈不便哉？故臣以立法定制爲論治之始。

一曰議憲章以一政體。《傳》曰：「法者，輔治之具。」一日闕，則不可。君操於上，永作成憲；吏承於下，遵爲定式。民曉其法，易避而難犯，若周之三典、漢之九章是也。今國家有天下六十餘年，小大之法尚無定議③。內而憲臺，天子之執法；外而廉司，州郡之法吏，是具司理之官，而無所守之法，猶有醫而無藥也④。至平刑議斷，旋旋爲理⑤，未免有酌量准擬之差、彼此輕重之異。臣愚謂宜將已定律令頒爲新法⑥；或有不通行、未盡該者⑦，如累朝聖訓，與中統迄今條格通行擬議⑧，參而用之，與百姓更始。如是則法無二門，輕重適當，吏安所守，民知所避而難犯，天下幸甚！

二曰定制度以抑奢僭。夫制度者，明尊卑，別貴賤，法天道而立人極也。故古者衣服、飲食、輿馬、屋廬皆有恒制，至於庶人、僕妾，其禁尤嚴。惟在君人者，制節謹度⑨、率先化下爲務。何則？上之動静，爲人勞逸之本；上之奢儉，爲人富貧之源，可不鑑哉？欽惟皇帝陛下臨御以來，躬先儉素，思復淳風，如輕紵衣而貴紬繒，去金飾而朴鞍履⑩，至衣服等物，銷織鍍砑之類⑪，一切禁止。以奉行漸遠，不無弛緩。今也臣民衣飲踰于公侯⑫，婦女衣著等於貴戚⑬，以致聘財過於卿相，男女不能婚姻。正以用之無制，僭越暴殄，有不能供億者。故物價不得不踴而貴，錢幣不得不虚而輕，上下困弊，日甚一日。假若巨室之家，親屬、奴隸衣飲一切自有等差[14]，若例而一之，寧不困乏？臣愚以謂宜一切定奪，大行禁止，使民志定而不少僭越。用既有度，物自豐饒，恐亦實楮幣、殺物價之一端也。

三曰節浮費以豐財用。夫一世之財，足周一世之用，不必專豐其財，去其害財者可也。今國家財賦方之中統初年，歲入何啻倍蓰？而每歲經費終不阜贍者，豈以事勝於財，過有所費故也？爲今之計，正當量入爲出，以過有舉作爲戒。除饗宗廟、供乘輿、給邊備、賞戰功、捄荒歲外，如冗兵妄求、浮食冗費及不在常例者，宜撿括一切省減[15]，以豐其財。財豐事勝，食足氣充，以攻則取[16]，以戰則勝，以柔則服，將何爲而不成，何求而不獲？古之善爲國者，君不必富，富藏於民，故用雖多而取不竭。孔子曰：「百姓足，君孰與不足？」此之謂也。且財非天來，皆自民出，竭澤焚林，其孰禦之？但力屈財殫，非所以養民而强國也。昔亡金世宗諸王有以不給而請告者[17]，世宗曰：「汝輩何騃！殊不知府庫之財乃百姓之財耳。我但總而主之，安敢妄費？」迄今稱説，以爲君人至言，可不鑑哉？

四曰重名爵以攬威權。古人稱官爵，謂之天秩。王者，代天爵人，鼓舞一世，使天下之人奔走爲吾用者，此也。惟爵與禄不輕以付人，曰賢曰材，迺能得之，所以爲礪世磨鈍之具[18]。若得之輕則視之輕，視之輕則人不重，人不重將見君子遠、小人至，此必然之理也[19]。惟其磨礪轡馭之權，世主操於上，不輕授人，與當其材，何患氣之不振，力之不竭，事之不成者哉？今四海一家，權宜假借之舉，日漸疏闊[20]，正國家收攬威權之時。如近年委任稍重者，罔考其素，即授崇品，激之建功立事，固是駕馭英雄大權，苟非其人，不無叨竊不安之懼。今中外無事，朝廷宜重而惜之。昔有唐使職或帶相銜[21]，然止行見職，曾無分省實權。

五曰議廉司以勵庶官[22]。臣聞古之善爲國者，不使人有怠惰不振之氣。若作於心而害於政，苟非以德振起之，須度時宜[23]，本人情，齊之以法，故得小大畢力，上不勞而衆事舉。今州郡之官品流殽雜，既無選舉甄别，止循常資，紛紛藉藉[24]，聚散於吏部，例得一官，鮮不因循苟且[25]，以歲月養資考而已。欲望承流宣化，趨事赴功，卓有惟新之政[26]，亦已難矣。嘗觀漢唐之馭吏也，能者增秩賜金，公卿缺，則補之以表其賢[27]。否者，放田里而不事事。唐則召七品以上官集於闕庭[28]，親與訪問，究得失而進退之。然二者不過爵禄爲勸，爵禄極則意滿足，意滿足則怠心生，亦有無如何者。故持斧直指、採訪、黜陟等使歲相望於道。而本朝之舉高出前代。比者廉司之設，初，氣甚張，中外之官悚然有改過自新之念，大奸巨猾致畏懾而不自安，庸人懦夫將卓爾而有所立。行無幾何，法禁稍寬，使監視者勁挺之氣不息而自斂，聽從者奸弊之萌潛滋而復持[29]，恐徒易其名而不能革州縣之故習。夫刑罰崇寬，固是國家美政[30]，然分別善惡，以示勸懲，豈得專務寬恤？昔亡金大定間[31]，尚書省奏順州軍判崔伯時受贓不枉法，准制當削官停職。世宗曰：「受財不至枉法，以習知法律故也。所爲奸狡，習與性成，後復任用，豈能自悛？雖所犯止於追官，非奉特旨無復録用。」以致犯禁者鮮，此先事之明驗也[32]。今風俗澆薄，遇有所犯，苟免無恥。臣愚以爲法宜稍重，以權一時。其要在人、法並任，精擇官僚，優加吏禄。憲綱既立，公道大行，官有作新之氣，吏無餬口之虞。我之氣既伸，彼安得不振？我之政既肅，彼安敢或私？所謂上行下效，源清流長，將見風彩百倍，有登攬澄清之望矣。

六曰議保舉以覈名實。方今親民與參佐官，莫縣令、經歷爲重。縣令迺百姓師帥，師帥賢則德澤宣；參署爲一路紀綱，紀綱振則政務舉。今例出常流，安取殊績？臣愚以爲若行品官保舉法，庶得其人。其法，品量舉主與所保者[34]，資歷相應，果皆兩可[35]，復精加磨勘，無謬妄私意，然後許令入狀，相小大之才，授繁簡之任，限以歲月，如唐制，釐務出二百日者是也。課其殿最升黜。舉主得人者受知賢之賞，不職者坐不當之罰[36]，舉官自然盡心，受保者常恐相累，如此，庶立功而寡過矣。其南選尤宜施用此法[37]，何則？江南比至平定[38]，諒爲不易，凡所隸附，秋毫無犯，可謂仁義之師。只以前省調官[39]，賄而海放[40]，行省注擬，尤爲濫雜，侵漁掊克，慘於兵凶，至盜賊竊發，指此爲名。仰賴天恩，幸其無事。今宜委官分揀以行此法，其停革人員不至罷黜者，降之邊遠；邊遠見職委有聲迹者[41]，使之内遷，亦激勸一法。兹蓋自漢、唐、五代以迄於亡金[42]，皆遵而行之，當時號稱得人。然必須内設審官、考功等職專掌其事。

七曰設科舉以收人材。方今名儒碩德既老且盡，後生晚進既無進望，例多不學。州、府、鄉、縣雖立教官講書會課，秖皆虚名[43]，略無實效。以致非常之才未聞一士[44]，州郡政治苦無可稱[45]，思得大儒碩德，難矣。臣愚以謂不若開設選舉取驗之速也。夫進士選，歷代號取士正科[46]，將相之材皆從此出，前代講之熟矣，理有不可廢者。若限以歲月而考試之，將見士争力學，人材輩出，可計日而待也。論者必曰：「今以員多闕少，見行壅滯。若復此舉，是愈壅而滯之也。」臣謂不然，蓋科舉之設，本以覈實學而收多士[47]，清仕途而息雜流，庶得將相全材，爲國論治道、備大用也，豈不愈於學校徒設，汗漫而無所成乎？

八曰試吏員以清政務。前代取吏之法，條目甚嚴。如宰相子辟舉，令取充省雜；終場舉人試補臺掾；品官子孫、吏員班祗、閤門等人出身者[48]，試補六部令史。夫令者，明法令曰令；史者，通經史曰史。今府、州、司、縣應用一切胥吏，多自帖書中來[49]，官無取材，勢須及此，所習既凡，聞見亦寡[50]，欲望明刑政、識大體、務清弊革[51]，難矣。臣愚以謂爲今之計，莫若將合歲貢吏人以《吏員法》試之，中選者仍許上貢補充，隨朝身役。外州、府、郡見役者，從廉司以《校法》試驗，庶幾激之積漸肯學。其月請俸給，亦合定奪，能使得餬其口，然後可責以廉。何則？今廉司專抑吏權，察非違[52]，少有貪鄙，不計養廉，即按而治之，是縱之竊而責以何盜之爲，豈理也哉？

九曰恤軍民以固邦本。近命新省整治以來，一切事務盡從簡静，可謂不嚴而治，不肅而成者也。中外熙熙，翕然有拭目太平之望。兹蓋皇帝陛下屏去奸慝[53]、保合大和[54]、嘉靖邦本、專任責成之效也。然猶有當軫慮者。夫爲政之道[55]，政貴均一，不少偏重，否則必更而張之，使至公均被國家。且自攻圍襄陽以來[56]，簽取軍役，蓋四舉矣，將着中物力等户盡充軍站。中間抛下，上户其能有幾？皆貧難下户，而軍興百色所須，皆仰供辦[57]。江南甫下，遭值前省和顧和易，急徵暴斂，侵漁不法[58]。又將軍站閃下差税，不問多寡，止除四兩，餘者分洒見户，其逃亡差税，又行每歲陪納。數年之間，編氓已是瘠損[59]，其小户困苦，不較可知。臣以時屬方殷，其代輸差税宜令蠲免，涵養存恤小康，若一旦別有征求，易爲責辦。其軍站户富者，至有田畝連阡陌，家資累巨萬，丁對列什伍；貧者日求生活，有儲無甔石、田無置錐者，今也不分難易[60]，一體應役。又至元十一年簽充到軍役者多是近下户計[61]，當時起遣，已是生受。臣愚謂俱合分揀定奪[62]，庶不致困乏逃竄，有悞臨時調遣不均之弊[63]，莫此爲重。

十曰復常平以廣蓄積。常平倉設自至元八年，隨路收貯斛粟約八十餘萬[64]。今倉廩具存，起運久空[65]，甚非朝廷捄荒恤民本意。夫常平之法[66]，歲豐增價以糴之，則農重穀而敦本；歲荒則減價以糶之，故民倚安而無菜色。如往年定時估以平物價，竟不克行，殊不若常平之有粟也。蓋低昂權在有司兼併，利無專擅故也。若復實常平，倘遇凶歉，出糶三二千石，穀價自平，楮幣亦復加重，且免賑濟破用軍國正儲，實爲古今良法。

十一曰廣屯田以息遠餉。臣聞邊儲遠餉，自古未有良法。如飛輓負載、賣爵贖罪、引種和糴未免弊困，多不能行，俱未若留兵屯田爲古今之長策也。臣試以唐振武事言之：憲宗元和七年，李絳言天德、振武今豐州等處左右良田約四千八百頃，收粟四十萬斛，歲省度支錢二十餘萬緡，兹非明驗歟[67]？今振武、豐州界河兩傍，除營帳、百姓耕占外，其餘荒閑尚多。若大治屯田，自非水旱，田功稍集，國儲必有所濟。唐陸贄所謂：「緣邊土沃而久荒，所收必厚。」又近歲山後流移户多，將見抛地土，時暫借令營屯，亦是一法富弼曾言此事。及撿括冒占[68]，仍招募顧户者，聽外邊屯；已置營屯去處，亦宜差強。果爲國盡心有爲能臣，重與檢勘。其間一切可行未舉、已行不盡者，極人爲而盡地力，仍將迤南一切置屯，見閑户數併徙邊防，以捄一時，此急於治外之意也。

十二曰息遠略以撫已有[69]。臣常聞老子以恬淡爲宗，孔宣父戒「及其」「在得」，二聖人垂教，以天理當然爲言，非徒設也。欽惟皇帝陛下聖神文武，臨御天下三十餘年，昭丕天之功，接千歲之統，三五已來，未有若斯之盛。其於太祖聖武皇帝垂創之業，可謂大集厥成。然有其有者安，務廣德者強[70]。審今之勢，譬猶蓄牧大家，川量谷計，數已殷富，正在牧圉擇人，芻豢得所而已，如此則牛羊茁壯，日蕃而無耗。不然，罔恤見有，又務多得，將見復求者未獲，則已有者瘠而耗之，可不惜哉？伏願陛下息遠略，撫已有，以恬淡爲心，以在得爲戒，頤養聖壽，配天無極，此宗廟神靈、四海臣民之願也。臣又嘗觀天地之氣，四時行，萬物生，皆自然而然。又其升降止三萬里之中，其範圍不出三十萬里之内[71]，餘則混淪旁礴[72]，雖聖人有置而不論者。伏惟陛下憲天體道，財成輔相[73]，功已不能殫紀，尚何言而何慮哉？

十三曰感和氣以消水旱。夫兵者，凶器；戰者，危事。不得已而用之，且以強勝爲戒。我國家以神武戡定海宇，日月所出没，霜露所霑墜，莫不臣而主之。然地廣物衆，不無孽芽其間。故三十年之久，十有餘舉，如征大理、雲南，渡鄂渚，平内難，討賊璮，取江南，破襄漢，駕洋海，下占城，定高麗，問罪交州，掃清遼甸，皆除暴固存，彼動此應，不得已而用之之舉也。然士卒愁苦，死傷暴露，邊郡困乏，中外憂勞之氣不得不傷陰陽之和而致水旱之報。是以聖人重之畏之，故老子曰：「大軍之後，必有凶年。師之所處，荆棘生焉。」故比年以來，水旱無時，霜災屢作，山崩地震，變出非常；奸臣柄用，盜賊竊發，百姓嗷嗷，日趨於困。臣嘗讀中元以來國書詔條⑭，未嘗不以生靈爲念，棄捐細故，講信修睦，以用兵爲重，此堯、舜好生之德，禹、湯克寬不自滿假之仁也。願陛下躬體玄默，頤養聖壽，與天無極，以初元之心爲心，以恬澹之慮爲慮，爲民祈天請命⑮，災害不生，禍亂不作，使黎庶知其無好兵之心，天地鬼神諒其不得已之意。庶幾天回哀眷，易乖戾而爲和平，變荒歉而爲豐稔，斂時五福，敷錫庶民，咸躋仁壽之域，天下幸甚！

十四曰崇教化以厚風俗。自昔風俗美好，由禮義所生。今也禮義既衰，故日趨於薄，一法出則衆奸作，一令下則百詐起。何則？民所欲而生者，歲不加益；我過爲之求者，日有所增。所謂救生而不贍，奚暇治禮義哉？有司釋此不念，每以厚風俗爲務，如孝行有復役⑯，節婦有旌議，婚姻立學，師表淑慝，忠臣義士歲有常秩之類，非不家至户曉，然終無分寸之效者，徒文具虚名而已。夫天下之事，有本有末，知所先後則教立而化行。臣愚以爲風化之行，莫若家國先以四教爲本[77]，曰：「仁以養之，義以取之，禮以安之，信以行之。」何爲仁？父愛子育，懷生樂業，温飫以養其心。何爲義？輕徭薄賦，取斂合宜，寬裕以暢其氣。何爲禮？上下有分，毋妄侵辱[78]，誅責以當其功罪。何爲信？發號施令，一出不易，忱誠以明其約束是也。而前政者謂桑葛也[79]。曾不務此，專以威虐肆心，督責爲令，取辦一時，流毒四海，不知陵遲偏詖有不可救藥，至于今爲厲者。如逋負差徭，有已蠲未蠲者；貧難軍人，有已間未間者。民出祇應，不蒙撥降，反復償其不應[80]；民辦和買，雖蒙官還[81]，曾何敷其元價？杖刑重責，不上大夫；崇卑之品，曾不少間，悉被其戮辱。夫如是，將何以責民心之近厚、風俗之淳粹者哉[82]？惟其四者本立，而天下悚然有忠厚廉恥之心，而後敦之以禮讓[83]，謹之以庠序，觀之以鄉飲，教之以冠婚喪祭，民將目擊而心諭，安行而有得。二三大臣匡直輔翼於上[84]，時從而振德之，孰有子遺其親、臣後其君者哉？所謂「父子有親，君臣有義。」不曰風恬俗美，將安歸乎？

十五曰減行院以一調遣[85]。伏見近者立行院四處，蓋欲養兵力、分省權而免横役。然不可多設，多設則一旦遇有調遣，號令不相統一，至合而征，苟進涉險難，不肯併力一向以趨成功。況江嶺阻隔，動輒數百里，賊去此而盜彼，即欲加兵，則曰：「我已降於彼。」比緣知會，已殺掠而去，如向者鍾賊是也。其在江西，我逐而出境，即睨而不視；其在福建，復逐而出境，亦坐而不問。已至朝廷專差重臣，會三道之兵總統于上，才方剿絶。臣故曰「不可多立」者，緣此也。若止設一院于江州[86]，地既酌中，號令四出，復命皇子震統于上，使跨有江淮，遥制兵勢，將何衡而不折[87]，何令之不一哉？誠爲簡便。

十六曰絶交貢以示曠度。夫邊方小國，外示臣屬，内實觀望，我以誠往，彼輒譎來。何則？恃其險僻，昧夫天理，而懷苟且假息之念故也。非脩文以來，易以計破，難以兵碎也。今交趾，漢數郡之地耳，數年之間，雖貢奉伻來，終未稽顙闕下，款輸誠赤。今年犴一犀象，明年獻翠具若干，是皆我物，藉爲己有，調書詞、延歲月而已，此最不可信者。昔漢文帝卻千里馬，詔郡國毋令來獻[88]，而越王尉他曾未幾何，怨艾自新[89]，去號北面，終其身内屬，正以德禮懷柔然爾。臣愚以謂彼之交貢，自今宜辭而無受，則我之所得者有三：不寶遠物，示以曠度，一也；鱗介之屬，叵測淺深[90]，不知我之虛實，彼用自絶，使私計内窮，二也；又使駭夫天子明見照萬里之外，畏天事大之心庶有以自省其曲直所在，三也。刺竹藥弩，緩則肆行奸詐[91]，急則曲盡服從。

伏乞下公卿集議[92]，以付有司。臣之所言雖至淺近，然當陛下無忌諱之時，遠被寵召，無一言補報，緘默旅退，豈惟自棄，大負朝廷虛求之心。顧臣庸愚，何足重輕，萬一片言有可取[93]，使四方大賢大德之士聞之，曰如臣者且蒙採擇，將訑訑而來，皆爲陛下用矣。臣不勝俯伏待罪憂恐之至。臣惲昧死再拜，謹言。

【校】

①「上世祖皇帝」，弘治本、薈要本、四庫本同元刊明補本；《中州名賢文表》脱。

②「渴」，弘治本、《中州名賢文表》同元刊明補本；薈要本、四庫本作「守」。

③「小大」，弘治本、《中州名賢文表》同元刊明補本；薈要本、四庫本作「大小」。「無」，元刊明補本、弘治本、《中州名賢文表》作「遠」，據薈要本、四庫本改。

④「毉」，元刊明補本作「⿱殹皿」，形似而誤；薈要本、四庫本作「醫」，亦通；據弘治本、《中州名賢文表》改。

⑤「旋」，弘治本、《中州名賢文表》同元刊明補本；薈要本、四庫本作「漸」，非。

⑥「頒」，弘治本、薈要本、四庫本同元刊明補本；《中州名賢文表》作「順」，形似而誤。

⑦「行未」，弘治本、《中州名賢文表》同元刊明補本；薈要本、四庫本作「未行」，倒。

⑧「議擬」，弘治本、《中州名賢文表》同元刊明補本；薈要本、四庫本作「擬議」，倒。

⑨「謹」，元刊明補本作「墓」，據弘治本、薈要本、四庫本、《中州名賢文表》改。

⑩「履」，弘治本、薈要本、《中州名賢文表》同元刊明補本；四庫本作「屨」，亦可通。

⑪「研」，《中州名賢文表》同元刊明補本；弘治本、薈要本、四庫本作「呀」，形似而誤。

⑫「飲」，弘治本、《中州名賢文表》同元刊明補本；薈要本作「服」；四庫本作「飾」。

⑬「婦女衣著等於貴戚」，弘治本、《中州名賢文表》同元刊明補本；薈要本作「婦女衣着無分貴賤」；四庫本作「婦女衣著等物貴賤」。

⑭「一切自有」，弘治本、薈要本、四庫本同元刊明補本；《中州名賢文表》脱。

⑮「撿」，弘治本、《中州名賢文表》同元刊明補本；薈要本、四庫本作「檢」，亦可通。後依此不悉出校記。

⑯「攻」，弘治本、薈要本、《中州名賢文表》同元刊明補本；四庫本作「政」，形似而誤。

⑰「亡」，弘治本、薈要本、《中州名賢文表》同元刊明補本；四庫本作「日」，涉上既衍且脱。

⑱「所」，弘治本、薈要本、四庫本同元刊明補本；《中州名賢文表》作「蓋」。

⑲「之理」，元刊明補本、弘治本、《中州名賢文表》作「理」，脱；據薈要本、四庫本補。

⑳「疏」，元刊明補本、弘治本、《中州名賢文表》作「希」，據薈要本、四庫本改。

㉑「銜」，弘治本、《中州名賢文表》同元刊明補本；薈要本、四庫本作「印」。

㉒「勵」，弘治本、《中州名賢文表》同元刊明補本；薈要本、四庫本作「厲」，亦可通。後依此不悉出校記。

㉓「必」，弘治本、薈要本、四庫本同元刊明補本；《中州名賢文表》作「之」，非。

㉔「藉藉」，薈要本、四庫本、《中州名賢文表》同元刊明補本；弘治本作「籍籍」，亦通。

㉕「鮮」，弘治本、薈要本、四庫本同元刊明補本；《中州名賢文表》作「誰」。

㉖「惟」，弘治本、《中州名賢文表》同元刊明補本；薈要本、四庫本作「維」，亦通。後依此不悉出校記。

㉗「補之以表」，弘治本、《中州名賢文表》同元刊明補本；薈要本、四庫本作「表之以觀」，非。

㉘「七品以上官」，抄本、《中州名賢文表》同元刊明補本；薈要本、四庫本作「七品官以上」。

㉙「持」，弘治本同元刊明補本，薈要本作「特」，形似而誤；四庫本作「興」；《中州名賢文表》、抄本作「柺」。

㉚「是」，《中州名賢文表》、抄本同元刊明補本；薈要本、四庫本作「自」。

㉛「亡」，抄本、薈要本、《中州名賢文表》同元刊明補本；四庫本作「者」，非。

㉜「先」，弘治本、薈要本、《中州名賢文表》同元刊明補本。

㉝「員」，弘治本、《中州名賢文表》作「莫」，形似而誤；薈要本、四庫本作「幕」，非。

㉞「主」，弘治本、《中州名賢文表》同元刊明補本；薈要本、四庫本作「止」，涉上而誤。

㉟「果」，弘治本、薈要本、四庫本同元刊明補本；《中州名賢文表》作「既」。

㊱「職」，弘治本、《中州名賢文表》同元刊明補本；薈要本、四庫本作「識」。

㊲「其南」，《中州名賢文表》同元刊明補本；弘治本、薈要本、四庫本作「獻」，非。

㊳「比」，《中州名賢文表》同元刊明補本；弘治本、薈要本、四庫本作「北」，形似而誤。

㊴「只」，弘治本、《中州名賢文表》同元刊明補本；薈要本、四庫本作「即」。「前」，弘治本、《中州名賢文表》同元刊明補本；薈要本、四庫本作「調」，涉下而誤。

㊵「海」，元刊明補本、弘治本、《中州名賢文表》作「海」，薈要本、四庫本作「每」。

㊶「邊遠」，弘治本、《中州名賢文表》同元刊明補本；薈要本、四庫本作「其」。

㊷「玆」，弘治本、《中州名賢文表》同元刊明補本；薈要本、四庫本脱。「亡」，弘治本、薈要本、《中州名賢文表》同元刊明補本；四庫本脱。

㊸「秖」，弘治本、《中州名賢文表》同元刊明補本；薈要本、四庫本作「舉」。

㊹「士」，弘治本、四庫本、《中州名賢文表》同元刊明補本；薈要本作「仕」，亦可通。後依此不悉出校記。

㊺「苦」，元刊明補本作「若」，形似而誤；據弘治本、薈要本、四庫本、《中州名賢文表》改。

㊻「歷代號」，弘治本、《中州名賢文表》同元刊明補本；薈要本、四庫本作「號歷代」。

㊼「收」，弘治本、薈要本、四庫本同元刊明補本；《中州名賢文表》作「取」。

㊽「秖」，弘治本、《中州名賢文表》同元刊明補本；薈要本、四庫本作「衹」。

㊾「多」，弘治本、《中州名賢文表》同元刊明補本；薈要本作「皆」；四庫本脱。

㊿「亦」，元刊明補本、弘治本作「或」，據薈要本、四庫本、《中州名賢文表》改。

51「弊」，弘治本、《中州名賢文表》同元刊明補本；薈要本、四庫本作「無」。

52「違」，弘治本、《中州名賢文表》同元刊明補本；薈要本、四庫本作「爲」。

53「慝」，弘治本、《中州名賢文表》同元刊明補本；薈要本、四庫本作「惡」，亦可通。

54「大」，弘治本、《中州名賢文表》同元刊明補本；薈要本、四庫本作「太」，亦通。

㊺「政」，元刊明補本、弘治本、《中州名賢文表》作「治」，據薈要本、四庫本改。

㊻「攻」，弘治本、《中州名賢文表》同元刊明補本；薈要本、四庫本作「破」。

㊼「仰」，弘治本、《中州名賢文表》同元刊明補本；薈要本作「可」；四庫本作「何」。

㊽「漁」，弘治本、薈要本、四庫本同元刊明補本；《中州名賢文表》作「漢」，形似而誤。

㊾「瘠」，元刊明補本、弘治本、四庫本、《中州名賢文表》作「靠」，據薈要本改。

㊿「分」，弘治本、薈要本、四庫本同元刊明補本；《中州名賢文表》作「辨」。

61「多」，弘治本、《中州名賢文表》同元刊明補本；薈要本、四庫本作「都」，非。「下」，弘治本、《中州名賢文表》同元刊明補本；薈要本、四庫本脱。「計」，弘治本、《中州名賢文表》同元刊明補本；薈要本、四庫本作「不計」。

62「分」，元刊明補本作「令」，形似而誤；據弘治本、薈要本、四庫本、《中州名賢文表》改。

63「調遣」，弘治本、《中州名賢文表》同元刊明補本；薈要本作「調」，脱；四庫本作「徵調」。

64「約」，弘治本、《中州名賢文表》同元刊明補本；薈要本、四庫本作「共約」，衍。

65「倉廩具存，起運久空」，弘治本、《中州名賢文表》同元刊明補本；薈要本、四庫本作「倉廩久空，起運具存」，倒。

66「夫常平之法」，弘治本、《中州名賢文表》同元刊明補本；薈要本、四庫本作「天朝常平法」。

67「歟」，弘治本、四庫本、《中州名賢文表》同元刊明補本；薈要本作「與」，亦可通。按：與，同歟。作「與」者，蓋「歟」省略形符而以聲符易本字。後依此不悉出校記。

⑥⑧「撿括」，弘治本、《中州名賢文表》同元刊明補本；四庫本作「檢括」，亦可通；薈要本作「檢刮」，形似而誤。按：撿括，亦可作檢括、檢栝。後依此不悉出校記。

⑥⑨「息遠略」，弘治本、《中州名賢文表》同元刊明補本；薈要本、四庫本作「恤撫略」，非。

⑦⓪「德」，元刊明補本作「悳」，訛字；據薈要本、四庫本、《中州名賢文表》改。

⑦①「十」，弘治本、《中州名賢文表》同元刊明補本；薈要本、四庫本脱。

⑦②「旁」，薈要本、四庫本、《中州名賢文表》同元刊明補本；弘治本作「芳」，聲近而誤。

⑦③「財」，弘治本、《中州名賢文表》同元刊明補本；薈要本、四庫本作「裁」，亦可通。

⑦④「嘗」，元刊明補本、弘治本、四庫本、《中州名賢文表》作「常」，據薈要本改。「以」，元刊明補本、弘治本、《中州名賢文表》作「已」，據薈要本、四庫本改。後依此不悉出校記。

⑦⑤「請」，弘治本、《中州名賢文表》同元刊明補本；薈要本、四庫本作「禱」，非。

⑦⑥「有」，元刊明補本、抄本、《中州名賢文表》闕；據薈要本、四庫本補。

⑦⑦「莫若家國」，元刊明補本、抄本、薈要本、《中州名賢文表》作「莫國家若」，據四庫本改。

⑦⑧「毋」，抄本、《中州名賢文表》同元刊明補本；薈要本、四庫本作「無」，亦可通。後依此不悉出校記。

⑦⑨「桑葛」，抄本、薈要本、《中州名賢文表》同元刊明補本；四庫本作「僧格」。

⑧⓪「復」，抄本《中州名賢文表》同元刊明補本；薈要本、四庫本作「覆」，亦可通。

㉛「還官」，元刊明補本、四庫本、《中州名賢文表》作「官還」，既倒且形誤；抄本、薈要本作「官還」，倒；徑改。

㉜「粹者哉」，《中州名賢文表》、抄本同元刊明補本；薈要本、四庫本作「也哉」。

㉝「惟其四者本立」至「而後敦之以禮讓」，《中州名賢文表》、抄本同元刊明補本，薈要本、四庫本作「而惟其四者本立，而天下有悚然廉恥之心而忠厚，後敦之以禮讓」，既衍且倒。

㉞「臣」，《中州名賢文表》、抄本同元刊明補本；薈要本、四庫本作「吏」，亦通。「於」，《中州名賢文表》、抄本同元刊明補本；薈要本作「之於」，四庫本作「之于」，衍。

㉟「十五曰減行院以一調遣」至「萬一片言有可取」，抄本、薈要本、四庫本同元刊明補本；《中州名賢文表》作「臣惲草茅一介，遭遇明時，違遠闕廷，八年于兹。雖越在草野，乃心未嘗一日不在王室，今復蒙被寵召，拔起於泥塗之中，犬馬之力思欲報效，而媿其孱弱不材。然愚衷内激，情有不能已者，干犯天威，罪在萬死。伏惟少寬鈇鉞，示有可取」，與《上御史臺書》結尾處相似。

㊱「若」，抄本同元刊明補本；薈要本作「惟」，亦通；四庫本作「雖」，非。

㊲「將」，抄本同元刊明補本；薈要本、四庫本作「夫」。

㊳「毋」，抄本同元刊明補本；薈要本、四庫本作「勿」，亦可通。後依此不悉出校記。

㊴「尉他」，抄本同元刊明補本；薈要本、四庫本作「尉佗」，亦可通。

㊵「深」，抄本、薈要本同元刊明補本；四庫本作「架」，非。

㊶「肆」，元刊明補本、抄本、四庫本作「津」，據薈要本改。

㉒「集議」，抄本薈要本、四庫本作「而集議」，衍。
㉓「有」，抄本同薈要本、四庫本作「而有」，衍。

上御史臺書

至元五年十月日，前翰林脩撰王惲言①：

蓋聞御史，周官也，其職掌贊書②，受法令。秦、漢以來，乃副貳丞相，任耳目司察之寄。唐制二臺，左以糾朝政，右以繩郡縣，職非不要，責非不重也。至於天下之大奸，郡國之大豪，時務之得失，生民之利病，京官之迭居，内外郡吏之歷事臧否，莫不劾視按問，以之定功罪而權賞罰③，不待稽覆證左。會有失實，而抵坐之也。是以天下之人惴惴焉，凛凛焉，惟恐有毫髮詿悞④，風聞疑似，名絓憲章。至於顛越不恭者，蓋千百一而已⑤。故朝廷清而萬事咸理，遠近一正而奸邪屏迹矣。

我國家列聖相承，重熙累洽，奄宅區夏，垂六十年。迨聖天子登極，典憲日新，百度具舉。於是建臺司，置僚屬，蓋將示公道，抑澆私，折奸萌，救内重之弊也。切惟風憲條目⑥，古今一致也。强宗豪右田宅踰制，凌弱暴寡；二千石刻損政令，不恤疑獄。倍公向私，侵漁百姓，苟阿所愛，蔽賢寵頑，通行貨賂，選署不平，此漢六條之制也。唐之目四十有四，今不具見。雖繁簡不同，以近事攷之，或有可詳。若聽覽未充，衮職有闕，彌縫匡救之者不敢後也；中書政本，機務所出，整肅糾繩之者不可闕也；官或曠員⑦，未得其人，擢任薦升之者不可緩也⑧；綜劾之權，内外惟一，强禦巽懦之際不可異也。大臣當任責也，反循嘿而無所建明；小臣當奉職也，或僭越而覬覦徼倖⑨。至於臣門如市，請謁公行，名器大權假授失當。學校久廢，以爲非所急，而起青衿之譏；賢材在下，以謂不必用，而興白駒之嘆。選部無法，徇情故而害至公；鄉原賊德⑩，亂朱紫而敗俗化。守令不職，怨讟交興⑪，刑罰失衷，手足無措，胥吏舞文而亂紀，羣小告訐以成風；服色僭越，尊卑無章，工技淫巧，澆靡日蠹⑫，將帥狃於掊克而邊防弛，上下習於垢亂而積弊深。若是者，皆國家之急務，臺諫所當亟言而不可後者也。

今聖天子體國子民，度越百代，大經良法，志在必行。然以今觀之，憲臺一司⑬，整綱頓紀，所以肅清内外，其可不申明大體，姑務毛舉細事⑭，苟以塞詔命而已耶？然事有未易以一二言者⑮，試以其事切於今者明之⑯。凡臺之所糾擿者，皆百官有司踰於法之外者也。今承積弊之後，法制未完，品式未具，官無定資，人無定分，數年以來，抵法冒禁者，人人皆是也。舉一而遺其九，是九者幸免，其一者雖置於理，亦未能服其心也。何則？蓋其罪均而刑殊，罹於法者少，漏於網者多也。若欲人人而劾之，內自京畿，外及州郡，極刑之間[17]，圜土之內，將不勝其繫者矣[18]。異日法之不行，二者必居一於此。古者大弊之後，必有更始之制，然後法得以行，人莫敢犯[19]，故能洗舊染之汙，成維新之化[20]。果克若斯，善之善者也。其或不然，當舉其大而遺其細，大者伏其罪而小者栗矣。若張綱之埋輪，陽城之伏閣，貴戚斂手若鮑中丞，金吾膽落如溫御史，如是則吾之法行矣。

今中外大小百司，於未立法制已前，其奸贓不發者不可以枚計[21]，此朝廷有識之士所共知共見者也。制立之後，有畏罪懼法，改而奉公爲能吏矣；亦有狃於故習，未能盡革，少有贓私而輕者矣；極有怙奸自終，長惡不悛，觸冒公禁無所忌憚，奸私狼藉者矣。所謂不能人人劾之者[22]，蓋謂此也。如能區別其類，刊去其太甚者，董勑懲艾其情輕者[23]，革心而奉公爲能吏者，宜加褒異奬顯[24]，堅其自新之心，如此則贓私者去矣。雖然，事猶有可慮者，贓汙雖去，內外闕員者必多，而事有曠矣。必欲備官而無曠於事，其法有五：曰科舉，曰吏員，曰門廕，曰勞效，曰選舉。其四者，前代遺法具在，舉而行之，則辦矣。獨選舉之制，舊例雖存，擬之當今，權宜節目，固有不同。今日選舉之法，當令內外官五品以上各舉所知，不拘親故門下及子孫弟姪[25]，其材可備用者，皆得預選。所貢者賢，舉主當以次旌擢；所貢者不肖，與之減等致罰㉖，使不得預京官之例㉗。此五事既行，付之吏部，定爲選格。所謂去前之惡，收後之善㉘，承其乏，備其曠，使選舉有例，品節有章，朝廷無可指之瑕。不惟法制一定，後世有所持循，使天下徼倖覬覦，非望無行之徒，將不革而自去矣。今憲司既建，所當行者其目甚多，然切於今者，獨此五事爲要耳。所謂一代之制，綱舉而衆目張者矣。

伏惟二三賢執事天挺高明，剛而不撓，忠言讜論，洞達政體，毅然以大節任天下之重，蓋素所藴積耳㉙。而復内貳鈞軸，外領雄藩，山立揚休，坐鎮雅俗，底柱迄乎頹波㉚，風稜肅乎霜簡，見諸行事，上爲聖天子所知，非一朝一夕。是可謂據得致之位，又有可行之資者矣。若惲也，草茅一介，遭遇明時，違遠朝廷，蓋八年于兹。雖越在草野，乃心未嘗一日不在王室，今復蒙被寵召，拔起於泥塗之中，犬馬之力思所以報效，而媿其孱弱不材。然愚衷内激，情有不能已者，敢觸犯忌諱，贅狂瞽以獻㉛，冒瀆尊威，不勝戰懼之至。

【校】

①「翰」，元刊明補本脱；據抄本、薈要本、四庫本補。

②「掌」，元刊明補本、抄本、薈要本作「蓋」，涉上而誤；據四庫本改。

③「權賞罰」，元刊明補本、抄本作「賞罰」，脱；據薈要本、四庫本補。

④「悮」，抄本、薈要本同元刊明補本，四庫本作「誤」，亦可通。按：悮、誤，同。後依此不悉出校記。

⑤「一」，抄本同元刊明補本；薈要本作「一二」；四庫本作「一人」。

⑥「條」，元刊明補本作「佟」，非；據抄本、薈要本、四庫本改。

⑦「曠」，元刊明補本闕；薈要本、四庫本作「備」；據抄本補。

⑧「緩」，元刊明補本闕；薈要本、四庫本作「寬」；據抄本補。

⑨「或僭越而覬覦徼倖」，元刊明補本、抄本作「或僭越而覬歈徼倖」，聲近而誤；薈要本、四庫本作「或僭越覬覦徼倖而」，倒；徑改。

⑩「原」，抄本同元刊明補本；薈要本、四庫本作「愿」，亦可通。後依此不悉出校記。

⑪「黷」，抄本、薈要本同元刊明補本；四庫本作「讟」，亦可通。

⑫「澆」，抄本同元刊明補本；薈要本、四庫本作「交」，聲近而誤。

⑬「憲臺」，抄本同元刊明補本；薈要本、四庫本作「臺憲」，亦可通。

⑭「舉」，元刊明補本、抄本、四庫本作「辛」，據薈要本改。

⑮「事有未易」，抄本同元刊明補本；薈要本、四庫本作「未易有」，非。

⑯「切」，抄本同元刊明補本；薈要本、四庫本作「之切」。

⑰「極刑」，元刊明補本作「拯行」；抄本作「□汗」；據薈要本、四庫本改。

⑱「繫」，元刊明補本、抄本作「繋」，據薈要本、四庫本改。

⑲「人」，抄本同元刊明補本；薈要本、四庫本脱。

⑳「成」，抄本同元刊明補本；薈要本、四庫本作「而成」。

㉑「計」，抄本同元刊明補本；薈要本、四庫本作「舉」，亦可通。

㉒「不能人人」，元刊明補本、抄本作「人人不能」，據薈要本、四庫本改。

㉓「勑」，抄本同元刊明補本；薈要本、四庫本作「敕」，亦可通。後依此不悉出校記。

㉔「加」，抄本同元刊明補本；薈要本、四庫本作「皆」。

㉕「當令內外官五品以上各舉所知，不拘親故門下及」，抄本同元刊明補本；薈要本、四庫本移於「舉主」與「當以次旌擢」之間，錯簡。

㉖「之」，抄本同元刊明補本；薈要本、四庫本闕

㉗「進」，元刊明補本脱，據抄本、薈要本、四庫本補。

㉘「牧」，抄本、薈要本、四庫本作「收」，形似而誤。

㉙「蘊」，抄本同元刊明補本；薈要本、四庫本作「蓄」，亦可通。

㉚「迄」，元刊明補本闕；薈要本、四庫本作「障」；據抄本補。

㉛「贊狂瞽」，抄本同元刊明補本；薈要本、四庫本作「抒狂昧」。

上張右丞書

中統元年冬十一月朔，布衣王惲謹齋沐頓首再拜，致書于右轄相公閣下：

夫布衣窮悴之士，混閭閻之下，處巖穴之間，欲砥行立名，非附驥尾而託青雲之士，惡能施於後世哉？ 昔夷、齊，讓國之賢君也，在彼則僻處海濱，在此則晦迹中國。周武北伐，二人相與叩馬而諫，太公以義士扶而去之，時人未之知也。及宣父贊之曰「古之賢人也」、「求仁而得仁」，故得名粲星斗，望隆嵩華，奮乎百世之上，通乎千載之下，其名日益彰矣，此太史公所以感激而傳之也。 向非夫子表而出之，吾知其寥寥寂寂西山一餓夫耳①，又焉能廉頑鄙而厲懦夫者哉？

惲，衛人也，生於窮巷之中，長於蓬茨之下，意廣材疏，無所肖似，徒以欲罷不能之心，雪其窗，螢其几，蟫蠹書史，自娛自愈而已②。其於聖學之蘊，治國平天下之術，懵不知也，以故年近不惑而無成于一藝，迹混常流而不登於士林。《傳》曰：「四十、五十而無聞焉，斯亦不足畏也已③。」僕每讀至此，未嘗不廢書長嘆，傷歲月不我與也。於是中夜興起，徬徨四顧，思得出大賢之門，脱囊中之穎，攀逸駕，附驥尾，固瞠乎其後矣。庶幾碌碌，因人成事，免夫堙滅無聞之恥。方今聖賢在上，治具畢張，朝廷清明，百度改正，內都省而統宏綱，外總司而平庶政，雷厲風飛，皇猷攸塞。因自謂曰：「彈貢禹之冠，捧毛義之檄，茲非其時乎？」遂乃應東魯之辟④，忝賓僚之末⑤，席不暇煖而簡書之召已飛馳於汶水之上矣⑥。伏自俟命以來，倉皇失措，不知所以。自通知於閣下，尚賴往者知遇之故，拜下風，接清燕，藉于尺書⑦，俯憐駑鈍，以致剪拂顧盼，俾之長鳴而增倍價⑧。是遇知於閣下者，似不偶然矣。

伏惟閣下剛健文明，練達政體，挾漢日則洗光咸池，分蘭省則坐鎮俗雅⑨；忠結主知，學爲世用，承恩綸於夜半，洞律管於天心。而復闡其經綸之業，大有高於天下者⑩，不得不爲閣下頌之。昔房喬善斷，而如晦矢之以謨；姚崇應變，而宋璟守之以文。四賢者雖所行不仝，同歸于正，故相須以成，俾無悔事。今閣下極推讓規隨之度，收清寧畫一之功，誠漢室之蕭曹，聖朝之房杜也。然念朝廷日遠，天下之事盡在中書，中書之權寔在二三執政。今閣下繫國安危，爲世輕重，進退百官，號令天下，所謂仕進之煙霄，一世之龍門也，尚何驥尾青雲之比擬哉！天下之士欲掇青紫、昭名聲者⑪，捨閣下而將奚歸乎⑫？如惲之心，非敢必其自遠方而來，以黔驢之技，名聯仕版，身簉蘭臺⑬。投書宰相，遂韓愈早達之心；擁篲侯門，要魏勃見知之遇。既聞達於諸侯，歸顯揚于閭里，正以千里一召，寵幸過矣⑭。是則足以脱布衣之賤⑮，刷無聞之恥，而抱一壺千金之貴也，尚何富貴之心之有哉？

伏願明明在上，穆穆布列，聚精會神，相得益章⑯，無疆之休，與世共之。而惲也處甽畝之中，樂堯舜之道，辭編户之役，爲太平之民，守先人之弊廬，甘考鼎之饘粥，亦足以餬口而蔽風雨矣。不然，登西山而追伯夷之風，游東魯而觀洙泗之教，豈得不謂由煙霄而附青雲，自閤下而攀驥尾，顯名當時，施於後世者哉？觸犯尊嚴⑰，不勝惶恐之至。

【校】

①「餓」，元刊明補本、抄本闕；據薈要本、四庫本補。

②「愈」，抄本作「樂」；薈要本、四庫本作「喻」。

③「已」，抄本、薈要本同元刊明補本；四庫本脱。

④「應」，元刊明補本闕；據弘治本、薈要本、四庫本補。

⑤「忝」，弘治本同元刊明補本；薈要本、四庫本作「參」。

⑥「暇」，元刊明補本作「眠」，據弘治本、薈要本、四庫本改。

⑦「于」，弘治本作「手」，形似而誤；薈要本、四庫本作「乎」，亦可通。
⑧「倍」，元刊明補本作「信」，形似而誤；據弘治本、薈要本、四庫本改。
⑨「俗雅」，弘治本、四庫本同元刊明補本；薈要本作「雅俗」。
⑩「高」，弘治本同元刊明補本；薈要本、四庫本作「爲」。
⑪「昭」，弘治本同元刊明補本；薈要本、四庫本作「招」。
⑫「奚」，元刊明補本、弘治本脱；據薈要本補；四庫本作「安」，亦通。
⑬「篕」，弘治本同元刊明補本；薈要本、四庫本作「造」。
⑭「過」，弘治本同元刊明補本；薈要本、四庫本作「遇」，形似而誤。
⑮「脱」，弘治本同元刊明補本；薈要本、四庫本作「挽」，非。
⑯「章」，弘治本、四庫本同元刊明補本；薈要本作「彰」，亦可通。
⑰「嚴」，弘治本、薈要本同元刊明補本；四庫本作「威」，亦可通。

上元仲一書記書

正月十四日，王惲頓首再拜白：

蓋聞居天下有二道焉，出與處而已。伏惟書記上人聰明特達，居天下至静之中，窮聖學大衍之道，積有年矣。回視斯世，若不足玩，至於或出或處，安往而不可哉？第所可惜者，時也。朝廷嚮明而治，聖王順應而行，圖回天功，混一區宇，網羅英俊，片善俾舉。彼聞風興起者，雖山澤之芻蕘，布衣之賤士，思砥節礪行，竭力悉智，願仰副上之好賢樂善之實焉。若曰薦舉不私，用養得所，其職在於賓師之賢。遇知主上之人①，朝夕引翼，一歸於正，俾賢者進而不肖者退，此天下重事而治亂之所係也②。故《傳》曰：「得士者昌，失士者亡。」又《詩》云：「濟濟多士，文王以寧。」蓋言世顯之士能如是也。嗚呼！何君不聖？何王不明？必得聰明至静之士，見微知著，臨事不惑，斷于中而察于外，夫然後可得非常之士而能建莫大之功。當今之時，可以與權者，舍上人一二輩，其孰與哉③？

若僕也蟫蠹書史，兀坐窮年，佔畢之外④，百事不解，爾來二十有八年矣⑤。《傳》曰：「四十、五十而無聞焉，斯亦不足畏也已⑥。」僕每讀至此，未嘗不掩卷嘆息⑦，内增愧赧。噫！自治不勇而喋喋於左右者，何哉？蓋僕恨以荒疏無似，不能卓然自表於世，而上人遭際乃爾，君臣之義既不可廢，今日之出，可謂千載一時也。伏惟書記上人藉有爲之資，乘可致之勢，出則爲王者之師，處則不失高尚其事。若僕所謂可惜者，如是而已矣，但未知生民幸不幸耳。西狩尚遥，想當遠去，略布鄙懷，惟上人其圖之。惲載拜。

【校】

①「主」，弘治本同元刊明補本；薈要本、四庫本作「至」，形似而誤。

②「係」，弘治本同元刊明補本；薈要本、四庫本作「繫」，亦可通。

③「與」，弘治本同元刊明補本；薈要本、四庫本作「舉」，非。

④「佔畢」，弘治本、四庫本同元刊明補本；薈要本作「呫嗶」，亦可通。

⑤「爾」，弘治本同元刊明補本；薈要本、四庫本作「邇」，亦可通。

⑥「已」，弘治本、薈要本同元刊明補本；四庫本脱。

⑦「嘆」，弘治本、四庫本同元刊明補本；薈要本作「太」，亦可通。

檄李秀才士觀取淵明文集書

前六月五日，嘿齋主人頓首白：

余家舊藏《靖節文集》一編，蓋王掾濟川之所録也。此本自入王氏，不復備翻閲有年矣。今吾子所秘於篋者，實出弊家所藏之舊本①。數欲一觀，吾子愕然以無有力辭余，且謂「誠然而止，夫何天誘其衷②，手足誤敗」云。此集我家實有之，蓋次兄手所録也，不知吾子前日之拒之辭，誠何心哉？且靖節之詩正如清風明月，四時何嘗闕焉？既非秘異世莫得聞之書③，一旦譸張，自欺其心，又欺其友，抑不知吾子誠意之學、尚友之義果安在哉？

《傳》曰：「人誰無過，過而能改，善莫大焉。」望吾子毋以前日之辭爲愧，不致有抵璧投珠之舉，復惠然許諾，以脩舊好④，是吾黨中改過自新之友，豈不快哉！豈不快哉⑤！如其不然⑥，是吾子終絶於長者也。吾且將長驅問罪，以圖進取之計，不知吾子將何所逃罪焉？縱吾子限以學海，峻以文府，堅以詩壘，整筆陣以前與吾義師抗，正煩腰間之箭，重射魯連之書也。若曰堅守力盡乃降，謝罪於轅門之下，將唯命是聽，俾介忠胄信之士，干仁櫓義之師盡取所有，稇載而歸⑦，以貽執事羞，固非所願也，惟吾子詳擇焉。嘿齋主人頓首白。

【校】

①「弊」，弘治本同元刊明補本；薈要本、四庫本作「敝」，亦可通。

②「誘」，弘治本、薈要本同元刊明補本；四庫本作「牖」。

③「莫得聞之書」，弘治本、薈要本同元刊明補本；四庫本作「得莫聞之詩」，既誤且倒。
④「脩」，弘治本同元刊明補本；薈要本、四庫本作「備」，形似而誤。
⑤「豈不快哉」，弘治本同元刊明補本；薈要本、四庫本脱。
⑥「如其不然」，弘治本同元刊明補本；薈要本、四庫本作「如其不然而存此心」。
⑦「稛」，弘治本、四庫本同元刊明補本；薈要本作「稠」，形似而誤。

答周南樂書

惲再拜白：

來書承勉，以「割愛」、「致壽」爲喻，雅意甚佳。然僕近六旬以來，老病相仍，百念灰冷，何止此一事爾？至云情之過差，似未相悉也。且老妻推自結髮迄今，與相生活者四十餘年，内助之力既勤孔多，一旦決去，即漠然若無所係，豈人情也哉？故非夫人之慟①，有不期然而然者。如足下所喻，是耄嗟者既非，鼓缶者爲是，恐三極之間，人倫大致，造端之理，未易可輕也。兼聖人垂世，以近情爲貴，静言來章②，殆以無情者爲高，而不及者亦未爲下也，無乃泛應不相關之論哉？此説一行，又似夫足下平日於吾老嫂處，樂爾之懷絶藐然也，其如諸餘何？相顧偕老，方以道業相規之不暇，忽辱以風花爲貺，不幾於當悲而歌③，哀樂失所乎？且風花之愛，蓋少年忘念④，不圖吾友老大，尚未厭斁，情之所鍾，果孰多焉⑤！

臨紙信筆，不覺喋喋如此，幸併爲一嘻也⑥。來索廳事題扁等書，不卹拙惡，勉爲作去，未中尚民社自愛⑦。惲再拜白。

【校】

①「人」，元刊明補本、弘治本脱；據薈要本、四庫本補。

②「言」，弘治本同元刊明補本；薈要本、四庫本作「念」，非。

③「於」，弘治本同元刊明補本；薈要本、四庫本作「以」，聲近而誤。

④「忘」，弘治本同元刊明補本；薈要本、四庫本作「妄」，亦可通。

⑤「孰」，弘治本同元刊明補本；薈要本、四庫本脱。

⑥「爲」，弘治本同元刊明補本；薈要本、四庫本作「爲之」。

⑦「中」，弘治本同元刊明補本；薈要本、四庫本作「申」。

與子初中丞書

爲喪子慰釋

惲再拜白：

聞吾友以季子之喪，情之所鍾，時雖易，有未克遽已者，切恐重傷天和。且緩勿藥之喜，欲有陳慰，以目疾故，敢奉書以寓其說。

夫事機臨衆，得所處爲難；憂患切身，處之者尤不易也。何則？蓋驗吾平時存養定力爲何如耳。死喪固已大矣，然有常有變。父之於子，以愛爲主；子之於父，以顧養爲先。傷其愛，莫逆於父送其子，雖爲戚僅期，略無弗忍過隆之禮。豈養老送終①，人子之順事。其或失養自夭者②，豈惟不順，是亦門庭之孽也。往年寧人程氏喪其佳兒，程氏名和，其子翰聰明有文彩，及年二十③。哭而過市，匪朝伊夕，竟以哀而戕其生，識者譏之。蓋以理哀之，情之正；以事而哀，則情之私也。自今觀之，使程氏不死其子而所圖稱遂，其後事蹉跌，大有過於夭閼之痛者。向使程知幾先見，何有於事哀而殞其生者哉？乃知禍福倚伏，未可以向謀爲得④，一旦遽失，輒以永傷爲抱也。

古稱聖與賢者⑤，爲能以禮制心，以義制事，處乎中而無過不及之差⑥。然哀之於情⑦，固爲不細，發欲中節，聖不吾法，吾何所揆哉？昔伯魚之死，宣父不以弗忍易事，而徒以隆其喪，有以見適於中而不敢越也。然哭子淵，從者曰：「子慟矣！」兹蓋痛其道無所屬也。子者，一己之至情；道者，天下後世之所公共也。故於仲由，發無已之責；在子鯉，有過甚之嘻。又《傳》曰：「君子所履，小人所視。」「巨室之所慕，一國慕之。」古人當其無可奈何則安之，念夫一身之重，而以衆人之所視而慕者爲慮，其於私憂，故有不遑專卹者。兼盛衰吉凶循環迭至，吾之定力正在順受而已，況氣之爲孽、理之不順者哉？嘗以子夏喪子，哭而至失其明，曾子數之以爲過，後人鑑之以爲懲。嗚呼！在聖門之徒猶未免溺於所愛⑧，矧餘人哉⑨？要之，能截然剛制，納諸中而不失其正，有以義割愛而已。故延陵季子，其子死於嬴、博之間，袒還三號，擗坎而即去⑩，曰：「骨肉歸於土，魂氣無不之也。」意者，父子雖天性，而脩短亦命也。觀其所處，儉而有度，哀而有節，可謂達生死之變，酌古今之宜，適恩義之中而存後世久遠之慮者矣，故孔子嘆其合於禮而賢之。此無他，能以義制恩也。

今吾友沉潛剛克，明理而達變，脩其身而齊其家⑪，刑於家而達於人者也，僕尚何言？然一身之重，存養之功，逆順之理，適中之義，尤當以延陵之心爲心，以西河之過爲戒，而爲後來久遠之慮者，乃所以望於閤下也。惟高明亮之。信筆爲言，不罪疏拙，惲再拜白。

【校】

①「豈」，抄本、四庫本同元刊明補本；薈要本作「然」。

②「夭」，抄本、薈要本同元刊明補本；四庫本作「天」，形似而誤。

③「彩及」，元刊明補本作「□及」；薈要本、四庫本作「卒時」；據抄本補。

④「爲」，抄本同元刊明補本；薈要本、四庫本作「而」。

⑤「古稱聖與賢者」，抄本同元刊明補本；薈要本、四庫本作「古之賢者」。

⑥「過」，抄本同元刊明補本；薈要本、四庫本脱。

⑦「然」，抄本同元刊明補本；薈要本、四庫本作「然而」。

⑧「在」，抄本同元刊明補本；薈要本、四庫本脱。

⑨「餘」，抄本同元刊明補本；薈要本、四庫本作「其餘」，衍。

⑩「揜」，薈要本、四庫本作「掩」。

⑪「其家」，元刊明補本、抄本作「於家」，據薈要本、四庫本改。

謝張詹丞書

六月日，中議大夫、治書侍御史王惲頓首再拜，奉書于詹丞相公閤下：

昔韓昌黎以聲光未白，屢用文章投獻知己，若於汴則售董公晉①，於徐則撼張公建封，在朝廷則取知於宰相度。予嘗讀其書，想其人，何激揚奮發，鋭於進而希當世之用哉！蓋欲遇夫大人君子，假其休光餘烈，以斯文效用，將托于不朽故也。

惲猥進士行②，役志於簡編者有年于兹。緣技之癢，時吐辭自喜，亦欲效用於世，受知於大人、君子之門。且驗夫平日勉行之素，徘徊四顧，曾不能就其知遇之願者③，亦有年矣。側聞閤下以明亮之姿，操特達之用，推賢薦士，持衆美效於上，以端宫府之望，孜孜焉惟恐片善或遺、一士之偎偎而去也。切自喜，幸今重華繼明，羣彦周列，兹非求知效用之時邪④？故奉書上進，斷不自疑。竟承閤下不以愚疏見鄙⑤，周旋備至，俾峩冠而前，顒對麾仗，致有西池非常之遇，豈惟身都顯異，抑爲吾道中外之光。其知遇之幸，何董、張、裴晉公之倫可得而比儗者哉？

自是而後，足迹踵於門牆者數矣，未嘗不顧盼剪拂，使之增華當時。葵藿微誠，睠焉孰無？然不敢有一毫過覬、上浼左右者，以本然之分固在，尚何他覦而自取貪冒無厭之譏乎？閤下才識明亮，固雖遠計，不忘此時之愚也。既而行止靡定，淹延茫洋，莫知其然，進退維谷之間，寔有出於無聊賴者，不知於己託是自疏也。因不自揆，庶藉休燠，少熙寒谷之凛，又使遇知明時之奉⑥，庸有以將之也。故伸鳴執事，有不嫌於屑屑者，況聞省録不忘，又有過於前日顧盼剪拂之厚。

敍別之際，欲負愧伸感且謝其不敏，復恐倉卒共辭⑦，重得罪於左右，用是不果於披露也。違離已來⑧，夙夜慨嘆，至于今而有不遑安者。何則？言不復于後，進不保其往，此最君子之所深病。在閤下固已融而不留，而惲也不知量之慊，若復往而不咎，又恐貽自棄自絶之悔，將何以復登中護之堂，接君子之清光，庶幾不負之意者乎⑨？敢布愚衷，惟君侯詳恕之。惲再拜白。

【校】

①「晉」，抄本同元刊明補本；薈要本、四庫本作「時」。

②「進」，元刊明補本闕；薈要本作「列」；四庫本作「廁」；據抄本補。

③「就」，抄本、四庫本同元刊明補本；薈要本作「遂」，亦可通。

④「邪」，抄本、四庫本同元刊明補本；薈要本作「耶」，亦可通。

⑤「竟」，抄本同元刊明補本；薈要本、四庫本作「意」，形似而誤。

⑥「奉」，抄本同元刊明補本；薈要本、四庫本作「幸」。

⑦「共」，抄本同元刊明補本；薈要本、四庫本作「具」。

⑧「已」，抄本同元刊明補本；薈要本、四庫本作「以」。

⑨「負」，元刊明補本、抄本作「腐」，據薈要本、四庫本改。

議

貢舉議

貢舉人材①，肇自唐虞，而法備於周。漢興，乃用孝廉、秀才等科，策以經術時務，以州郡大小限其歲貢之數，以賞罰責長吏，極其人材之精，猶古貢士法也。歷魏，至於後周，中間因時更革，固爲不一，要之，不出漢制之舊。迨隋，始設進士科目，試以程文，時勢好尚，有不得不然者。至唐有明經、進士等科，既明一經，復試程文對策，中者雖鮮，號稱得人，至有「龍虎將相」之目。其明經立法敷淺②，易於取中，當時亦不甚重，又别設制科以待天下非常之士③，故前宋易明經爲經義。其賦義法度嚴備，攷較公當，至亡金極矣④，後世有不可廢者。然論程文者，謂學出剽竊，不根經史，又士子投牒自售，行誼蔑聞，廉恥道喪，甚非三代貢士之法。

伏遇聖天子臨御之初，方繼體守文，以設科取士爲切⑤。若止用先皇帝已定格法，與時適宜，可舉而行。如邁隆前代⑥，創爲新制，可不詳思，揣其本末，酌古今而論之⑦？惟古貢士率從學而出，後世不詢經行，徒採虚譽，因循薦舉，狃于私恩⑧，不顧公道，此最不可者也。莫若取唐楊綰、宋朱熹等議，參而用之，可行於今。綰之法曰：「令州郡察其孝友信義而通經學者⑨，州府試通所習經業⑩，貢於禮部。問經義十條，對時務策三道，皆通爲上第；其經義通八，策通二爲中第。其《論語》、《孝經》、《孟子》兼爲一經。」熹之議曰：「分諸經史，如《易》、《詩》、《書》、《周禮》、二戴《禮經》、《春秋三傳》各爲一科⑪，將《大學》、《中庸》、《論》、《孟》分爲四科，並附已上大經，逐年通試。及廷試對策，兼用經史，斷以己意⑫，以明時務得失。」

愚謂爲今之計，宜先選教官，定以明經、史爲所習科目，以州郡大小限其生徒，揀俊秀無玷汙者充員數，以生徒員數限歲貢人數，期以歲月，使盡修習之道。然後州郡官察行攷學，極其精當，貢於禮部，經試、經義作一場，史試、議論作一場。題目止於三史內出。廷試策兼用經史，斷以己意，以明時務。如是則士無不通之經、不習之史，進退用舍，一出於學，既復古道⑬，且革累世虚文妄舉之弊，必收實學適用之效，豈不偉哉？外據詩賦，立科既久，習之者衆，亦不宜驟停，經史實學既盛，彼自絀矣。翰林學士王惲謹議⑭。

【校】

①「材」，薈要本、四庫本、《中州名賢文表》同元刊明補本；弘治本作「林」，形似而誤。

②「敷」，弘治本、薈要本、四庫本同元刊明補本；《中州名賢文表》作「膚」，亦可通。

③「別」，弘治本、《中州名賢文表》同元刊明補本；薈要本、四庫本作「有」。

④「亡」，弘治本、薈要本、《中州名賢文表》同元刊明補本；四庫本作「于」，誤。

⑤「切」，弘治本、《中州名賢文表》同元刊明補本；薈要本、四庫本作「功」，形似而誤。

⑥「如」，弘治本、《中州名賢文表》同元刊明補本；薈要本、四庫本作「之」。

⑦「論」，弘治本、《中州名賢文表》同元刊明補本；薈要本、四庫本作「用」。

⑧「于」，元刊明補本、弘治本、《中州名賢文表》作「爲」，據薈要本、四庫本改。

⑨「孝友信義」，弘治本、《中州名賢文表》同元刊明補本；薈要本、四庫本作「信友孝義」。

⑩「所習經業」，弘治本、《中州名賢文表》同元刊明補本；薈要本、四庫本作「經習所業」，倒。

⑪「詩書」，弘治本、《中州名賢文表》同元刊明補本；薈要本、四庫本作「書詩」，倒。「科」，弘治本、《中州名賢文表》同元刊明補本；薈要本、四庫本作「經」，誤。

⑫「斷」，《中州名賢文表》、抄本同元刊明補本；薈要本、四庫本作「對」，非。

⑬「復」，《中州名賢文表》、抄本同元刊明補本；薈要本、四庫本作「習」，非。

⑭「學士」，《中州名賢文表》、抄本同元刊明補本；薈要本作「士」，脱；四庫本作「臣」。

王惲全集彙校卷第三十六

記

醉經堂記

王子築室於中唐，既落成，揭之曰「醉經」。客有過而疑焉，曰：「古之人名其室廬，蓋皆砭所欲而儆不逮。今吾子年踰强仕，讀書學道積有寒暑，方以醉經爲志，且平昔所尊何經①？所嗜者何學耶？」

予應之曰：「人孰不飲食？得其味者或寡矣②。且天下之事，必綦其所嗜而後得之③，如易牙之别味，養叔之治射，秋之於弈，伯倫之於酒④，唯其嗜之酷⑤，故能造乎極而嚌其胾者矣⑥。矧五經者，聖人之成法，生民之大命係焉。若夫盡乾坤之變，極萬物之情，鬼神之所以幽⑦，吉凶消長之所以著，使人窮神知化，樂而不憂，遯而無悶者，《易》

之道也；性情之所發，禮義之所當止，天地鬼神之所以感動，草木昆蟲之所以區別⑧，俾多聞博識，益耳目之聰明者，《詩》之教也；五帝之建極，三代之受授⑨，邦本所以基而固，生民所以厚而康，布在方策，示人主以軌範者，《書》之奥也；飲食有節，進退有度，使君臣、父子、兄弟、朋友之間上下志定而無僭越、危亂之禍者⑩，《禮》之實也；公是非，明褒貶，君子小人之所以分，亂臣賊子之所以懼，萬世而下，使大中至正之道綱維世教，不至於魑魅魍魎者，《春秋》之法也。斯五者，天下之達道，堯舜以之無爲，湯武以之順守，周公以之輔相，孔孟以之垂教，伊尹之致其君，顔子之樂其樂，其皆出於此乎？然非嗜之酷、資之深，守死善道，殆未窺其窔奥也。

若予也，幼而學，以舉業汨其真；壯而仕，以冥行易所守。内乏中和以植其本，外欲禮義以制其宜，望道而未見，歠醨而失醇。所謂清廟之玄酒，至道之膏腴，時或揚觶一嚼，卒未造乎古人中聖之地。故事變之來，酬酢倒置，鮮中律節。此無他，志之不立、經之不明故也。嗚呼！予乎，其將醉于經乎？朝而浸六藝之醲郁，夕而味百家之異同，然後躡丘臺而望千鍾之聖，騁奥府而追百觚之賢，神凝妙理，心粹太和。浩浩其天，淵淵其淵，不知我之醉經，經之醉我。是則醉經爲志，不其曠且樂歟？」

重爲之歌曰⑪：「能者在人，不能者在天。幼學壯行，訂夫學之正偏。道之隆汙，一聽天之云然。彼君子兮，盡其性之所全，故無入而不自得焉。有河上丈人者出，庶幾知予心之拳拳。」

客曰：「若子之志，似酣且適矣，尚何言哉？」迺揖而退。因書其言于壁，不惟志其所欲，亦且規其未至者[12]。日就月將，果能粹于全經者乎？時至元丁卯夏六月中伏日，經堂主人王仲謀父記[13]。

【校】

①「昔」，抄本同元刊明補本；薈要本、四庫本作「日」。

②「得」，抄本同元刊明補本；薈要本、四庫本作「而得」，衍。

③「之」，抄本同元刊明補本；薈要本、四庫本脱。

④「於」，抄本、四庫本同元刊明補本；薈要本脱。

⑤「唯」，抄本同元刊明補本；薈要本、四庫本作「惟」，亦通。後依此不悉出校記。

⑥「乎」，抄本同元刊明補本；薈要本、四庫本作「其」。

⑦「鬼神」，抄本同元刊明補本；薈要本、四庫本作「神鬼」。

⑧「之所以區別」，弘治本同元刊明補本；薈要本作「之所能以區別」；四庫本作「之所以能區別」。

⑨「受授」，弘治本、薈要本同元刊明補本；四庫本作「授受」，倒。
⑩「之禍」，弘治本同元刊明補本；薈要本、四庫本作「禍」，脱。
⑪「之歌」，元刊明補本、弘治本、薈要本作「歌之」，倒；據四庫本改。
⑫「其」，抄本同元刊明補本；薈要本、四庫本脱。
⑬「經堂」，抄本同元刊明補本；薈要本、四庫本作「醉經堂」。

博望侯廟辯記①

頓坊距汲縣東北二十五里，川原衍沃，泉流交貫，蓋蒼水沇湫至此而後發。厥田宜稻與麻，平時脩竹彌望，號稱「小蘇門」。

按圖誌，其地殷墟近郊，太行之朝陽也。坊北不百舉武有岡，陂陀際山西來，岡首有祠，俗相承云「漢博望侯張騫廟」，侯之塚在焉。予讀《西漢書》，騫自建元中使西域，通烏孫而卒，塚今在漢中，此安得騫之墓所哉②？是乃《欒史》所辯。汲縣東北三十里有岡曰博望，上有石墳洎二石，表云「張騫塚」，非也，乃故原武典農高府君之神道，呼爲石柱國者是也。然不明府君何代人，而「典農」，魏晉間秩號。見《晉書·何曾傳》，曾爲汲郡典農中郎將。其於郡人有功，因屋而祀之，昭昭矣③。今縣治去頓坊二十里而遥，曰「五十里」者，攷之，蓋距古汲城而言也。又按唐志書，武德六年改共城爲共州，置博望縣，此亦因岡而爲名。故土人不究是非，直以崗、縣名與騫侯封相同，遂指爲騫之塚廟，何其誤哉！

至元四年，外叔韓澍來官，數以廟辯見囑，予因爲説曰：「明則有禮樂，幽則有鬼神，幽明雖殊，其理罔間，騫若有靈，恐不能一朝居此。且以名亂實者，君子惡諸④。守令者，民神之主也，一旦有事，祠下幣祝交獻，明以典農高君，而曰博望張侯，吾誰欺？欺神乎？言且不順，而望神之妥靈肸蠁，吾未之信也。」

嗚呼！正名實，明祀典，有司之事也。今侯之爲縣，首以孚誠感通神明，致雨暘之應，以利其鄉人，故正兹名實之不正，足以見侯之莅官興事不苟云。歲丁卯壯陽月夏至後三日，郡人王惲記。

【校】

①「辯」，抄本、薈要本同元刊明補本；四庫本作「辨」，亦可通。

②「所」，元刊明補本、抄本闕；據薈要本、四庫本補。

③「祀」，抄本同元刊明補本；薈要本、四庫本作「祠」，亦可通。

④「諸」，抄本同元刊明補本；薈要本、四庫本作「之」，亦可通。

洄溪記 有銘

王子性僻野，喜泉石，樂之窮老而不厭。間歲，買田郭西，廣且百畝，土瘠而甌臾①，特以溪流回護，居水之腹，景氣古澹，令人有足愛者。且清泉二水近自蘇嶺，遠發黑山，至共西南而後合，縈帶林野，百里而後渡汲。

予嘗登丘望遠，溪自郭氏林塢徑北流，運肘而東指，盡三里而北騖，沉沉無聲，若白虹西來，東田爲腹，視兩際爲最深。惟其崖岸峻曲，故淵流紆緩，黛滀膏渟，倒影空碧。其或匯而爲盤渦，瀠而爲浦漵②，横煙漠漠，魚鳥飛没，此溪曲之大率也。至若林霏未開，披拂縞練，風漪遡行，殆縈而轉；夕月秋霽，瑶琨滿溪，流光空明，蕩而復回；金支翠旂，有來宓妃③，鷗汎汎而不下，舟摇摇而若維。是則淵洄泱泱，容態百出，澄萬慮，駐景色，可喜可觀者也。若夫奫淪淵默，溪之靈也；浸潤原野，溪之德也；窟宅蛟鼉，溪之神也；變態曲折，隨物賦形，溪之文也；衆壑來會，噏欱呷納④，溪之量也；湯湯洋洋，旦夜不息，是又溪之無盡藏也。豈幽人智士樂而不饜者⑤，良以此與⑥？

予久閑寂，若爲時所遺也。日以杖屨倘徉溪上，屏蓊翳，遠馬牛，疏薉惡，以潔溪之流。居無幾，溪之神似喜予之主也，林壑從而增華，雲煙爲之動色。臨溪而漁，藉草而坐，不勞登涉，指顧之頃，其溪山之勝、魚鳥之樂盡在吾目中矣。王子於是醉而歌，起而舞，振靈脩之遠駕，襲九淵之神龍⑦，不知世之遺我⑧，我之遠世，將淵潛以自珍也。昔柳州謫永，易冉而爲愚；元結刺道，以浯而銘溪⑨。今予扳二公之例，⑩錫汝曰「泂溪」，其誰將不然？安知夫溪神不擊節嘆賞，喜其名嘉而實得，時出歌舞以樂其不世之遇也耶？銘曰：

浩浩川流，逝何速兮。涓涓石霤，時或窮兮。水維淵泂⑪，物所鍾兮。吾庸名汝，亦自容兮⑫。汝安吾命，尤沖融兮。邑無君子，吾適從兮。偭彼蟂獺，追神龍兮⑬。匪惟自珍，俟吾道之隆兮。

【校】

①「臾」，抄本、薈要本同元刊明補本；四庫本作「宴」，非。

②「瀴」，抄本、薈要本同元刊明補本；四庫本作「漾」，非。

③「宓」，抄本、薈要本同元刊明補本；四庫本作「虙」，亦可通。

④「噏欿」，元刊明補本、抄本作「噏欿」，形似而訛；薈要本作「噏吹」，形似而訛；四庫本作「翕聚」，妄改；徑改。

⑤「智」，抄本同元刊明補本；薈要本、四庫本作「志」。

⑥「與」，抄本同元刊明補本；薈要本、四庫本作「歟」，亦可通。後依此不悉出校記。

⑦「龍」，弘治本同元刊明補本；薈要本、四庫本作「童」，形似而誤。按：龍，俗作竜；竜、童，形似。

⑧「遺」，弘治本同元刊明補本；薈要本、四庫本作「遠」，涉下而誤。

⑨「浯」，弘治本同元刊明補本；薈要本、四庫本作「潛」，非。

⑩「扳」，弘治本同元刊明補本；薈要本、四庫本作「援」，亦可通。

⑪「洄」，弘治本同元刊明補本；薈要本作「泗」，形似而誤；四庫本作「淪」，非。

⑫「自」，元刊明補本、弘治本作「目」，據薈要本、四庫本改。

⑬「龍」，弘治本同元刊明補本；薈要本、四庫本作「電」，形似而誤。

殷太師廟重建外門記

廟有外門，舊矣。金泰和四年，節度使孟公鑄易而新之。近代以來，廢撤不復者，蓋三紀焉。維皇朝至元元年，郡侯渤海王復命汲縣令葛祐作新太師之祠，奉明詔而緝廢典也①。越明年春二月，神宇甫完，移治令下。逮夏五月，郡人韓澍來令兹邑，奠謁祠下，顧瞻臺門未克完具，殆無以稱新宫而揭虔敬。明年秋七月，乃經始焉，順歲成而樂民用也。九月初吉告成厥功，輪奂爽塏，神游敞然，風馬雲車肅焉來臨，左林右泉奕奕動色。既而，主縣簿高顯洎其屬願以事文諸廟石，遂再拜請書於惲。

惲曰：「太師之墓在衛境，聖蹟也。按祭秩，當祀也②，自殷迄今二千有餘歲矣③。神之所以凛然如生④，血食不絶者，豈非忠義之氣粹而爲喬嶽⑤，融而爲列星，窮天地，亘萬古，作大閑，爲民極故也？孔子稱殷有三仁焉，蓋至誠惻怛之心，其揆一也。太師之進諫不去，箕子之法授聖也；太師之殺身成仁，微子之志存宗也。前代以二賢配饗廟庭，亦見夫顯異尊崇之禮，宜矣。然一門之役，不可不謂全功。重嘉令之爲縣，民安政簡，而復致敬恭於明神，繼成前功，可謂能也已。」故詳書本末，以俟來哲⑥。至元丁卯秋九月重九日謹記。

【校】

①「典」，弘治本、四庫本同元刊明補本；薈要本作「興」，形似而誤。

②「當」，弘治本、薈要本、四庫本作「常」，形似而誤。

③「千」，元刊明補本、弘治本作「十」，據薈要本、四庫本改。
④「凛」，弘治本、四庫本同元刊明補本；薈要本作「浩」，非。
⑤「忠」，弘治本、四庫本同元刊明補本；薈要本作「志」，非。「粹」，弘治本、薈要本同元刊明補本；四庫本作「萃」，亦可通。
⑥「俟」，弘治本同元刊明補本；薈要本、四庫本作「示」，據文意當作「示」。

種柳記

古之人十年種木，俟以時而充吾用也。然五十不藝樹者，謂夫「歲月之不我予也」①。物之易生，莫柳若也，自拱把而合抱②，特十餘歲耳。今年春，命家僮斧東城之外七十有二木③，植諸洄溪之上，清流溉其根，時雨澤其顛④，甫閲月，枝葉扶疏⑤，已復可愛。異時，材則充吾家棟宇之用，薪則供吾爨下朝夕之須，斧斤以時，有不勝其用者矣。不然，畏日凝空，炎風灼野，長條美蔭，拂堤岸而庇清流，使龜魚游泳，爲牛馬憩息之所，亦田家之一快也。吾今年四十有二，小子其識之。且念夫天之生物，無匪益於人者；人爲物靈，役萬有而君之，亦莫不極焉。不知加我數年，能有益於物也果何如哉？時至元戊辰夏六月，洄溪主人記。

【校】

①「夫」，弘治本同元刊明補本；薈要本、四庫本脱。

②「自」，弘治本、薈要本同元刊明補本；四庫本作「其自」，衍。

③「外」，弘治本同元刊明補本；薈要本、四庫本作「柳」。「木」，弘治本同元刊明補本；薈要本、四庫本作「本」，形似而誤。

④「澤其顛」，元刊明補本作「濯其幹」，據弘治本、薈要本、四庫本改。

⑤「疏」，元刊明補本、弘治本、薈要本作「蘇」，聲近而誤；據四庫本改。

社壇記

田之置社，所從來尚矣。自天子至於庶人，莫不有社，蓋所以神地道而美民報也。其制壝而不屋①，俾之受霜露風雨以達天地之氣。社者，五土之示，田主之所依也。各以方所宜木樹之，以表其位，夏以松，殷以柏，周以栗是也。祀以春秋，始用祈而終有報也；日用甲，祭之常而取其始也。配以稷，蓋稷爲五穀之長，且稷非土無以生，土非稷無以見生生之效，以其同功均利，更相載養故也。至元三年秋，予買田於清水之南，墾斸樹藝。且曆歲時，得田二百餘畝，方之圭潔，蓋以倍蓰矣。若夫水土之賜，莫非君恩，乾溢豐凶②，寔維神所托焉，是不可不明乎本。觀衛土所宜，惟棠爲然，故于舍之西南若干步就其木以爲神，表著之位③，春祈秋報，用安以妥。

嗚呼！社禮之廢久矣，背本趨末者衆矣。古之爲民者四，各有恒業，不相哤雜。今三者不易，爲士者獨失所守，遑遑載質④，不相弔于道路者，幾何人斯？若予也，工商賤事非所宜爲，以幸爲利，義之所不敢出也。是則耕而後食，藉之爲育廉之地，誠又性之所便⑤，身之所安爾。予一夫耳，其能化鄉人乎？以爲告朔餼羊，使田正有所依而知載養之功，德合無疆矣。於是乎書，時四年丁卯冬十月也。

【校】

①「壝」，元刊明補本、弘治本作「遺」，半脱；據薈要本、四庫本改。

②「乾」，四庫本同元刊明補本；弘治本、薈要本作「軋」，形似而誤。

③「著」，薈要本、四庫本同元刊明補本；弘治本作「箸」，亦可通。按：箸，《廣韻》陟慮切，同著。作「箸」者，蓋「著」

之形誤。

④「遑遑」，弘治本、四庫本同元刊明補本；薈要本作「皇皇」，亦可通。

⑤「便」，弘治本、四庫本同元刊明補本；薈要本作「使」，形似而誤。

孔履記

孔子殁千有八百餘歲，小子惲獲拜履纂於先進趙公學舍①。吁，可敬也！履之制極古，長尺有二寸，其圈以絲。藉則以枲爲之紋，作古方花，角結駢羅，紕絡如畫②，不可端倪。厥首几几，似圓而方，狀若物勾，勢欲上達。循口有衣如罥，可相掩覆，傍綴繩絇，長約數寸，殆用拘縛，以斂口哆。環脣之周，中貫繶紃。疊踵之後，辮結方舒。犢鼻穿徹，色蒼艾無光。枲之纖尫者逮弊③，絲之堅凝者不變也。於是拂拭睇視，起敬起愛，恍如升君子之堂，仰高風，攀逸駕，而聆足音之跫然也。

若夫履者，禮也。君子所履，小人所視，況吾夫子踐履之物哉？吾儕小人，可不敬而視之？且夫子相魯七日，誅卯也於兩觀之下，如由、賜之徒，尚愕然而驚，況魯人乎？然視其所履，其詳可得而考也④。夾谷之會，齊以萊兵劫公，孔子履階而上⑤，不盡一等。

是履也，凝然山立，兵卻魯張，其無嚴諸侯之勇，可得而見也！然後退而閑居，從容中道，與三千之徒翺翔於洙泗之間⑥，接武於杏壇之上，其素履之往，坦坦幽人之貞可得而觀也⑦。俾後之君臣、父子、兄弟、夫婦順而履之者昌，捨而違之者亡。宜乎吾夫子萬世之下凝旒被衮，履帝位而不疚，其道光明者焉。嗚呼！當崇奉者，聖人之功也；當踐履者，聖人之迹也。苟知其功而不踐其迹，與嗜古物爲耳目之玩者等矣，是誠不可不知其所當履也。

中統三年夏五月，同宣撫徐世隆、都司劉郁、幽陵張著觀，汲郡王惲拜手稽首而爲之記。

【校】

①「綦」，抄本、薈要本、四庫本同元刊明補本；《中州名賢文表》作「纂」，形似而誤。

②「絡」，抄本、薈要本、四庫本同元刊明補本；《中州名賢文表》作「縚」，形似而誤。

③「逮弊」，抄本、《中州名賢文表》同元刊明補本；薈要本、四庫本作「殆敝」。

④「詳」，抄本、《中州名賢文表》同元刊明補本；薈要本、四庫本作「祥」，形似而誤。

⑤「履階而上」，元刊明補本、抄本作「履者而上」；薈要本作「歷階而登」；《中州名賢文表》作「履老而上」；據四庫

本改。

⑥「翱翔」，抄本、薈要本同元刊明補本；四庫本、《中州名賢文表》作「翩翻」，非。

⑦「之貞」元刊明補本作「□貞」，薈要本作「貞吉」；四庫本、《中州名賢文表》、抄本作「之貞」。

殷少師比干廟肇祀記

總管趙郡陳公治衛之明年，政平訟理。一日，謂僚佐曰：「太師比干之神，古今之盛烈也。以視事之初，未遑致祭，爲守臣者，是殆闕如。況在明詔，又當夤奉①，神不於其祭，吾烏乎用吾祭？噫②！斯典之廢久矣，禮失而野，當以義起。且四時以秋爲金，五行以金爲義，而太師之徽烈忠貞剛毅③，蓋與秋律一也。今以秋令祀之，庶幾氣可應而神來格也。」僉曰：「俞。」公於是擇穀旦，謹齋沐，得秋九月十有四日戊戌夜漏下四十刻，公乃延郡之賓友洎府之幕屬畢集于祠下④。質明，公斂袵以入，乃即厥事。鼓鍾既陳，賓從就列，籩豆静嘉，牲醪香腯，奠獻禮成，泠風穆然，忻忻康樂，神具醉飽。從祀者凡十有九人，對越靈威，精魂動盪，殆肅如也。

既闔户，賓主序位，主人示曠度，略苛禮，歌管交奏，饜飫神貺⑤。公乃詠《擬騷》之九誦，賦《伐木》之卒章，洗爵揚觶，以極歡暢，顧謂坐客曰：「祀以秋期，肇自於是，可乎？」客乃聞而贊之，爲之歌曰：「泬寥兮九秋⑥，神粹兮一氣。百卉兮具腓，貞松兮勁厲。來雲兮度帟，迴風兮滿旆。坎坎兮蹲蹲，人神兮具醉。雨暘兮時若，神賜兮屢歲。爰祀兮清商，自公兮毋替。」燕既終⑦，賓主揖而退。

繹之明夜，大雨，信宿乃止。咸曰：「時雨之應，豈非公之至誠所感耶？」公以謙撝自牧，乃謝不敏曰：「適雨與會，予何德以致之？」既而，府從事李端告予曰：「公自下車，迹其善政有不可揜焉者，其於事神治人可謂備矣，宜文諸廟石以旌厥美。」衛人王惲韙其言而嘉之⑧，於是乎記。至元丁卯冬十月也。

【校】

①「夤」，抄本同元刊明補本；薈要本、四庫本作「寅」，亦可通。

②「噫」，抄本同元刊明補本；薈要本、四庫本作「意」，亦可通。

③「太」，元刊明補本作「大」，據抄本、薈要本、四庫本改。

④「洎」，抄本同元刊明補本；薈要本、四庫本脱。

⑤「飫」，抄本同元刊明補本；薈要本、四庫本作「沃」，聲近而誤。

⑥「沉」，元刊明補本、抄本作「沉」，四庫本作「沈」，據薈要本改。

⑦「燕」，抄本同元刊明補本；薈要本、四庫本作「宴」，亦可通。後依此不悉出校記。

⑧「韙」，元刊明補本、抄本、薈要本作「偉」，據四庫本改。

楊氏塑馬記

至元二年春三月，運副楊君祝香濟瀆，道宿承恩，夢人驅乘馬而西，寤而異之。及投誠沇海①，出紵衣以賜，因默祝曰：「幽靈如此，當復來以答神貺。」越翼日，馬無病而斃，即火之，俾授陰策。明年春，再走祠下，追念驥德與相之權奇，有足見于土木而聳陰馭之儀者。迺命工塑，設於神庭之右②，驤首振鬣，勢殆躍如。既而，楊再拜，請記於予。

予謂清濟在天地間一水耳，唯其不常流亂，涉河溢滎③，沇洑地中，獨達于海，故曰瀆，此濟之所以神也。祭秩，視諸侯有國者祀之。近代來，歲時香火，奔走百郡，世之人豈以靈淵暎欻④，變幻百出，能警動人耳目⑤，以爲瀆不測之神耶？夫神，聰明正直者，恐不必爾矣⑥。且楊君誠心所貫，發於夢，夢之所得見於行事，其亦敬共篤信⑦，聽於神而不疑者也。然心即神也，神即心也。吾恐方寸靈明之地⑧，即天地百神之主，而吉凶禍福不由乎己，而由神乎哉！昔昌黎公碑羅池，神筆李儀醉踣廟下，以爲靈，尚何怪於此哉？至元丁卯秋七月日記。

【校】

①「沇」，抄本同元刊明補本；薈要本、四庫本作「流」。

②「神」，抄本同元刊明補本；薈要本、四庫本脱。

③「榮」，元刊明補本作「榮」，據抄本、薈要本、四庫本改。

④「映」，抄本作「駭」；薈要本、四庫本作「閃」。

⑤「警」，抄本同元刊明補本；薈要本、四庫本作「驚」，亦可通。後依此不悉出校記。

⑥「必爾」，元刊明補本、抄本作「爾必」，據薈要本、四庫本改。

⑦「亦」，抄本同元刊明補本；薈要本、四庫本作「于」，形似而誤。「共」，抄本同元刊明補本；薈要本、四庫本作「恭」，亦通。後依此不悉出校記。

⑧「寸」，抄本同元刊明補本；薈要本、四庫本作「正」，非。

遊玉泉山記①

玉泉，附都之名山也。予十年間三走居庸，以事梗未遑一遊，有顧揖雲煙而已。

至元七年四月廿一日，與憲臺諸公出餞高、劉二侍御於高梁河上。客既去，相與並騎，且話且前，舉目瞻佇，已次甕山，因共爲玉泉之遊。於是轉崗陵，過碾莊，望西南林壑，煙霏空翠，襟袖爲之淋漓也。遂舍騎而步，歷佛閣，觀檻泉，偃靈鼇之西騫，訝玉虹之東騖，命童子以銀罌挹水於石鯨之口，清泠甘洌，三嚥乃已。於是攀雲蘿，轉山腹，不百餘步倪肰飛躡半空，俯瞰平湖，令人有撐舟昆明之想。稍西，得離宫故基，歷崖而上，入瑶華石洞，二三子解衣盤礴，縱酒談謔，浮以大白，怡然洽所歡，充然有所得，抗走塵俗，頓然一醒。是日，曦馭凝空，清和扇物，雲光湖水，倒影一碧。王子與客誦春山之詩歌，離宫之曲，不知身之屬官，日之在山也。歌曰：

昔人作宫兮重扃扉，今人來游兮登故基。山田有苗兮漁有磯，鳥飛鷗泳兮同一嬉。翠華一去兮空落暉，山川良是兮往事非。感今懷古兮令人悲，我生胡爲兮亦栖栖。滄浪水清兮濯冠纓。

歌闋而去，因念世間事無意於得不期然而然者多矣，今以送客而來，初無意於登賞，遂成兹遊。至有心於成，約與造物遊于一日之内而償窮年之勞，不爲事奪、風雨妨者，殆無幾耳。予然後知天下之事，任術以去取，留意於成全者，皆以小智自私，則失自然之理也。可勝嘆哉！同遊者凡六人：范陽李公弼、秦臺楊子秀、鄢城韓君美、洹水梁幹臣、太原温次霄、汲郡王仲謀。期不至者，饒陽高瑞卿、涞水邢良輔。餞不及者，固安王輔之、相州馬才卿。

【校】

①「遊玉泉山記」，抄本同元刊明補本；薈要本、四庫本是文俱脱。本文元刊明補本闕文甚多致不可句讀，據抄本補齊，不另出校記。

游霖落山記

州西北四十里，有山曰霖落，寺曰香泉者。初，自寺莊入山門，約行六七里，峯回路轉，得古浮圖，亭亭出杳靄間，青嶂回抱，真畫圖也。望東北諸峯，頂磨蒼穹，足注絶壑。

山之椒，萬石林立，極太湖奇特之狀。半空磊落，勢若飛來，蒼官老柏①，儼侍上下，雲煙空翠，顧揖不暇，即霖落山也。行百餘步，徑漸峽束，石犖确，不能騎，青鞋、竹杖推挽以進還，自絶澗底陟西磴道入寺。殿廢基枕巔崖上，東西二佛龕，歲月峥嶸，皆開元間物也。南瞰哀壑，心魄爲動。

王子與客循東崖而下，抵霖落山足，仰看青壁，斗絶如削，今謂之「捨身崖」者是也。少憩，轉而升東北石磴②，攀蘿蹴蘚，度滴乳古巖，再折而抵華嚴壁下。壁磨崖爲之，作隸書，刻《華嚴》部，特精緻可觀，字約萬數。木客誕誇，時出光怪，中鑿巨龕古佛，護以龍象。其香泉自經洞石罅中流出，穿雲霤石，復從乳巖半腹下瀉，作瀑布流，飛濺叢石間，珠跳玉迸，頃刻百斛。山藉以潤，寺仰以清也。西崖對峙，老色積鐵，怪石出槲樹間，蹲踞騰挐，衆獸相搏，望之愕然而恐。野人指予而告曰：「此獅子巖也。」其西北一峯天成如臺，石逕作梯，盤屈而上，若雌霓挂樹，連卷未收③，即寺之眺月臺也。寺故址山中相傳昔魏安王起雪宮於此，故宋人石刻皆引魏離宮故事，有「崎嶇一逕入禪扉，魏主離宮在翠微」之句。金盛時，殿閣極侈，今祇禂禪師一殿巋然獨存，所恨薄暮，不獲陟。連雲絶頂，放曠遠目以盡諸山之勝，令人仰視，飄然有整翮凌雲之志。既而林風振壑④，寒日下山，蒼然暮色，自遠而至，猿鳴兕叫⑤，凛不可留，遂自南山半腰歷蘚磴，俯渚岸，盤馬謹轡而還。回顧寺塔，瞑煙四合，無復所見。但覺西山爽氣，清潤雄秀，溢我心目，襟袂以之淋漓，詩脾爲之清壯也。

夫遊覽，細事也，功名之士有所不取。然謝傅之放情丘壑，羊公之興懷峴首，二賢者，其功業豈下於人哉？要之，高人勝士不無瀟灑出塵之想，闤闠塵俗，觸眼可惡，時於山川風煙勝處，垂橐而往，稛載而歸⑥，俾廓落之懷，心凝形釋，與萬化冥合，然後知吾向之未始遊焉如何。若曰功名顯赫，如二公而後可。噫！高天厚地，須富貴何時邪？癸亥冬十二月望日記。

【校】

①「官」，抄本同元刊明補本；薈要本、四庫本作「松」，亦可通。

②「升東北」，抄本同元刊明補本；薈要本、四庫本作「東北升」，倒。

③「卷末」，抄本同元刊明補本；薈要本作「未卷」，倒；四庫本作「蜷末」，亦可通。

④「振」，抄本、四庫本同元刊明補本；薈要本作「整」，涉上而誤。

⑤「叫」，抄本、薈要本同元刊明補本；四庫本作「嘯」。

⑥「稛」，元刊明補本、弘治本作「困」，俗用；據薈要本、四庫本改。後依此不悉出校記。

新井記 有銘

水之滋人，至矣！予城居三十年，口衆而無井，亦一苦也①。蓋飲食酒茗之用，日不暇數十斛②，率以僕奴遠汲取足，誠可憫也。中統四年夏六月朔，召井工鑿井於舍南隙地，告成於是月上旬之戊午③。凡用錢布四千五百，役傭三十六，甃甓三千二百，其深四尋有二尺④。既汲，果食洌而多泉，味之，莫餘井若也⑤。且夫汲之爲郡，一咽會也。吾聞生聚繁夥之地⑥，水率鹹苦，井而得美泉者，百不一二數。何則？腐穢滲漉之餘故也。予生也多疾，鹹苦之味尤所禁忌⑦。今新泉若是而甘且洌⑧，天其或者湔浣我心肺，滌濯我五臟，沛然助往來生生之資而供無窮之用也⑨。是宜銘，銘曰：

四年季夏日戊午，鑿井得泉甘勝乳。古云飲之疾可愈，朝來汲引已堪覩。金沙離離流百股，一泓寒碧蒼煙吐。黑如灣潩瀠水府⑩，劇郡之水率斥鹵⑪。此泉扶衰殆天與，我嬰重潔綯脩組⑫，尚餘來者無窮數。

【校】

①「苦」，薈要本、四庫本同元刊明補本；弘治本作「古」。

②「暇數」，弘治本同元刊明補本；薈要本、四庫本作「下二」，當非。按：暇，用同下。作「二」者，不知所本。

③「上」，元刊明補本作「土」，形似而誤；據弘治本、薈要本、四庫本改。

④「二」，弘治本、薈要本、四庫本作「一」。

⑤「餘」，弘治本同元刊明補本；薈要本、四庫本作「予」，聲近而誤。

⑥「聚」，元刊明補本作「飛」，據弘治本、薈要本、四庫本改。

⑦「鹹」，弘治本、四庫本同元刊明補本；薈要本作「醎」，亦可通。按：醎，同鹹。作「醎」者，蓋「鹹」之形誤。後依此不悉出校記。

⑧「洌」，薈要本、四庫本同元刊明補本；弘治本作「列」，俗用。

⑨「生生」，弘治本同元刊明補本；薈要本、四庫本作「衆生」，涉下而妄改。

⑩「如」，諸本皆作「知」，形似而誤；徑改。「灣澴」，弘治本、薈要本同元刊明補本；四庫本作「彎環」，形似而誤。按：黑如灣澴，語本《文苑英華》卷一六三杜甫《萬丈潭》：「黑如灣澴底，清見光炯碎。」

⑪「鹵」，弘治本、四庫本同元刊明補本；薈要本作「鹹」，非。

⑫「嬰」，弘治本、薈要本同元刊明補本；四庫本作「罌」，亦可通。後依此不悉出校記。

登鸛雀樓記

予少從進士泌陽趙府君學，先生河中人，故兒時得聞此州樓觀雄天下，而鸛雀者尤爲之甲。及讀唐李虞部、暢諸、王之涣等詩①，壯其藻思，令人飄飄然有整翮淩雲之想，擬一登而未能也。

至元壬申春三月，由御史裏行來官晉府，因竊喜幸，曰：「蒲爲屬郡，且判府職固廳幕，而關掌有顯務②。」國制，判官典郵傳，季得乘馹檢劾稽緩。西南河關勝概，固形於夢寐中矣。其歲冬十一月戊寅，奉堂移，偕來伻，按事此州，遂獲登故基。徙倚盤礴，情逸雲上。於是俯洪河，面太華，揖首陽，雖傑觀委地，昔人已非，而河山之偉，風煙之勝，不殊於往古矣。於是詠《採薇》之歌，有懷舜德；起臨河之歎，而思禹功。坐客顧笑，舉酒相屬③，何其思之深而樂之多也。噫！昔韓吏部欲造登南昌閣者屢矣，至於刺潮、移袁、濱潭，卒莫之遂，秖獲載名其上，列三王之次。今雖罄適夙昔，盡登臨之美④，而不覩瓌偉巘嶪之觀，迺知勝賞有數，樂事不可并也。偕來者：合肥戴剛柔克、滏陽馬昫德昌、營州張思誠誠叔⑤，子翁孺侍行。

是歲陽復後一日，承直郎、汲郡王惲仲謀甫記。

【校】

①「諸」，弘治本、薈要本同元刊明補本；四庫本作「當」。「涣」，元刊明補本、弘治本、薈要本作「焕」，據四庫本改。

②「闕」，元刊明補本、弘治本、薈要本作「開」，形近而誤；據四庫本改。

③「屬」，薈要本、四庫本同元刊明補本；弘治本作「囑」，亦可通。按：屬、囑，古今字。後依此不悉出校記。

④「夙昔盡」，弘治本同元刊明補本；薈要本、四庫本作「盡夙昔」，倒。

⑤「合」，元刊明補本、弘治本、薈要本作「古」，據四庫本改。

平陽府新修星丸漏記①

經漏之法，蓋所以司天地之朝昏，儆官民之動息。郡邑皆得置之②，遵古制也。平陽府治舊有漏，設臺門上，近代來③，名存器亡，具鐘鼓而已。視事初，思有以更張之，遂得遺法所謂「木漏星丸」者也。

其制爲夾屏，高幾尋，廣則半之。中布敔道七折，用棘作丸彈如，凡六十數，以循環六千，分晝夜百刻之度。又按中星，制十二圖④，定日月寒暑消長遲速之候，注丸爲分，積分取點，積點成刻，均平五更，定爲成式。至元十年春二月丁未，新漏告成，法簡而易知，理明而度應，信乎可恒用而不息者也。噫！君子之爲政，自一己而達之物，因物而取信於民。兹漏之設，苟不自信而勤於政，豈惟伊漏之愧，將何以化齊民哉？爰作箴以自警，其辭曰：

在昔上古，挈壺有職。堯水懷山，欽若星歷。緊爾經漏，亦政令所棘。不夙則暮，匪時動息。今也具成，官民攸則。彼寧不勤，政荒業隳。嗚呼有官，率先是思。

【校】

①「修」，元刊明補本、弘治本作「條」，形似而誤；據薈要本、四庫本改。「丸」，元刊明補本、弘治本作「亢」，形似而誤；據薈要本、四庫本改。

②「得」，弘治本同元刊明補本；薈要本、四庫本脱。

③「近代來」，弘治本同元刊明補本；薈要本、四庫本作「自近代來」，衍。

④「二」，弘治本同元刊明補本；薈要本、四庫本作「一」，非。

太平縣宣聖廟重建賢廊記

二帝三王之道，逮孔子而後明，然師授私淑，傳之後世，俾彝倫攸敘而不斁者，七十子有力焉，是則配侍於聖人也宜矣。太平，晉國故封，今爲絳之劇邑，襟山帶河，衝會南北，故其俗率勤儉剛義，憂深思遠，有陶唐之遺風焉。

爲縣者，必欲明倫復古，吾夫子之教，其可後乎？縣有廟學，國朝以來，具法宫而虚兩序，春秋奠獻，自侯已降，位設牖下，其於典憲，是殆闕然。至元八年夏，進義副尉平遥任興嗣來主縣簿，覩其如是①，慨焉興感，乃秪會教官張鑄孫某暨邑之士人②，相與庀材僦工，經營以方，凡爲室東、西各五楹，翬飛翼棘③，奂焉維新。遂圖七十子肖像于壁，元哲當座，素臣儼如，載尊載儀，咸列斯宫④。吁，其偉哉！以至元癸酉秋八月，行釋菜之禮，用安神棲，邦人向化，士興于學。若任君者，其於承宣之職，可謂知所先務矣。爰作詩以歌之，其辭曰：

元聖垂教，先天後終。用廣發越，羣賢之功。於赫魯語⑤，如日在空。建極明治，萬古是崇。宜其報禮，極熾而隆。奕奕兩序，厥功固微。小善罔棄，大焉可希。刻詩廟門，來者庶幾。

【校】

①「如」，元刊明補本、弘治本、薈要本作「知」，聲近而誤；據四庫本改。

②「秖」，弘治本、薈要本作「祗」，亦可通；四庫本作「衹」，亦可通。

③「翼」，弘治本、薈要本同元刊明補本；四庫本作「矢」。

④「宮」，弘治本、四庫本同元刊明補本；薈要本作「官」，形似而誤。後依此不悉出校記。

⑤「赫」，元刊明補本、弘治本作「爀」，據薈要本、四庫本改。按：語本《詩·商頌·那》：「於赫湯孫，穆穆厥聲。」

澤州新修天井關夫子廟記

舜澤南逕太行左腹百里而遥，走懷洛道也。當天井關衝，有殿屋巍然高出林表，曰「夫子廟」。廟之建莫究所從來，歲年滋久，物不能終壯，故脊圮瓦裂，桷陊榱傾①，障蓋日疏，風雨攸斁，寖及于壞。行人過客朝頓夕處，車隱户間，火燧柱下②，熏醫蕪躪③，惡不可睨，孰謂神能一朝而妥於此乎？莫瀆慢此若。

某以至元九年夏四月調官平陽④，道出祠下，愕眙嗟咨，詎可下墜教基，俾守土者大貽神羞⑤？吾儒安得不受其責？於是屬州尹皇甫琰以營新圖⑥。越明年冬十月，乃經始焉⑦，完固益新⑧，克壯于昔⑨。而復繚周垣，建崇門，固扃鐍，既治既除，神宇肅敞。又明年春正月，州判官張漢來告迄功且致尹意，求予文以記之，曰：「祠雖葺而稍新⑩，固不足爲成功。然轍迹事不辨諸廟石，無以警山甿野俗；若載之，恐以誣傳誣⑪，伊明府有以述之。」

嗚呼！惟夫子之道本原於天，天理出於人心。固有周衰，王者迹熄⑫，邪説暴行大作⑬，天以堯、舜、禹、湯、文、武、周公之道恐遂湮微⑭，又不能聲臭諄諄⑮，下誨於人，故誕生元聖，祖述憲章，振鐸下土。於是觀周，如陳，聘楚，轍環於齊、魯、宋、衛之郊，蓋將以明倫建極⑯，復其固有之天，俾君臣義，父子恩，夫婦别，朋友信，長幼序，天地位，萬物育而已⑰。其道則禮、樂、刑、政，其文則《詩》、《書》、《易》、《春秋》，如水、火、菽、粟，日用而不可離，非有誕漫詭異、難行不經之事⑱。萬世而下，順而履之者昌，逆而違之者亡，論夫神化無方之妙，復有大於此歟⑲？又何俟草間之鼠、石上之轍⑳，警流俗而駭衆目者哉？然按《世家》，孔子將西見簡子于晉，聞鳴犢、舜華之死，臨河而嘆曰：「吾之不濟，命也。」今澤，寔晉之東鄙，廟之設豈非出於人心景慕傳信㉑，如瞻天就日㉒，有不可廢焉者？先賢因之以神道設教，明夫聖道溥博，無所往而不在，彌六合而滿坑谷也，故併及之，尚來者無惑。尹諱琰，字國瑞，姓皇甫氏，潞之襄垣人。賢而有文，爲政勤彊練密[23]，聲藉甚于時。

十一年歲在甲戌正月既望，承直郎、平陽路總管府判官、汲郡王惲謹記。

【校】

①「陊」，弘治本同元刊明補本；薈要本、四庫本作「折」。

②「柱」，弘治本、薈要本同元刊明補本。

③「醫」，弘治本同元刊明補本；薈要本、四庫本作「翳」，亦可通。後依此不悉出校記。

④「某」，元刊明補本作「其」，形似而誤；據弘治本、薈要本、四庫本改。

⑤「俾」，弘治本、薈要本同元刊明補本；四庫本作「裨」，形似而誤。

⑥「新」，元刊明補本、弘治本闕；據薈要本、四庫本補。

⑦「經」，弘治本同元刊明補本；薈要本、四庫本作「維」，非。

⑧「固」，元刊明補本、弘治本作「故」，聲近而誤；據薈要本、四庫本改。後依此不悉出校記。

⑨「克」，弘治本、四庫本同元刊明補本；薈要本作「充」，形似而誤。

⑩「祠雖葺而稍新」，弘治本同元刊明補本；薈要本、四庫本作「祠雖新葺而稍」，倒。

⑪「恐以誣傳誣」，弘治本同元刊明補本；薈要本、四庫本作「可以無傳誣」，聲近而誤。

⑫「固」，弘治本、薈要本同元刊明補本；四庫本作「故」，亦可通。後依此不悉出校記。

⑬「大」，弘治本同元刊明補本；薈要本、四庫本作「又」，形似而誤。

⑭「堯、舜、禹、湯、文、武、周公」，弘治本、四庫本同元刊明補本；薈要本作「禹、湯、文、武、周公、堯、舜」，倒。

⑮「又」，抄本、四庫本同元刊明補本；薈要本作「天」，涉上而誤。

⑯「明倫建極」，抄本同元刊明補本；薈要本、四庫本作「明人倫建極」。

⑰「天地位，萬物育」，抄本同元刊明補本；薈要本、四庫本作「天地萬物位育」，倒。

⑱「漫」，抄本同元刊明補本；薈要本、四庫本作「謾」，亦可通。後依此不悉出校記。

⑲「此歟」，抄本同元刊明補本；薈要本、四庫本作「此者」。

⑳「草」，抄本、四庫本同元刊明補本；薈要本作「革」，形似而誤。

㉑「非」，元刊明補本作「菲」，據抄本、薈要本、四庫本改。「傳」，元刊明補本闕；薈要本、四庫本作「篤」；據抄本補。

㉒「如」，元刊明補本闕；據抄本、薈要本、四庫本補。

㉓「勤彊練密」，弘治本同元刊明補本；薈要本作「勤而彊固練密」；四庫本作「勤而彊練密」。

王惲全集彙校卷第三十七

記

平陽府重修道愛堂記①

三晉之地，表山帶河，風土雄碩。列城基布，大者侯爵，小者卿，采圜徼二千餘里。自前代來，視諸道爲上游。平陽寔治理所在，故府署之制，豐崇壯麗，勢壓汾壖。不爾，與山川形勝莫相長雄。道愛堂，今府治之前廳事，其東西廣十有五尋，南北邃一十四步。國朝歲辛丑，都監郡薛闍公因故基而創焉，當至元十一年甲歲，盖三十有三載矣。歲月既墳，土木弛解，欂櫨侏儒，就弱西騖。夏秋淫雨，沉氣湮鬱，仰墁承棧，不時脱落，殆不能視事，扶傾撑危，勢迫必葺，計所費上於冬官，考工悉計公帑以給。於是憑寬如構，相前增崇，棟檻榱桷之腐撓敗者，盖瓦級甎之破裂者，屋壁欄楣之圮折者，與夫吏舍臺門狼藉敝陋，一易而新之。巋然山立，大具氓瞻，重門洞開，盡城之南北相望。若引繩彤衡玄楹，公奠攸居，六曹執事，登降舒徐，退食在公，式治于中，從容委蛇，上下暢通。噫！一堂之隆固奚孟於治？以一府之用思之，寔重又所繫焉。蓋王澤承宣於斯，民政聽審於斯，屬邑受約束於斯，燕享聚賓僚於斯，是則發號禮容，肅序揔齊，利害得失，一判於斯堂之上矣。登茲堂，處茲位者，得不恪勤官守，明惠公直，以副方岳重寄，不然易虛難欺之戒，凜乎其可思矣。堂舊有榜，遺墜莫究，故□今名，蓋取學者愛人之意也，尚觀者毋忽。是年春三月日，承直郎、府判官西衛王惲謹記。

【校】

①「平陽府重修道愛堂記」，弘治本作「平陽府重修道□□□」；薈要本、四庫本是文漏收。本文元刊明補本、弘治本闕文甚多致不可句讀，據抄本補齊，不另出校記。

平陽路景行里新修岱嶽行祠記

岱宗，東方之鎮山，有國者得以旅焉。祭典下衰，世以神司命萬類死生禍福，幽明會歸，故所在駿奔奉祀，惟恐居後。去之遠者其敬篤，事之肅者祠愈崇[1]，蓋其風俗使然，復何怪焉？

平陽故族張士信等信之篤，事之尤謹者也。常以匪廟而貌之[2]，不足妥靈揭虔、牖人於善也[3]。於是傾貲擇勝，得東南陬景行里爽塏之地甚延，奠其神觀焉。寔經始于辛卯歲之三月，落成于至元之戊辰[4]，凡締屋幾三十楹，前殿後寢，兩廡對翼[5]。中設冥府諸像，曰昭惠君、蒿里相、祈嗣位、五蘊使直及陰圄變相，擁衛環列，罔不畢備。巍巍煌煌，帝居有光[6]，俾觀者起敬加畏，知所勸戒，善油然而生于衷，洋洋焉對越靈威，如在其左右也。下至作樂有亭，省牲有湢[7]，便户鑿乎西，臺門敞其南，概瞻餘祠，號稱整肅。吁，勤亦至矣！一日，來丐文於予，將紀其興建本末洎信助者之名氏，永昭于後，因略爲論述之。

嗚呼！古人以神道設教，今也作新祠宇爲事，理雖殊而勢有固然者。自禮義亡而世教不明於下，一鄉之士秉彝心而私淑人者，不爾則弗克悟陋民而儆薄俗，是則後人之意也歟？然神也者，聰明正直，福善禍淫乃其職耳。奉之者歲時儀獻，能齋莊沐潔，遠惡遷善，可薦而不爲神羞，吾知夫朋酒斯饗[8]，獲簡穰之祉矣[9]。不然，慊負中積[10]，象恭于神，雖鏘之以鐘鼓之音，腆之以牲幣之禮，芳菲滿堂，三獻具舉，神將厭而不顧，尚何福之有哉？幸來者詳特書之意，庶乎其遠黷矣。

十有二年春二月，平陽路總管府判官、汲郡王惲謹記。

【校】

①「事」，抄本同元刊明補本；薈要本、四庫本作「祀」，聲近而誤。

②「廟而貌」，抄本同元刊明補本；薈要本、四庫本作「貌而廟」，倒。

③「妥」，抄本、四庫本同元刊明補本；薈要本作「委」，形似而誤。

④「落成」，元刊明補本闕；據抄本、薈要本、四庫本補。

⑤「對」，元刊明補本闕；薈要本、四庫本作「廊」；據抄本補。

⑥「有」，元刊明補本闕；薈要本、四庫本作「輝」；據抄本補。

⑦「湢」，元刊明補本、抄本作「偪」，據薈要本、四庫本改。

⑧「斯」，抄本同元刊明補本；薈要本、四庫本脱。

⑨「獲」，抄本同元刊明補本；薈要本、四庫本作「而獲」，衍。

⑩「慊」，抄本同元刊明補本；薈要本、四庫本作「歉」。

絳州正平縣新開溥潤渠記

至元改號之六載，詔立大司農司，其品秩僚屬特與兩府埒，蓋以農桑大本，滋殖元元，莫斯爲重。故崇職□掌①，開籍田②，以率先天下。外建行司，曰使曰副③，歲時巡視，責郡縣長吏，條綱甚悉，考其成績而明殿最。凡先農之遺功，陂澤之伏利，崇山翳野，前人所未盡者，靡不興舉。

東雍之地，厥土赤殖墳④，雖潤蓄兩河，島則腴而亢，下者鹵而瘠，時雨稍愆，歲功不稔。州尹馬君患之⑤，遂按行川浸，思有以濟其艱而敬承天子之明詔，曰：「澮，吾所用也。」於是度原隰，順水勢，距郡治東南三十里曰楊程鄉，澮入汾，所至横截水衝，揵石爲堰者三，袤可六十步武，穿崖塹阜，激之北鶩。波神委蛇來就，東帶郭門而西注汾⑥，其間長溝通洫，蔓引枝分，溉田度二千餘畝。水性濁滓，流惡溢腴，於田甚宜，業已波及，穫可畝一鍾。凡役工若干，計未週歲而渠事告成⑦，蓋君以規度有方，衆樂其溥博之施也。故自始迄終⑧，曾不告勞。絳下老人相與材公之爲⑨，感公之勤，欽明命，霈利澤，終以實惠及民，懇予文以記之。

予嘗有事於鼓溪之神⑩，登高望遠，觀隋令梁公執引用鼓水分溉田疇⑪，幾絳之西北郊，于今蒙被其澤者衆⑫。其水有餘波而河爲限⑬，彼汾之東國值旱暵⑭，思以一杯沃枯槁而不可得。嗚呼！何跬步相望而有苦樂之間哉？今馬君鋭興兹役，出衆慮之所不及，行前世所未行，俾汾左之田溥洽膏潤⑮，仁民之功，其利博哉⑯？百載而下，將見府君與梁公並祀而同談者矣⑰。董其役者，寔縣尹趙某、簿王某，能事其事而不負所責，勤亦至矣，故併及之，且採民謡而爲之歌。歌曰：

新渠成，汾之滸。溉我田⑱，流瀉鹵。公雖劬，民獲所⑲。昔也豐穰穫幾許，今縱旱暵決渠雨。甌窶滿篝公所與，公惠我兮毋速去⑳。我報公兮烏所覿，刻石河濱照千古。

【校】

①「□掌」，抄本同元刊明補本；薈要本、四庫本作「掌」。

②「籍」，元刊明補本、抄本、薈要本作「藉」，據四庫本改。

③「曰副」，元刊明補本、抄本作「而副」，據薈要本、四庫本改。

④「殖」，抄本、薈要本同元刊明補本；四庫本作「埴」。

⑤「患」，抄本、四庫本同元刊明補本；薈要本作「惠」，形似而誤。

⑥「東」，元刊明補本、抄本作「柬」，據薈要本、四庫本改。

⑦「週」，抄本同元刊明補本；薈要本、四庫本作「周」，亦可通。後依此不悉出校記。

⑧「故」，抄本同元刊明補本；薈要本、四庫本作「蓋」，涉上而誤。

⑨「與」，元刊明補本、抄本作「興」，據薈要本、四庫本改。後依此不悉出校記。「之爲」，抄本、四庫本同元刊明補本；薈要本作「爲之」，倒。

⑩「於」，抄本同元刊明補本；薈要本、四庫本脱。

⑪「公執」，元刊明補本作「□□」；薈要本、四庫本作「公某曾」；據抄本補。

⑫「其澤者衆」，元刊明補本闕；抄本作「其□每措」；據薈要本、四庫本補。

⑬「波」，元刊明補本闕；薈要本、四庫本作「蓄」；據抄本補。

⑭「彼汾」，元刊明補本闕；薈要本作「以隔」；四庫本作「截隔」；據抄本補。「東國值旱」，元刊明補本闕；薈要本、四庫本作「故每當旱」；據抄本補。

⑮「洽膏」，抄本同元刊明補本；薈要本作「合高」，非；四庫本作「含膏」，非。按：作「合」者，蓋「洽」之俗用，而「含」又爲「合」之形誤。作「高」者，蓋「膏」之聲誤。

⑯「博」，抄本同元刊明補本；薈要本、四庫本作「溥」，當涉上而誤。

⑰「府」，抄本同元刊明補本；薈要本、四庫本作「有」，非。

⑱「溉我」，抄本同元刊明補本；薈要本、四庫本作「我溉」，倒。

⑲「劬」，抄本同元刊明補本；薈要本、四庫本作「勤」。

⑳「毋」，抄本、薈要本同元刊明補本；四庫本作「母」，形似而誤。後依此不悉出校記。

遊王官谷記

山之與水，相胥而後勝①。山非水，則石悴而雲枯；水非山，則勢夷而氣泊。二者雖具，得其人而後名。中條山王官谷，其萃美之尤者也。山闖首河曲，連亘北騖②，爲雷首，爲棲巖，爲萬固。運肘而東，爲五老。又東，而得王官谷。谷，漢故壘名，有唐司空表聖之别業，至今遺像、休休亭在焉③。

至元甲戌夏六月，予以撿括牧田會蒲④，已而奔命珣瑕⑤，取道于虞，王官諸峯，指顧東邁。後八日，因恙小休，暑雨向霽，遐想風煙，情逸雲上⑥，遂幡然來游。始自固氏西南行約四五里，抵山門。磨磴平進⑦，無顛頓推挽之勞，不百許步，已入山堂隩中矣。其繚而曲⑧，深而容，垂蘿灌木⑨，磐石美蔭⑩，草香而土肥；環峯疊嶂⑪，碧壺瑶甕，濃淡覆露，内曠而外掩，無擁遏怫鬱之氣⑫。蓋谷田中高，狀作層陛，勢相覆壓耐辱，所謂上下方者是也[13]。東西兩山，曰壺門、夕陽，青壁矗立[14]，卓絶如削[15]。中峯曰天柱，秀拔特起，如鼉鼻噓空，高鬱雲表[16]，不與衆峯聯絡，真奇觀也[17]。峯半有石突然，曰落鶴臺。又西，有石拱立，曰雙人，左右斷崖，水作瀑流下瀉，如仙人解佩，天紳未收[18]。西則泉脈出縮，以乾溢爲度；東則飛灑噴薄，陰壑恒雨。砰崖激石，下注幽磵，是謂貽溪者是也。山藉以潤，人仰以清，物滋以榮也。

王子於是斂袵薦茗，謁司空祠下，退觀休亭諸詩，既高公之名節，且詫谷之深秀也。青鞋竹杖，扶掖上征，抵天柱峯足，望東巖瀑布，盤礴三詔亭上[19]，因留宿焉。時月出山豁，萬籟沉寂，涼露洗空，失暑所在，青嶂瑶光，非復塵世。其東溪水聲如遠鼓鼘鼘，隱動林壑，顧謂兒子孺曰：「此山靈張樂，喜其來而作予氣也。」深夜久聞，毛髮森豎。山人李珏出司空《一鳴集》，相與披讀於露幌風簷之際，顧瞻林影，如見須眉，乃酌水再酹，乞靈於公。詠休休之歌，思考槃之樂，安得黄金買堪乘之鶴，追仙游于寥廓也邪？不然，搖江山之筆，吸撑霆之氣，貯濯詩脾以增益其未至，庶幾列名於王駕、李生之次[20]，亦所願也[21]。日既昃，徘徊久之，出山。林霏煙翠，漠然四合，回望谷口，無復所見。

庚伏中旬後三日，共溪雲隱記。

【校】

①「胥」，抄本、四庫本、《中州名賢文表》同元刊明補本；薈要本作「需」，聲近而誤。

②「鶩」，弘治本、薈要本、四庫本同元刊明補本；《中州名賢文表》作「篤」，形似而誤。

③「像」，弘治本、薈要本、四庫本同元刊明補本；《中州名賢文表》作「搆」，非。

④「牧田會蒲」，弘治本同元刊明補本；薈要本作「民田會溝」；四庫本作「民田澮溝」；《中州名賢文表》作「牧田會虞」。

⑤「珣瑕」，弘治本、薈要本、同元刊明補本；四庫本作「珣瑕」；《中州名賢文表》作「旬暇」。

⑥「情」，弘治本、薈要本、四庫本同元刊明補本；《中州名賢文表》作「晴」。

⑦「進」，弘治本、薈要本、四庫本同元刊明補本；《中州名賢文表》作「坦」。

⑧「繚」，弘治本、薈要本、四庫本同元刊明補本；《中州名賢文表》作「窈」。

⑨「蘿」，弘治本、《中州名賢文表》同元刊明補本；薈要本、四庫本作「條」。

⑩「磐」，弘治本、《中州名賢文表》同元刊明補本；薈要本、四庫本作「盤」，亦可通。後依此不悉出校記。

⑪「峯」，弘治本、薈要本、四庫本同元刊明補本；《中州名賢文表》作「磎」。

⑫「怫鬱」，弘治本、薈要本、四庫本同元刊明補本；《中州名賢文表》作「薄慍」。

⑬「所謂上」，弘治本、薈要本、四庫本同元刊明補本；《中州名賢文表》作「而翳其」。

⑭「立」，弘治本、薈要本、四庫本同元刊明補本；《中州名賢文表》作「然」。

⑮「卓絶」，元刊明補本、弘治本作「□絶」；《中州名賢文表》作「正色」；據薈要本、四庫本補改。

⑯「齴」，弘治本、四庫本、《中州名賢文表》同元刊明補本；薈要本作「向」，非。

⑰「真奇觀也」，弘治本、《中州名賢文表》同元刊明補本；薈要本、四庫本作「真觀之奇也」，既倒且衍。

⑱「紳」，弘治本、四庫本、《中州名賢文表》同元刊明補本；薈要本作「神」，聲近而誤。

⑲「上」，弘治本、《中州名賢文表》同元刊明補本；薈要本、四庫本作「下」。

⑳「名於」，弘治本、《中州名賢文表》同元刊明補本；薈要本、四庫本脱。

㉑「亦」，弘治本、《中州名賢文表》同元刊明補本；薈要本、四庫本作「其亦」。

待旦軒記

至元壬申歲，予自御史調官平陽，扁私居之軒曰待旦，蓋所以礪厥志而儆不逮也①。矧河東列城五十，棋布相望，大府寔根本所在而風俗係焉。

國制，張官五廳幕例，下僚位東西，與別駕嚮，至扶筆剖斷，一定于上。官僚若無所事②，及占署牘尾，無細大，通得可否之。是則位雖下，所責亦不輕。第以品位有崇卑，材術有優劣，得其人則分安而政舉，非其材則身勩而事隳③。自惟氣質疏散，心雖勉强，撫字無方，故就列已來，朝夕愓勵，如恐弗勝。當其夜漏將盡，晨雞始興，矍起盥漱④，即夫清明假寐之際，得無深思者乎？其於德澤川流⑤，何宣布焉？庠序熠興⑥，何申重焉？綱維未振，何主張焉？風俗未醇，何肅清焉？吏沸務棼，何理亂焉？訟繁獄滯，何簡卹焉？屬邑不共，曷先率焉⑦？賢才在下，曷薦揚焉？静言念兹⑧，有公以處心，勤以集事耳。

噫！周公，聖臣也⑨，負扆履籍以當冢宰之位⑩，至於思兼三王而施四事，猶坐以待旦⑪，勤强不息，況其下者乎？蓋勤則爲補拙之資⑫，公即具生明之本⑬。無私則心宰⑭，心宰則理得⑭，理得則言順；克勤則匪懈，匪懈則力行，力行則事隨，事隨則物化。此理之固然，無復疑者。苟不是念，而甘糞土其身⑮，皋皋訿訿，藉廩禄爲代耕之地，與夫工不事事、計日取傭者奚異哉？恐食焉而氣怫⑯，寢焉而體骫骳⑰，尚何根本是賴，風化得喪之所係焉？若此者，豈惟媿負中積而獲罪于時？將見嘯于梁者下瞰其室矣。於是乎大書屋壁，庶抑《詩》之自警云。

明年夏五月二日，靖共堂主人、汲郡王惲記。

【校】

①「所」，元刊明補本作「祈」，形似而誤；據弘治本、薈要本、四庫本改。

②「若」，薈要本、四庫本同元刊明補本；弘治本作「芒」，形似而誤。

③「隳」，元刊明補本、弘治本、薈要本作「去」，據四庫本改。

④「赳」，弘治本同元刊明補本；薈要本、四庫本作「然」。「漱」，薈要本、四庫本同元刊明補本；弘治本作「激」，非。

⑤「於」，弘治本同元刊明補本；薈要本、四庫本作「汙」，非。「德」，弘治本同元刊明補本；薈要本、四庫本脱。

⑥「庠序」，弘治本同元刊明補本；薈要本、四庫本作「而庠序」，衍。「焆」，弘治本、四庫本同元刊明補本；薈要本作「蔚」，聲近而誤。

⑦「曷」，弘治本同元刊明補本；薈要本、四庫本作「何」，亦可通。後依此不悉出校記。

⑧「兹」，弘治本同元刊明補本；薈要本、四庫本作「之」。

⑨「臣」，弘治本同元刊明補本；薈要本、四庫本作「人」，非。

⑩「籍」，弘治本、薈要本同元刊明補本；四庫本作「藉」，亦可通。

⑪「猶」，弘治本同元刊明補本；薈要本、四庫本脱。

⑫「資」，弘治本同元刊明補本；薈要本、四庫本作「質」，亦可通。後依此不悉出校記。

⑬「具」，弘治本同元刊明補本；薈要本、四庫本作「其」，形似而誤。

⑭「宰」，弘治本、薈要本同元刊明補本；四庫本作「平」。
⑮「甘」，元刊明補本作「其」，形似而誤；據弘治本、薈要本、四庫本改。
⑯「而」，弘治本同元刊明補本；薈要本、四庫本脱。
⑰「體貌瓟」，元刊明補本作「體貌」，脱；弘治本作「休貌」，既脱且誤；薈要本作「體貌瓟」，偏旁類化；據四庫本改。

畫記

近世之沒者，以平時服玩遺宗屬賓友①，諺云「留念緒」，然非故舊知愛之至則不爾。平陽刁君嘗飲予於私第，酒酣，出古畫一篋，中得龍巖山水兩幅。其山骨鬱茂，林屋黯密，蓋學中立而逼真者也。上題云：「丙申春孟留汾水時爲康王閏所作②。」時金大定十六年也，歲月峥嶸，迄至元甲戌，九十餘載矣③。余歎賞者久之，刁即前，用爲壽，辭焉。明年乙亥春，君以疾終。既卒哭，其家持畫來貺，遵治命也。

嗚呼！君與余非故交而深知者④，且南麓畫在士大夫間固有品格，然不過一物耳。其可重者，氣與義也。昔曾子易簀而後歿，愛其禮也。今君當萬事已矣之際，事有不遑及者，乃以是爲囑，篤夫義故也⑤。吁！衰俗波蕩中，能耿耿取信能如此⑥，可謂信義不失者矣。時於軒楹間展對斯畫，愾然想見其人，未嘗不爲之嘻歔也⑦。

君諱國器，資敦純，早以勳閥爲征西帥，臨敵決戰，以果毅稱軍中。後因疾去職，僻居田間，怡然自得，人不知爲故侯大將也⑧。

【校】

①「玩」，弘治本、四庫本同元刊明補本；薈要本作「浣」，聲近而誤。

②「爲康王閏」，弘治本作「爲康玉閏」；薈要本、四庫本作「康玉潤屬」。

③「載」，弘治本同元刊明補本；薈要本、四庫本作「歲」。

④「而」，元刊明補本、弘治本脱；據薈要本、四庫本補。

⑤「囑篤」，弘治本、四庫本同元刊明補本；薈要本作「篤囑」，倒。

⑥「能」，弘治本同元刊明補本；薈要本、四庫本脱。

⑦「嘻歔」，元刊明補本同弘治本，薈要本、四庫本作「嘻欷」。

⑧「大」，元刊明補本、弘治本作「失」據薈要本、四庫本改。

西山經行記

至元乙亥秋七月，被藩府檄，偕來伻盧君採文石於晉[1]。丙申，如襄陵，董治厥事，館許氏東堂。八月庚子，次西梁，質明，致祭黄崖山下，遂命工即役。借榻普照僧舍，凡再宿。有以義成石爲言者。

壬寅，馬北首[2]，旁山行入臨汾界[3]，過侯氏、四水等峪[4]，踰山尾得王莊峪。峪口敞豁夷衍，北連白陵砦脚。既夕，宿龍子祠南晉掌里。癸卯，下井峪，渡麻栅澗，自獅子鼻登山，越石門，是爲姑峪[5]。西山諸峪凡十有八處[6]，姑射、王莊寔爲之要[7]，蓋南達吉鄉，北走紫川道也。前臨湉岸，觀陰定關，關形峽束[8]，若石門然，僅通人過。想夫秋潦澮汾，羣壑來注，掀騰勃怒，萬馬東駃[9]，遽阨兹口，激而爲飛流，銀濤雪浪，百丈湍瀉，亦壯觀也。躡澗西鶩，歷馬蹄纏[10]，山雨奄至，且作且止。指望仙臺，眺玉女樓，望生馬壇頂諸峯，煙霏翠濕，空濛無際。蹊蹬縈紆，盤十有八折，抵神居洞下，洞腹寬肆，窿穹巉巖，仰視欲墜[11]，後有竅透邃，山之噫氣穴也。遂解衣盤礴，憩洞閣上。尋復開霽，山紅澗碧，景氣爛熳，涼風吹面，自遠而至，煩襟翛然，如夢仙府。雖遇四子於汾水之陽，不足以喻其樂也，因留題壁間，且辯其誕⑫。少焉，游太一洞，觀陰罅玉柱⑬，蓋石鍾乳也。稍西，騙馬鞍嶺⑭，上弱羊坂⑮，坂長約七八里，極峻折，艱於登陟，馬力不能勝。抵暮，宿西陶謝氏林屋。

甲辰，由鄭峪入義成，分循澗槽西行，逕嶮狹，草木蒙茂，步履錯迕。過水磑，折而東北，上碻嶺⑯，視石之所在。石陛砌覆，壓隱山之半腹，玄質白章，又有縫⑰，其色若雲然者，尤秀潤奇特。降橫崗，石溜間得枯枿一株⑱，矯如龍騰，奇崛可愛。於是按行澗道，視輦運所經。稍東⑲，入深峽，亂澗水，峽形曲折，中藏堂隍⑳。其根足沙水嚙蝕㉑，似口、似圈、似窪，呀焉而頤張，突焉而角出者，不可殫記。兩崖峻削，嶄嶄壁立，高入雲表。大石阜如，齟齬左右，勢犖确㉒，殆不能騎，造愈深而峽愈奇。又東行十餘里，顛崖橫截㉓，水濛瀉石甕中，鏘然如環佩鳴兩山間，峻絶不可越矣。遂自南脚嶺攀援北上，峯回路轉，行可六七里，抵宿東陶山家㉔。

乙巳，復自羊坂東降，取姑射北道，過龍堂澗、望仙門，謁王母洞。道人致酒山閣，以軟脚例飲余㉕，浮大白者三。世傳北山中復有玉蓮古洞，下與此穴暗相通連，旁有水泉，曰漉錢名者㉖，事涉誕怪，不復紀。遂由側嶺白石溜下參峪，抵西段里，午飯郭氏田舍。日昃還府。

吁！天壤間山水佳處，唯幽人勝士得徜徉其間，與顥氣造物俱游而共樂。不圖官守急遽，中而獲兹遊，雖不能窮幽極勝，弄雲煙而狎魚鳥，亦非常之舉也㉗。歸，筆所覩以志，且見夫因事機、攄煩滯而不爲徒然也。

【校】

①「偕」，弘治本、四庫本、《中州名賢文表》同元刊明補本；薈要本作「階」，非。「石」，弘治本、四庫本、《中州名賢文表》同元刊明補本；薈要本作「君」，涉上而誤。「晉」，元刊明補本、弘治本、薈要本作「音」，形似而誤；據四庫本、《中州名賢文表》改。按：作「晉」者，詳見本卷《平陽府臨汾縣姑射山新道記》。

②「北首」，元刊明補本、四庫本、《中州名賢文表》作「北首」，薈要本作「翴」，二字誤爲一字；弘治本作「比首」。

③「旁」，弘治本、薈要本、《中州名賢文表》同元刊明補本；四庫本脱。

④「峪」，弘治本、《中州名賢文表》同元刊明補本；薈要本、四庫本作「谷」。

⑤「姑峪」，弘治本、薈要本、《中州名賢文表》同元刊明補本；四庫本作「姑射峪」。

⑥「十有八處」，弘治本同元刊明補本；薈要本、四庫本作「十有九處」；《中州名賢文表》作「一百八處」。

⑦「姑射」，弘治本、薈要本、四庫本同元刊明補本；《中州名賢文表》作「下井」。

⑧「東」，元刊明補本作「東」，形似而誤；據弘治本、薈要本、四庫本、《中州名賢文表》改。後依此不悉出校記。

⑨「駃」，弘治本、《中州名賢文表》同元刊明補本；薈要本、四庫本作「駛」，形似而誤。後依此不悉出校記。

⑩「歷」，弘治本、薈要本、《中州名賢文表》同元刊明補本；四庫本作「曆」，聲近而誤。後依此不悉出校記。

⑪「視」，弘治本、《中州名賢文表》同元刊明補本；薈要本、四庫本作「窺」。

⑫「辯」，弘治本、《中州名賢文表》同元刊明補本；薈要本、四庫本作「辨」，亦可通。後依此不悉出校記。

⑬「玉」，弘治本、四庫本、《中州名賢文表》同元刊明補本；薈要本脱。

⑭「騙」，弘治本、薈要本、《中州名賢文表》同元刊明補本；四庫本作「蹁」，亦可通。

⑮「弱」，弘治本、四庫本、《中州名賢文表》同元刊明補本；薈要本作「石」。

⑯「碻」，弘治本、《中州名賢文表》同元刊明補本；薈要本、四庫本作「碻」。

⑰「縫」，元刊明補本、弘治本、薈要本作「絳」；《中州名賢文表》作「三」；據四庫本改。

⑱「横崗石」，弘治本、《中州名賢文表》同元刊明補本；薈要本作「横石崗」，倒；四庫本作「横岡石」，俗用。「株」，弘治本、四庫本、《中州名賢文表》同元刊明補本；薈要本作「枝」。

⑲「稍」，弘治本、薈要本、四庫本同元刊明補本；《中州名賢文表》作「西」。

⑳「堂隍」，弘治本、《中州名賢文表》同元刊明補本；薈要本作「隍堂」，倒；四庫本作「堂皇」，亦可通。後依此不悉出校記。

㉑「嚙」，弘治本、薈要本同元刊明補本；四庫本作「齧」，亦可通；《中州名賢文表》作「奇」。

㉒「犖」，弘治本、薈要本、四庫本同元刊明補本；《中州名賢文表》作「犖」。

㉓「截」，弘治本、《中州名賢文表》同元刊明補本；薈要本、四庫本作「絶」。

㉔「抵宿東陶山家」，弘治本同元刊明補本；薈要本、四庫本作「抵宿東陶家山」；《中州名賢文表》作「至岡東陶山家」。

㉕「例」，弘治本、薈要本、四庫本同元刊明補本；《中州名賢文表》作「仍」。

㉖「漉」，弘治本、四庫本、《中州名賢文表》同元刊明補本；薈要本作「鹿」，俗用。

㉗「常」，元刊明補本作「嘗」，聲近而誤；據弘治本、薈要本、四庫本、《中州名賢文表》改。

船篷菴記

船篷道人姚氏，太平相里人，自童丱入道，甲子幾四百矣。棲心淡泊，草衣木食，全其生而樂其樂，穴居野處于澗之阿，削懸崖爲土室①，廣不踰尋丈②，迴環洞如。一歲之中，而有結夏蟄冬之適③，塊坐塵凝，與時啓閉，温燠清深，去闤闠咫尺④，殆塵壤隔。

予嘗以事走絳⑤，與故人張器之遇，把臂道舊，步入縣西溪，遂來游兹菴⑥。道人因丐名於余，題之曰船篷菴⑦。且請其説⑧。船蓬者，取形似而言，然其意不無所寓焉⑨。

蓋水浮天而載地，中土者，天地之虚舟也。萬類雜處，魚頭濈濈，其陵蕩傾覆之虞，日復一日，何若斯人處斯室而獨爲一天，肱眠瓢飲⑩，樂其樂而曾無錙銖之患哉？余乃爲之歌曰：「玄冥之曦兮，朱夏之清兮。木歸其根，蟄吾形兮。梨花雪開，啓吾扃兮。人區鲊甕，全吾生兮。蓬底秋江，汎然無所攖兮⑪。余復何求，心營營兮。」

道士顧笑，舉酒相屬⑫，後余歌而言曰：「銘吾廬甚當。」於是乎書。

【校】

①「懸崖」，弘治本、四庫本同元刊明補本；薈要本作「崖懸」，倒。「室」，元刊明補本、弘治本、薈要本作「空」，形似而誤；據四庫本改。

②「廣」，弘治本、四庫本同元刊明補本；薈要本作「曠」，非。

③「蟄」，四庫本同元刊明補本；弘治本作「蛰」，非；薈要本作「蛩」，非。

④「闤闠」，元刊明補本、弘治本作「圜圚」，據薈要本、四庫本改。

⑤「以」，弘治本同元刊明補本；薈要本、四庫本作「與」，非。

⑥「菴」，元刊明補本、弘治本作「庵」，據薈要本、四庫本改。

⑦「菴」，元刊明補本、弘治本脱；薈要本作「山」，非；據四庫本補。

⑧「且」，弘治本同元刊明補本；薈要本、四庫本脱。
⑨「其意不無」，元刊明補本、弘治本作「意不無其」，倒；據薈要本、四庫本改。
⑩「肱」，元刊明補本作「胘」，形似而誤；據弘治本、薈要本、四庫本改。
⑪「無」，元刊明補本模糊不清；弘治本闕；據薈要本、四庫本補。
⑫「舉」，薈要本、四庫本同元刊明補本；弘治本闕。

平陽府臨汾縣姑射山新道記

晉人善用水而盡地之利，山之奧藏未有以悉發。府治西山行五十里曰東西陶，鑿炭所萃，連山亘峪，根苗洞窟，軒豁呈露。然澗壑嶺嶂，號稱天險，坳深峻削，摩雲穴地，蟠錯交凝①，跬步間登頓駭汗，不勝其憊。雖中伏厚利，用是限隔，川居邑聚，十不獲一二②。並山農氓志圖開鑿③，力單罔逮，睨之而興慨者④，蓋有年矣。

皇子安西王以維城之重，分茅開府，胥宇雍土，爰命幹使，伐石茲山，輦出之途，仍宣理焉。乃西自李堀疏度而北，踰南山，截義成澗，盤土塿，東上擠嶺⑤，脅折而東北行，度鄭封峪上□⑥，蓋炭之膏盛，於焉而最⑦。又嘗置鐵官，出車連連，之咽會也。循崖崦取易東鶩⑧，緣西陶北麓，其顛走延隴西道⑨，過東陶里，出斷崖南，分而兩岐。其一履級東降，越疳溝，旋韡脚嶺腦，懼其蹊良田也。落生馬澗，櫓穿南北石峽⑩，山形櫝如，極險迥處也。遂中貫而上，南則駕駹嶺，轉弱羊石盤，抵壽山平壑下，會馬鞍嶺口，以備北道石峽水潦時至之虞。躡竜溏而東，經望仙北洞，跨南北溝首，由前後石門嶺下白石溜，歷參峪，注赤埴坡陽，盡西段里。當峯回路轉，復作避車場六，防其致阻塞也。其間踣鉅石，擘老峽，峻絶者坦焉，阨仄者廓焉⑪，犖确者火焉⑫，刊落摧陷，去危就安，變壅鬱爲疏通，夷峻惡爲平易，西東一瞬，略無梗澁。雖並崖旋阜，紆回曲折，方之故蹊，曾弗加遠，凡爲里一萬八千餘步，總役度五百，徒工萬五千⑬，其始至於迄工⑭，才十有八日。

於是山輸委貨，人休永勞，逶迤安舒，坦坦東下，籠負車牽，魚貫而出。居者、行者笑歌載路，相與言曰：「伐他山之材而獲兹石之秀⑮，因輦運之役，遂致道途通暢之便，西山伏利以之盡起，不惟俾一方之民賴厥功而富所用，抑以見我國家封建之制，肇造藩維之方。陰賜於民者⑯，將張本於是，不爾，山澤無窮之利將終古而奥藏矣。」

守土吏大小之役寔董其事，是不敢不志。某年月日記。

【校】

①「蟠」，元刊明補本、弘治本作「磻」，據薈要本、四庫本改。「凝」，元刊明補本、弘治本作「礙」，據薈要本、四庫本改。

②「十不獲」，弘治本同元刊明補本；薈要本、四庫本作「獲十不」，倒。

③「志」，元刊明補本、弘治本作「志」，薈要本、四庫本作「悉」。

④「興」，弘治本同元刊明補本；薈要本、四庫本作「心」。

⑤「㨖」，弘治本同元刊明補本；薈要本、四庫本作「脊」，俗用。

⑥「上□」，弘治本同元刊明補本；薈要本、四庫本作「其上」。

⑦「而」，弘治本、薈要本同元刊明補本；四庫本作「爲」，亦可通。

⑧「鶩」，弘治本同元刊明補本；薈要本、四庫本作「務」，俗用。

⑨「西」，弘治本、薈要本、四庫本作「四」，形似而誤。

⑩「櫓」，弘治本同元刊明補本；薈要本、四庫本作「槽」，形似而誤。

⑪「仄」，弘治本同元刊明補本；薈要本作「昃」，非；四庫本作「窄」，非。

⑫「犖」，元刊明補本、弘治本、薈要本作「⿰石犖」，形似而誤；據四庫本改。

⑬「總役度五百，徒工萬五千」，元刊明補本、弘治本作「總役度五百，徒工萬五千」，倒；據薈要本、四庫本改。

⑭「工」，弘治本、四庫本同元刊明補本；薈要本作「今」，涉上而誤。

⑮「石」，弘治本同元刊明補本；薈要本、四庫本作「山」。

⑯「陽」，弘治本同元刊明補本；薈要本、四庫本作「陽」，涉上而形誤。

平陽府臨汾縣新廨記

平陽當河汾間，爲鉅鎮，屬邑五十餘城，臨汾劇而最要。經界纔百里，占籍者幾萬五千户，凡丘賦之重，徭役之煩，十常居其二，而風聲氣習勤儉果譎，宛然雜唐晉餘俗。惟其物浩壤狹且不相能①，故人嚚於訟，必直曲乃已，聽約束、俟審辨者動填里閈。縣舊署在府右廂康寧坊之南城，易代來，爲工人氏豪據②。有司假老屋隙舍寓理曹務，一歲間輒三五易處，簿書儀具，坌集委積，棼不可瞫。奔趣執事者③，當夏熾冬洌，赭汗僵立，尤寔艱苦，前政狃故，常眄瓜代④。日復一日，漫不加省⑤，庶幾赫令尹之威⑥，具睍瞻之幟⑦，清承宣風化之源，其惟艱哉！逮今縣監某洎尹某稔其如是，適時和訟理⑧，嚮化有漸⑨，乃以其故詢諸衆。僉曰：「念兹在兹，竊有年矣。第率先無自，訖于今唈唈也⑩。」既度其人之樂用⑪，遂經辦焉。應直得景行里次氏之故第⑫，凡成室一十有五楹，略不加易，其來如歸，廳事適中，吏舍兩列，形閎前啓[13]，衡達里逵。於是遠湫隘，處高明，委蛇安舒，各有攸敍[14]，中外竦然，大易觀仰。既而，史亢淵曰：「其興滯易弊之勞，趨事樂成之愬，公倡私應，共濟厥美，匪劖書珉石，代而縣者烏能究根據而見經始？」贄禮幣來謁文。

予以歷官內外，因知天下之治在於宰相、師帥得人而已[15]。佐天子，理百官，發號施令，以遂物宜者，宰相也；推君治，宅民生，供事取決，會歸有極[16]，撫字百里間者，師帥也。是則宰相與師帥勢雖霄壤[17]，以本末體要而言，寔相須成化耳。故前代選重其人，眘柬於清流，册授於軒陛，疏名殿屏，蓋繇是也。今國家條章具舉，百度惟貞，顓任責成，垂寄殊切，作縣者而苟非恪勤官守、推忠及物，何以稱經緯相需之望？今一縣之署置固匪政之大者[18]，類能若是，尚何患仕之不優，俗之弗易[19]，責罔塞而績用不章於時哉[20]？予特喜縣僚屬達於從政，有志於民，得《春秋》憫雨之義，故以所繫重者告焉，幸來者毋忽[21]。

至元丙子三月日記。

【校】

①「狹」，弘治本、四庫本、《中州名賢文表》同元刊明補本；薈要本作「俠」，亦可通。按：俠，通狹。作「俠」者，蓋「狹」之聲誤。

②「工」，弘治本、《中州名賢文表》同元刊明補本；薈要本、四庫本作「土」。

③「趣」，弘治本、《中州名賢文表》同元刊明補本；薈要本、四庫本作「趨」，亦可通。後依此不悉出校記。

④「眄」，弘治本、薈要本、《中州名賢文表》同元刊明補本；四庫本作「盼」，亦可通。後依此不悉出校記。

⑤「日復一日，漫不加省」，弘治本、四庫本、《中州名賢文表》同元刊明補本；薈要本作「日漫不加省復一日」，倒。

⑥「令」，弘治本、薈要本、《中州名賢文表》同元刊明補本；四庫本作「今」，形似而誤。

⑦「孅」，弘治本、《中州名賢文表》同元刊明補本；薈要本作「微」；四庫本作「儀」。

⑧「訟」，弘治本、《中州名賢文表》同元刊明補本；薈要本、四庫本作「政」，非。

⑨「嚮」，弘治本、《中州名賢文表》同元刊明補本；薈要本、四庫本作「向」，亦可通。

⑩「于」，元刊明補本、弘治本作「干」，形似而誤；據薈要本、四庫本、《中州名賢文表》改。

⑪「用」，弘治本、薈要本、四庫本同元刊明補本；《中州名賢文表》作「所」。

⑫「應直得」，弘治本、薈要本、《中州名賢文表》同元刊明補本；四庫本作「因購得」。

⑬「形」，弘治本、薈要本、四庫本同元刊明補本；《中州名賢文表》作「彤」。

⑭「攸」，弘治本、四庫本、《中州名賢文表》同元刊明補本；薈要本作「安」，涉上而誤。
⑮「因」，弘治本、薈要本、四庫本同元刊明補本；《中州名賢文表》作「固」。
⑯「歸」，弘治本、四庫本、《中州名賢文表》同元刊明補本；薈要本脱。
⑰「與」，弘治本、《中州名賢文表》同元刊明補本；薈要本、四庫本脱。
⑱「匪」，弘治本、四庫本、《中州名賢文表》同元刊明補本；薈要本作「非」，亦可通。
⑲「弗」，弘治本、《中州名賢文表》同元刊明補本；薈要本、四庫本作「不」，亦可通。
⑳「不」，弘治本、《中州名賢文表》同元刊明補本；薈要本、四庫本作「弗」，亦可通。
㉑「毋」，弘治本、《中州名賢文表》同元刊明補本；薈要本、四庫本作「無」，亦可通。

懷先賢記

至元甲戌冬，予既復首陽山夷齊祠繹之日，亞尹張侯聿來會祭，遐想故家，佇瞻墟墓，對越靈威，泫焉泣下①，蓋風誼激衷②，有不能已焉者。顧謂予曰：「走世爲孤竹人，自稚及壯，經行游獵，往來南山故城間。覩夫廟貌不稱，旌記寂寥，言念于懷，顔寔有靦③。吾子幸爲我大書特書，歸揭海濱，以爲邦人光，且表夫山川之重鎮，二賢出處之大致也。」

按《圖經》，箕、尾之分，勁氣下蟠，控帶遼碣，北平乃一大咽會[4]。故其俗雄碩，尚氣義，敦諸急難，凛焉有戰國餘習。平州經界，本殷諸侯孤竹君世封[5]，春秋爲肥子國，秦漢以來列郡縣不恒，寔燕之肥如盧龍邑地[6]。肥如，因水得名耳，開皇間始陞爲州直。州治南灤江而西二十里有古城宛存[7]，枕動山東麓[8]，蓋孤竹故都，今指曰竹城者是也。州治南三十里而近[9]，有山巋然盤亘中野，其名曰孤，屋二賢其上，遂亦首陽呼焉。

於戲！二子之英烈言言，窮天地，亘萬古，皎乎日月不足以喻其明，巍乎嵩華不足以喻其峻，俾後之爲人臣者取標準而知所懼，其爲世教，豈小補哉？尚何俟山稱號而爲之顯晦也？然侯懷賢思齊之意何其盛歟！莊周有言：「去國期年，見似之者而喜[10]。」蓋敬恭桑梓，曾不熸其愛惡[11]，矧國之古賢，世之大老，特立而不羣者乎[12]？若張侯者，可謂尚友千載，敦鄙薄而有志者也。

侯諱昊，字明卿。資果達，嗜魯《論》爲顓學，故莅官行己多據經旨爲言[13]。已而，沾沾然喜見顔間曰：「吾中有所得矣。」其篤信好學如是，至有以「張侯論」目之者。十有三年丙子春正元日謹記。

【校】

①「泫」，弘治本、四庫本同元刊明補本；薈要本作「蠹」，非。

②「衷」，弘治本、薈要本、四庫本作「哀」，形似而誤。

③「醜」，弘治本、四庫本同元刊明補本；薈要本作「覼」，亦可通。按：「醜」、「覼」同，聯言而固化成詞，且二字形似。作「覼」者，蓋「醜」之形誤。

④「大」，元刊明補本、弘治本闕；據薈要本、四庫本補。

⑤「平」，薈要本、四庫本同元刊明補本；弘治本作「乎」，形似而誤。「本殷」，弘治本同元刊明補本；薈要本、四庫本作「殷本」，倒。

⑥「恒寔」，弘治本、同元刊明補本；四庫本作「恒實」，亦可通；薈要本作「實恒」，倒。「地」，弘治本同元刊明補本；薈要本、四庫本脱。

⑦「濼」，弘治本、四庫本同元刊明補本；薈要本作「灤」，俗用。

⑧「枕動山東麓」，弘治本同元刊明補本；薈要本作「枕動山東之麓」，衍；四庫本作「枕於東山之麓」。

⑨「南三十」，弘治本同元刊明補本；四庫本作「南三」，脱；薈要本作「而南三」，既衍且脱。

⑩「之」，弘治本、薈要本同元刊明補本；四庫本作「人」，非。

⑪「煅」，弘治本、薈要本同元刊明補本；四庫本作「較」，非。

⑫「乎」，元刊明補本作「平」，形似而誤；據弘治本、薈要本、四庫本改。

⑬「旨」，弘治本同元刊明補本；薈要本、四庫本作「指」，亦可通。後依此不悉出校記。

遺廟記

金海陵煬王以天德七載乙亥定議南伐，明年正隆改元，詔大營汴京，擬混一江左，遷而都焉，故廟社之制於是乎興①。然清廟寔前宋之故物也，在景祐間止十有七楹②，而金之記曰③：「正隆四年己卯歲冬十有一月④，禮部尚書同修國史王競，銀青榮禄大夫、參知政事敬嗣暉，開府儀同三司、尚書左丞相、上柱國、魯國公臣張浩監修⑤。」寔金爲之增廣加飾，非創作也。何以明之？覩其梴桷旅楹大而徑三尺者⑥，比皆腐朽餘丈⑦，若曰金朝創始，不及百年安得如此之朽腐哉？

廟直大内之南，馳道之東，殿法吴制，東西列二十五楹，袤四十丈，廣七丈。其神室内，地廣一十步餘四步。爲室前之虚明⑧，廟兩首各限一楹，中以二十三楹分十有一室，從西以三楹作一室，餘每室以兩楹爲之。龕之數，其西位夾室六，南向者三⑨，北向者三⑩，東俱兩龕⑪，自餘率一龕，所向皆東面而已⑫，總十有八龕。殿階作二層，列升道三，前井亭二，東西相向。外作重堧四繚，面有門[13]，角有樓門，南列五闔[14]，餘三而已。其東北中垣之外即册寶殿也。國制，凡帝后寶册暨郊廟金玉禮器皆在焉，令太常官一員每季檢視，用印封緘。謂之點寶禮器者何[15]？爵、瓚、圭、璧是也。玉册者何？先代哀謚是也。其册帝以寶玉作簡，后以象齒爲之，賁以金書，貫以朱絲，封縢甚秘，世莫之見。南則更衣亭，亭前舊有湖石瓌奇，名曰瑞芝。其東南外垣之内即神庖刲取血膋之所，環重垣之内，東西爲廡，各五十楹，旁夾廟門，各廿有五，于以分布齋郎、駿奔、走執之列[16]。正北則闕焉。其西南垣外即廟署位[17]，前有門以表，循外垣西北復鑿偏户一，意者備執事出入之便也。

予聞之遺老，云金制祀廟[18]，率以親王上宰攝太尉以享，太祝奉祀宗祏置地[19]，用色羅上冪，帝以黄，后以絳，所謂至敬無壇也[20]。茵以皋比，器設陶皿[21]，用血肉以獻，上下之樂畢備。此金朝典秩之大概也。國亡已來，汴之宫室毁撤掃地，顧惟兹廟以貯儲得巋然獨存。皇朝中統五年夏四月，詔河南前宣撫張子良撤焉，以北浮御河入燕，就爲今之大宫[22]，從堂議也。據正隆己卯至今，甲子以曆考之，適百有六年也，識者異之。且今初建宫於燕[23]，多撤汴材[24]，其木皆以燕用爲誌，今是廟亦復用燕之故址，有數存乎其間爾[25]，自有能辨之者。

夫君子將營宫室，宗廟爲先，祖宗胡可以無廟？然一廟之用，有不可勝之費㉖，今也存亡廟而爲新宫㉗，其尊祖息民可謂恭儉者哉㉘？是廟，宋制也。按《禮經》，天子七廟，太祖之廟居中，三昭三穆爲之左右。其七主曰壇，曰墠，曰考廟，曰王考廟，曰皇考廟，曰顯考廟，曰祖考廟。月一祭之，遠廟爲祧，去祧爲壇，去壇爲墠。壇、墠者，有禱焉祭之，不則乃止㉙，此三代不易之制也。逮東漢，變而爲一，廟同宇異室耳。李唐自貞觀開元後增置九數，後宋因之，亦列九世，爲十二室。而金朝以九帝有天下百餘年，上自景太，至於宣宗㉚，不審天興奉祀之日，其間升祔祧出，得列於太室者凡幾，廟何者得祔，何者爲祧邪？故併及之，以俟更考云。

至元五年夏六月十一日記。

【校】

①「制」，弘治本同元刊明補本；薈要本、四庫本作「志」，声近而誤。

②「止十」，弘治本闕；薈要本、四庫本作「止屋」。

③「而」，弘治本同元刊明補本；薈要本、四庫本作「考」。

④「冬」，弘治本同元刊明補本；薈要本、四庫本作「之」，非。

⑤「臣」，弘治本同元刊明補本；薈要本、四庫本脱。

⑥「梃桷」，薈要本、四庫本同元刊明補本；弘治本作「挺桶」，形似而誤。

⑦「丈」，弘治本同元刊明補本；薈要本、四庫本作「幾丈」，衍。

⑧「之」，弘治本同元刊明補本；薈要本、四庫本脱。

⑨「三」，元刊明補本、弘治本闕；據薈要本、四庫本補。

⑩「北向者三」，元刊明補本、弘治本闕；據薈要本、四庫本補。

⑪「東」，元刊明補本、弘治本闕；據薈要本、四庫本補。

⑫「面」，弘治本同元刊明補本；薈要本、四庫本作「西」，非。

⑬「面有門」，弘治本作「面涓」；薈要本作「而涓門」；四庫本作「而沿門」。

⑭「列」，弘治本同元刊明補本；薈要本、四庫本作「角」。

⑮「點」，抄本同元刊明補本；薈要本、四庫本作「典」，聲近而誤。

⑯「于」，元刊明補本、抄本作「千」，據薈要本、四庫本改。「走執」，弘治本同元刊明補本；薈要本、四庫本作「執事」，非。

⑰「垣外」，抄本同元刊明補本；薈要本、四庫本作「外垣」，涉下而倒。

⑱「云金」，元刊明補本作「云□」；薈要本、四庫本作「舊」，脱；據抄本改。

⑲「奉祀宗祏」，元刊明補本作「奉遷宗拓」，據抄本、薈要本、四庫本改。

⑳「壇」，抄本同元刊明補本；薈要本作「疆」，非；四庫本作「文」，非。

㉑「皿」，元刊明補本作「血」，涉下而形誤；據抄本、薈要本、四庫本改。

㉒「大」，抄本、薈要本、四庫本作「太」，亦可通。

㉓「建宮於」，元刊明補本作「津宮於」，形似而誤；抄本、薈要本、四庫本作「建」，脱；徑改。

㉔「撤汴材」，抄本、四庫本同元刊明補本；薈要本作「撤汴財」，亦可通。按：作「財」者，蓋「材」之聲誤。

㉕「爾」，抄本同元刊明補本；薈要本、四庫本作「耳」，亦可通。後依此不悉出校記。

㉖「可」，抄本同元刊明補本；薈要本、四庫本脱。

㉗「存」，抄本、薈要本同元刊明補本；四庫本作「撤」，非。

㉘「可謂」，抄本同元刊明補本；薈要本、四庫本作「而可謂」，衍。

㉙「不則乃止」，弘治本、薈要本同元刊明補本；四庫本作「無禱則否」。

㉚「宗」，弘治本同元刊明補本；薈要本、四庫本作「廟」。

泰安州長清縣樂育堂記

趙君明叔尹長清之明年，政夷訟簡，眂其民可教，迺就廟垣爲數泮宫①。於是治學舍，植松竹，聚書史，立教條，率儒生屬吏日講授其中，雖造次多故，未嘗少輟。不半載，士勤於業②，吏循其風，禮容文物，鬱鬱可觀。

十四年春，與予會於京師，因以鄉所聞爲問，曰：「有是哉③，奚足多爲？然清今爲中縣，顧瞻岱宗，背負河濟，士風教習出齊魯間④。在昔，距濟南爲近⑤，邑生徒率就學□府⑥，故禮殿序庠之屋庳隘無足稱⑦，於前俎豆弦歌之數⑧，不接見於閭里青衿之耳目，蓋有年于兹矣。此僕之所以不敢狃安故常，鄙薄其俗⑨，勉有此舉也。」已而，以學記來請。嘗試論之。

古之君子以先知覺後知，以先覺覺後覺，是天之所責於我者甚重，我烏得而避之？況有能致之資，居可行之位，尤當急先務也。令尹雖出宰百里，實爲一方師帥，政之得失，俗之善惡，一繫夫志嚮所在⑩，知先後之序耳。人之秉彝，惟其物則内具⑪，故好是懿德，此天理均有，人心之本然也。苟得其養，無高卑大小之間，故狂而聖，愚而明。始也致知格物，身修而家齊；終則明德新民，國治而天下平。由是而觀，學校庠序之教豈小補哉？叔世道微，功利説興，督責之令密，士以區區末學⑫，苟禄代耕，奔走鞅掌於簿書期會之間，我躬不閲，遑卹乎俎豆禮容之事哉⑬？今君以脩敏之材，奮迹諸生間，歷事臺省，由省臺而宰劇邑，卒於簿書期會、奔趨督責之餘，遵詔條，確志嚮⑭，務以德義牖民，力行不倦爲樂，俾羣材長育，如中陵者莪菁菁然而盛，可謂能也已！昔韓潮陽牒置鄉校，曰：「刺史、縣令不躬爲師，使後生無所從學爲耻。又以養育人材爲吾君相之事⑮，顧天之所責於我者，當何如哉？」若趙君者，庸知夫不異日得時行志⑯，以斯道覺斯民，爲天下之樂且儀乎？吾見有開必先之兆於是乎始。君諱文昌，濟南人。

至元丁丑歲三月丙申記。

【校】

①「就」，元刊明補本、弘治本闕；據薈要本、四庫本補。「數」，弘治本同元刊明補本；薈要本作「起」；四庫本作「構」。

②「於」，弘治本同元刊明補本；薈要本、四庫本作「其」，涉下而誤。

③「哉」，元刊明補本、弘治本闕；據薈要本、四庫本補。

④「士風」，元刊明補本、弘治本、薈要本闕；據四庫本補。

⑤「爲」，弘治本同元刊明補本；薈要本、四庫本脱。

⑥「□」，弘治本同元刊明補本；薈要本作「□□」；四庫本作「于省」。

⑦「庳」，弘治本同元刊明補本；薈要本、四庫本作「卑」，俗用。後依此不悉出校記。

⑧「弦」，弘治本、薈要本同元刊明補本；四庫本作「絃」，亦可通。後依此不悉出校記。「數」，元刊明補本、弘治本闕；據薈要本、四庫本補。

⑨「薄」，元刊明補本作「簿」，形似而誤；據弘治本、薈要本、四庫本改。

⑩「一」，薈要本、四庫本同元刊明補本；弘治本脱。

⑪「内具」，弘治本同元刊明補本；薈要本、四庫本脱。

⑫「末學」，弘治本同元刊明補本；薈要本、四庫本作「之末學」，衍。

⑬「容」，弘治本同元刊明補本；薈要本、四庫本作「器」，涉上而妄改。按：俎豆禮容，語本《史記・孔子世家》：「孔子爲兒嬉戲，常陳俎豆，設禮容。」

⑭「嚮」，弘治本、薈要本同元刊明補本；四庫本作「鄉」，聲近而誤。

⑮「君」，弘治本同元刊明補本；薈要本、四庫本作「宰」，涉下而誤。

⑯「不」，弘治本同元刊明補本；薈要本、四庫本脱。

遠風臺記

豐宜門外西南行四五里，有鄉曰宜遷，地偏而囂遠，土腴而氣淑，郊丘帶乎左，橫岡亘其前①。中得井地三九之一，卜築耕稼，植花木，鑿池沼，覆簣池傍②，架屋臺上，隸其榜曰遠風，以爲歲時賓客宴游之所者，韓氏之昆仲也③。

至元戊寅百有六日，主人邀予來登④。顧瞻河山形勢，在北則近連圻甸，南則遠際河朔⑤，東控海門、碣石之雄，西眺太行、桑乾之勝，千里一瞬，略無限隔。少頃，風倏倏然自太虚中來，浸淫乎谿谷，蕩漾乎林野，春和明霽，微埃不興，聲先乎羣木之顛，氣鬱乎崇丘之外，然後度叢桂，入亭圃⑥，轉蘭獵蕙，泛溢乎層棟軒楹之間。

座客欣然動蘭臺之興，暢方外之適，披襟當之，曰：「信乎，滌煩臆，抒滯思，而其來之之遠也！」余仰而思，俯而歎，曰：「子知風之來邈⑦，未究夫臺之得斯名於士大夫間也。韓氏自鄜城府君以來，孫謀底法以燕翼子者，義則昭昭矣。通甫、君美遵誨承志，光大先業，懽然若父菑之敷播⑧，曄然如棣華之相輝，泝流尋源，其遺風所從來遠矣。故賢士大夫莫不重其好賢樂善，登茲臺而願與之游。由是而觀，慈祥豈弟之風又賢於人遠甚。況兹墅也，出而入仕，跬步於清朝之上⑨，退而隱處，偃薄於山林之下，將行義達道⑩，存志俟時，無不安適。其清風穆如，流芳於後人者，又有遠而不可極之致。不然，天壤間林泉佳處，第欲暢幽情而滌煩慮，何所往而不可？」客曰：「嘻，有旨哉！今韓氏卜築之意信得其趣，而吾子可謂發不言之秘，勉其所未然者焉。」

既而，囑予筆記之。因掇前言⑪，俾刻諸臺上以貽來者。至於風交平疇，良苗懷新，行之而喜者，兹植杖野人之事⑫，故不復云。後三日記。

【校】

①「岡」，弘治本、四庫本同元刊明補本；薈要本作「崗」，亦可通。後依此不悉出校記。

②「簀」，元刊明補本作「簀」，形似而誤；弘治本同、薈要本作「蕢」，形似而誤；據四庫本改。「池」，元刊明補本作「地」，據弘治本、薈要本、四庫本改。

③「昆仲」，弘治本同元刊明補本；薈要本、四庫本作「仲昆」，倒。

④「主人邀予來登」，弘治本同元刊明補本；薈要本、四庫本作「主人來邀予」，既倒且脱。

⑤「朔」，薈要本、四庫本同元刊明補本；弘治本作「翔」，非。

⑥「圃」，抄本同元刊明補本；薈要本作「中」；四庫本作「檻」。

⑦「邈」，抄本、薈要本同元刊明補本；四庫本作「遠」。

⑧「敷」，抄本同元刊明補本；薈要本、四庫本作「數」，形似而誤。

⑨「清」，抄本、薈要本同元刊明補本；四庫本作「廟」，涉下而誤。

⑩「將」，抄本同元刊明補本；薈要本、四庫本作「得」。

⑪「掇」，抄本、薈要本同元刊明補本；四庫本作「綴」，亦可通。

⑫「植」，元刊明補本作「值」，形似而誤；據抄本、薈要本、四庫本改。

韓氏遵誨堂後記①

人子之事親，存沒之間②，觀志由行，三年無改，爲孝之至，況終身而維則者乎③？燕今爲大都會，世家鉅族飄輕裾，蔭華穰，非不侈而盛也。及論夫居室善而内有則者，韓氏爲足稱，長即總管通甫，次即君美判府。

予御史裏行在燕者凡三年，用是交好甚款，知爲人甚詳。修身齊家，讀書治生，禮賓客，應外務，一以忠信孝悌爲主④，怡愉雍睦，如賓友之相敬，棣華之相輝也。過庭者佩詩禮之嚴，居家者無言笑之雜，超然而處，熙然而游，方筵多燕衎之娛⑤，田野有烹歌之樂，以致一門之内百順㚒來⑥，昆弟之間言無少間⑦，所謂身不求達而達有餘，屋不期潤而潤自至⑧。予嘗獲拜鄢城府君畫像，望之粹然一淳德君子⑨，其嘉言善行無非後嗣可遵而法者。乃知韓氏淵流之深長，枝葉之茂盛，疏之溉之者功加於前⑩，繼之承之者復善其後，故永年先生作堂名曰「遵誨」⑪，良有旨哉！

噫！李唐在前代爲盛世，至以家之言者，獨京兆柳氏爲稱首⑫。予每讀《玭傳》，求其修齊之要⑬，不出以忠信爲本、孝弟爲先⑭，至曰「此乃食之醯醬⑮，可一日無哉」，未嘗不撫卷嘆息，三復格言。方衰俗頽靡中⑯，而韓氏昆仲亦能以孝悌忠信爲飲食之醯醬，揚令名而顯祖考，奉潛德而發幽光⑰，惟是心不匱⑱，至錫類也如是，將見垂芳來葉⑲，不獨柳氏專美於前史也。

【校】

①「韓氏遵誨堂後記」，抄本、四庫本同元刊明補本；薈要本置是文於本卷卷首。

②「沒」，抄本同元刊明補本；薈要本、四庫本作「歿」，亦可通。「之」，元刊明補本、弘治本作「兩」，據薈要本、四庫本改。

③「維」，抄本、四庫本同元刊明補本；薈要本作「爲」，聲近而誤。

④「悌」，弘治本、薈要本、四庫本作「弟」，亦可通。後依此不悉出校記。

⑤「方」，弘治本、薈要本同元刊明補本；四庫本作「几」，涉下而誤。

⑥「百」，弘治本同元刊明補本；薈要本、四庫本作「而百」，衍。

⑦「言無」，弘治本同元刊明補本；薈要本、四庫本作「無庸」，非。

⑧「至」，弘治本同元刊明補本；薈要本、四庫本作「至者」，衍。

⑨「望」，弘治本、四庫本同元刊明補本；薈要本作「塑」，形似而誤。

⑩「加」，弘治本同元刊明補本；薈要本、四庫本脱。

⑪「作堂名曰」，元刊明補本模糊不清；弘治本闕；據薈要本、四庫本補。「遵誨」，薈要本、四庫本同元刊明補本；弘治本闕。

⑫「以家之言者，獨京兆」，弘治本闕；薈要本、四庫本作「以家法相傳，獨京兆」。

⑬「修」，元刊明補本模糊不清；弘治本闕；據薈要本、四庫本補。

⑭「忠」，薈要本、四庫本同元刊明補本；弘治本闕。「本」，元刊明補本模糊不清；弘治本闕；據薈要本、四庫本補。「先」，元刊明補本模糊不清；弘治本闕；據薈要本、四庫本補。

⑮「此乃食之醯醬」，弘治本同元刊明補本；薈要本作「此乃食醯醬」，脱；四庫本作「此飲食醯醬」，既誤且脱。

⑯「方」，薈要本、四庫本同元刊明補本；弘治本作「万」，形似而誤。

⑰「德」，薈要本、四庫本同元刊明補本；弘治本闕。

⑱「惟」，弘治本同元刊明補本；薈要本、四庫本作「推」，形似而誤。

⑲「來」，弘治本同元刊明補本；薈要本、四庫本作「奕」，亦可通。

王惲全集彙校卷第三十八

記

河内脩武縣重修廟學記

覃懷風土距太行之陽，川夷氣淑，山水秀麗，遠而舒發，於甯者爲多，故人傑地靈，自昔無荒寒僻野之陋。

至元壬午冬，前州將劉暉與予同在京師間，相會肆談，懷衛間勝概，娓娓忘倦，因及縣之廟學與夫本末，告予曰：「廟自宋歷金，雖制量邑作，當時徙建甚備，罹壬辰雲擾，俎豆不遑。賴先帥、家府爲主張，是故已圮者隨葺①，堅完者俾勿壞，乃以有道王君文玉、陳復、趙宜中輩前後願筦，得巋然獨存於兵燼之餘，力也，非幸也。至元癸酉，不肖自鄭秩滿來歸，顧殿廡肖像歲月浸久②，風雨浸剥③，黯昧傾藉④，無復於舊，荷薪之責懼不克舉，遂倡帥官庶，日以修治崇飾爲事，御史柏德孝思又從而贊焉。經調官蒲、楊、彭三明府十年間⑤，皆次第而作新之。遂延致學師，日誘諸生講肄在其中，復請有司，得灑掃十餘人，春秋奠獻⑥，鐘鼓鏗鏘，禮容升降，藹肅如也。僕之素願雖畢，而明德新民之效尚未敢議也。」

余曰：「不然。郡縣之政似有緩而急者，學校是也。學校者，三代之所以明人倫也，人倫明於上則小民親於下，其所以關係風化，不的然而彰歟？若夫山川英粹之氣氤氳開闔，鍾奇孕秀⑦，曾無今昔醇醨之間。至於涵養薄俗，作成善類，寔庠序基而本之⑧，後之來者復能增崇勉勵⑨，以極菁莪樂育之美，異時人材輩出，如近代進士張夢弼、郭瓛、張衮、祁文秉⑩、趙尚賓，文彩風流，照映一時，誠不難矣！」劉侯曰：「有味哉，子之言也！請筆之，歸而刻諸麗石⑪，庶幾有讀斯文而興起者焉⑫。」

二十年歲在癸未二月十八日謹記。

【校】

①「已圮」，弘治本同元刊明補本；薈要本作「已葺」，涉下而誤；四庫本作「當葺」，非。

②「顧」，弘治本同元刊明補本；薈要本、四庫本作「故」，聲近而誤。「肖像」，弘治本同元刊明補本；薈要本、四庫

本作「像肖」，倒。「浸」，弘治本、四庫本同元刊明補本；薈要本作「寖」，亦可通。

③「浸」，弘治本同元刊明補本；薈要本、四庫本作「侵」，亦可通。

④「黯」，元刊明補本作「點」，形似而誤；弘治本作「�」；薈要本作「默」，非；四庫本作「黓」，非；徑改。

⑤「彭」，弘治本同元刊明補本；薈要本、四庫本作「去」，非。「十」，薈要本、四庫本同元刊明補本；弘治本作「千」，形似而誤。

⑥「奠」，弘治本同元刊明補本；薈要本、四庫本作「具」，非。

⑦「鍾」，弘治本、薈要本同元刊明補本；四庫本作「毓」。

⑧「基而本之」，弘治本、薈要本同元刊明補本；四庫本作「爲之基本」。

⑨「後」，弘治本、薈要本同元刊明補本；四庫本作「而後」。「增」，弘治本同元刊明補本；薈要本、四庫本作「尊」。

⑩「祁」，弘治本同元刊明補本；薈要本、四庫本作「祈」，形似而誤。

⑪「諸」，弘治本同元刊明補本；薈要本、四庫本作「之」，非。

⑫「起」，弘治本同元刊明補本；薈要本、四庫本脱。

蘭亭石刻記

蘇門盧君茂之得玉色碑，石中斷，壓酒墟間偶見①，視之，乃《禊飲序》也，即懇求得之。予自稚年留心翰墨，閱是本無慮十數。此帖極清勁有神而不厖雜，與定武石本略同，其背有「勑書」字，塗以黄金，光彩尚焕，下復刻「祁公」字二②，豈裕陵賜宰相衍家物也？嘗謂二王墨妙，雖片言隻字，如寸珠尺璧，見者皆當寶惜，不可使混泥沙。今一旦爲吾所遇，免夫淋涔嚙蝕、委棄劘滅之厄，果神物護持，時有授受然耶？異時歸來，當臨溪起亭③，位置壁間，扳長史齋新例，榜其亭曰「右軍」，且詫鄉賢曰④：「此乃吾王氏真行之祖也。」庶幾有摳衣而請益者，其於奎壁兩間，不無煌煌者焉？但未知在幾年後耳。又諺云：「室無滯貨，不爲潤屋。」矧吾儕以多文爲富乎？然物之堅者，莫金石若也，兹刻也，豈敢保其必壽，抑不敢矜其長爲己有。特記焉以付子孺，庶王氏來者能弓而箕之，是所謂薪有盡而火無窮之傳也。二十年歲在癸未夏五月十七日謹記⑤。

【校】

①「見」，弘治本、四庫本、《中州名賢文表》同元刊明補本；薈要本作「是」，形似而誤。

②「祁」，元刊明補本、弘治本、薈要本作「祈」，聲近而誤；據四庫本、《中州名賢文表》改。

③「起」，弘治本、薈要本、四庫本同元刊明補本；《中州名賢文表》作「之」。

④「詑」，弘治本、薈要本、四庫本同元刊明補本；《中州名賢文表》作「讓」。

⑤「二十年」，弘治本、薈要本、四庫本同元刊明補本；《中州名賢文表》作「十年」，脱。

御史箴後記

此帖閑閑公爲師中丞仲安所書，亂餘，李侯輔之掇於西臺，著聞後爲義士張伯寧所有①。至元戊寅，因獲觀於張鄰野家，孝純愛玩不已，命子遠摹臨，略不失筆意。壬午秋，予至京師，鄰野子來謁，遂及曩之所摹。明日，持以見贈，墜逸之餘僅得百一十八字。公之書，世固不少論，夫擘窠大書，雄勁瓌奇，體兼顏、蘇而自成一家者，此平生最得意書也。予性僻而好古②，於書學嗜而不厭，故所欲見者每每如意，豈歐陽子謂「物聚於好」然耶？抑亦有契分故耶？二十年癸未夏五月，雨中與子孺裝潢歸藏春露堂，以爲書林寶鎮，且懌同志願見之心。中議大夫、治書侍御史、汲郡王惲謹記。

【校】

①「聞」，弘治本、薈要本同元刊明補本；四庫本作「間」，形似而誤。

②「予」，弘治本同元刊明補本；薈要本、四庫本作「余」，亦可通。後依此不悉出校記。

祥露記

先母夫人平旹顧惲讀書、作言辭①，喜見於色，曰：「好此，吾歿且無憾。若汝長②，仍能辦，日飯一盂啖我，過於鼎餗榮矣。」亡後十有四祀，方得廩食於官，而菽水自供之養曾不少及，第新婦推代中饋勞者僅六年，風樹之感③，其何有涯！故每讀文正范公「饗若曹」之歎，未嘗不撫卷流涕也。甫十年，不幸先君亦捐館，以治命建新阡於河西鄉。用明年百五日，奉遷二親藁殯於沁曲。玄堂纔開，有二黄蝶飛出，其先妣柩蓋珠露凝綴，晶明煥爛，駢羅角結，殆寶幢纓絡蒙覆其上，且聞清香襲人，觀者異焉。天日照臨④，移刻乃晞。

嗚呼！夫人自己酉秋棄養，至是三十祀矣⑤，在窀穸間祥見如此，恐非偶然也。昔人有夢持炬下入祖禰壙中，識者謂光昭先世之兆⑥。兹夢也，或有異不異焉。今野蔭之氣化爲真露⑦，露，膏澤也，復聯綴而成雯華⑧，意者先妣之德有幽光而未發邪？不然，將澤及子孫，有以文而興起者耶？開先之慶⑨，固當有在，惲固不得而知也。至元廿一年歲在甲申正月二十有八日⑩，中議大夫、山東東西道提刑按察副使、男惲百拜泣血追記。

【校】

①「旹」，弘治本、《中州名賢文表》同元刊明補本；薈要本、四庫本作「昔」。

②「汝」，弘治本、四庫本、《中州名賢文表》同元刊明補本；薈要本作「女」，亦可通。後依此不悉出校記。

③「慼」，元刊明補本作「慼」，形似而誤；據弘治本、薈要本、四庫本、《中州名賢文表》改。

④「天」，弘治本、四庫本、《中州名賢文表》同元刊明補本；薈要本作「大」，形似而誤。

⑤「三」，元刊明補本、弘治本、薈要本、《中州名賢文表》作「整」，據四庫本改。

⑥「昭」，《中州名賢文表》同元刊明補本；弘治本、薈要本、四庫本作「照」，亦可通。後依此不悉出校記。

⑦「今」，弘治本、《中州名賢文表》同元刊明補本；薈要本、四庫本作「夫」。

⑧「雯」，弘治本、《中州名賢文表》同元刊明補本；薈要本、四庫本作「文」，俗用。
⑨「先之」，弘治本、《中州名賢文表》同元刊明補本；薈要本、四庫本作「之先」，倒。
⑩「在」，元刊明補本、弘治本、《中州名賢文表》作「舍」，據薈要本、四庫本改。

均幹堂記①

財賦者，生民之命，國家之大本也。善理者，古今無幾焉。自鹽鐵事興②，漢庭諸儒紛紜辨論，竟莫能一，其艱在於不傷財而必害民故也③。濟南漕長趙侯洎其貳儲君天章過余，求扁其公堂之顔，遂題曰「均幹」，蓋取孟堅志書之辭也。均者，使四民常均，公有餘而私不乏；幹者，所以齊衆度而抑兼并也。二者爲義如此，何古人憂後世之心深且重哉！顧諟新政，意若在兹，第不自著者，形與迹耳。蓋嘗思之，其所以經制於一堂之上者，不過以廉自澡、以静内守而以法外御也。故務雖繁而愈辦，羨比常而益增，此自然理也。異時總會民賦，鼓鬻山海，低昂物貨之權，佐理軍國之用，從容朝珂，籌之以策，未必不由主静而法以均幹爲得計，而以籠絡爲末策也。未知以爲何如？二公唯而退，於是乎書以爲記。

【校】

①「幹」，元刊明補本、弘治本作「斡」，形似而誤；據薈要本、四庫本改。後依此不悉出校記。

②「自」，弘治本同元刊明補本；薈要本、四庫本作「蓋」，非。

③「必」，弘治本同元刊明補本；薈要本、四庫本作「不」，非。

遊華不注記

濟南山水可游觀者甚富，而華峯、濼源爲之冠。余到官八月，湖光山色朝夕與對，於庭户几席間若無所覩，心有所不在焉，然每以歷居卑濕爲念。或有云：「堰頭者，乃自昔濼引諸泉入大清之峻口也。」一鍤之力，不崇朝可徹而陸之，常欲一往而未遑也。冷竈節得暇且寬，憲使耶律君邀余暨簽書杜君爲兹山遊①，且尋堰頭之盟，諾焉。

逮十有一日，遂自歷下亭登舟，亂大明湖，經會波樓下，出水門，入廢齊漕渠，所謂小清河者是也。汎灧東行約里餘，運肘而北，水漸瀰漫。北際黄臺②，東連疊徑，悉爲稻畦蓮蕩，水村漁舍間錯煙際，真畫幀也。於是緑萍蕩漿，白鳥前導，北望長吟，華之風煙勝賞盡在吾目中矣。是日也，天朗氣淑，清風徐來，水平不波，鳴絲歌板，響動林谷，舉酒相屬，開口而噱。少頃，扶腋登岸③，相與步入華陽道觀④。主人方布几延賓，僕以疾作遽還，二君爲愀然也。至於罔獲陟連雲絶頂，追謫仙之逸駕，叫蒼梧之暮雲，富覽江山以盡游觀之美，特閑適餘事，初不訝其從違，正恐山靈獨回俗駕，造物者有所靳耳。

既歸，伏卧舟中，怦怦焉如宿酲在懷⑤，殊伊鬱也。但聞兩舷間風水之聲自宫自商，拍拍盈耳，殆魏獻子之歌鐘、石鐘山之水樂也⑥。且念華峯之勝，樂在近郊，因以步里計之，自歷亭北至華陽院下⑦，廿里而遠；由水門抵黄臺北渚⑧，十八里而近。以葦汀漁箔周折灣溆，從城東北阿至艤舟山家，蓋且十曲矣。

時至元甲申清明前一日也，謹記。

【校】

①「耶律君」，弘治本同元刊明補本；薈要本、四庫本作「耶律君游」，衍。「山」，弘治本同元刊明補本；薈要本、四庫本作「小」，非。

②「際」，弘治本同元刊明補本；薈要本、四庫本作「濟」，聲近而誤。

③「腋」，弘治本、薈要本同元刊明補本；四庫本作「掖」，亦可通。

④「華」，弘治本、薈要本同元刊明補本；四庫本作「葉」，形似而誤。

⑤「醍」，元刊明補本、弘治本、四庫本作「醒」，形似而誤；據薈要本改。
⑥「鐘」，元刊明補本、弘治本作「鍾」，據薈要本、四庫本改。
⑦「院」，弘治本、四庫本同元刊明補本；薈要本作「觀」。
⑧「由」，弘治本同元刊明補本；薈要本、四庫本作「遊」，聲近而誤。

春露堂記

王氏居安仁西里，有宅一區，湫隘近市，或者曰①：「宜易此而就爽塏。」余應之曰：「遺簪之求，聖人有取焉，況先人之弊廬乎？」然歲深屋老，枝撑欹側，有不堪託處者。於是謀爲新堂②，不侈不陋，于以藏遺書，閟宗器，節序致嚴，設裳衣而安寢祭，且將碇吾居明嚮晦燕偃息之所③。乙酉春④，既落成，遂榜其顏曰春露，蓋取霜露既降，感時思親之義也。

嗚呼思雩⑤，我將從其重乎？思其重，念吾親之志也；敬其止，慮夫不克析薪之荷也。昔吾先君思淵子握瑜懷瑾，經世之志甚遠，恬澹無所營⑥，專事於學，務爲無所不闚，要歸適用有爲而已。嘗曰：「吾年未老，持此而明吾道、行吾志於天下，庶乎開物成務，大有見於世。不然，吾遯則無作無悶矣。」悲夫！曾不少施而卒，齎志以没，至爲有爲者所惜，此不肖所以仰穹罔極而抱終身之慼也⑦。蓋吾親之去日愈遠⑧，不肖之受年益深。去親邈，則子孫有悠而無密；受年多，則氣志漸怠而生不蹶。追其遠，所以厚來者之德也；重其思，所以勉吾心之述也。《傳》不云乎：「孝也者，繼志述事之謂也。」周公善焉，是則爲達孝。學也者，學爲周孔而已矣。至於履霜濡露，感念歲時，入室肅焉如覩乎容色之睟，出户愾然若聞其歎息之音。齊則見其所爲饗者，悽愴怵惕，奭動于中⑨，是皆時思之常、君子之所同也⑩。後之嗣服者登斯堂，讀斯文，求予心之所泊，能先其所重而不忘其所常，將見堂構無盡，孝思爲不匱矣。

至元廿二年十月日記。

【校】

①「曰」，弘治本同元刊明補本；薈要本、四庫本作「謂」。

②「堂」，弘治本同元刊明補本；薈要本、四庫本作「室」，非。

③「碇」，弘治本、薈要本同元刊明補本；四庫本作「奠」，俗用。按：碇，亦作礇。作「奠」者，蓋「礇」省略形符之簡化字。「燕」，弘治本同元刊明補本；薈要本作「宴」；四庫本作「入」。

④「己」，元刊明補本、弘治本作「乙」，據薈要本、四庫本改。按：乙酉年，即一二九六年；已酉年，謂一二七二年。然本文作於至元廿二年，也即一二八五年。春露堂落成之年至遲不晚於一二八五年，故作「乙」者蓋「己」之聲誤。

⑤「雩」，弘治本同元刊明補本；薈要本、四庫本作「乎」。

⑥「恬」，元刊明補本、弘治本、薈要本作「汔」，據四庫本改。

⑦「慼」，元刊明補本作「感」，形似而誤；據弘治本、薈要本、四庫本改。

⑧「吾」，元刊明補本作「君」，形似而誤；據弘治本、薈要本、四庫本改。

⑨「奭」，弘治本、薈要本同元刊明補本；四庫本作「爽」。

⑩「之所」，元刊明補本、弘治本作「所之」，倒；據薈要本、四庫本改。

熙春閣遺制記

梓人鈕氏者向余談熙春故閣形勝，殊有次第。既而，又以界畫之法爲言曰①：「此閣之大概也，構高二百二十有二尺，廣四十六步有奇，從則如之。雖四隅闕角，其方數紆餘于中，下斷鼇爲柱者五十有二，居中閣位與東、西耳。構九楹，中爲楹者五②，每楹尺一十有四③，其耳爲楹者各二，共長七丈有二尺。上下作五檐覆壓，其檐長二丈五尺，所以蔽虧日月而卻風雨也。閣位與平座疊層爲四，每層以古座通藉，實爲閣位者三。穿明度闇而上，其爲梯道④，凡五折焉。世傳閣之經始，有二子掖醉翁過前，將作者曰：『此即閣之制也。』取具成體⑤，故兩翼旁構，俯在上層，欄檻之下止一位而已⑥。其有隆有殺，取其縹緲飛動、上下崇卑之序⑦，此閣之形勢所以有瑰偉特絶之稱也⑧。」

予因念汴自壬辰兵後，故苑蕪没，惟熙春一閣巋然獨存。昔嘗與客三至其上，徙倚周覽，雖悵然動麥秀黍離之感，且詫其巀嶪壯麗如神營鬼構⑨，洞心駭目有不可端倪者。至不藉井幹，不階峻址⑩，飛翔突起，干清霄而矗上，又似夫鼇掀而鳳翥也。予歷考秦漢已來宮殿之制，漢不復於秦，而唐不及於漢，如未央、長樂曾何得阿房之萬一，含元、華清又奚敢跂兩都之規制也？蓋天地氣衰，國資民力與林林之材不克取盈⑪，而尺度不足其數焉故也⑫。然熙春遺構亦可爲近代之傑觀⑬。彼騷人詞客雖稱述賦詠，極其偉麗，是猶臆説建章而徒彷像其千門萬户而已⑭，終非梓匠，不能知其規模與勝概之所以然。閣廢撤已久，及聞鈕氏之説⑮，使觚稜金爵上雲雨□飛舞空際者⑯，盡在吾目中矣。然不文之言不足以達遠⑰，因作記以遺之⑱。鈕氏者，顒世□□工師之良者也⑲。

至元廿三年冬十月記。

【校】

①「法爲」，弘治本同元刊明補本；薈要本、四庫本脱。

②「中」，弘治本同元刊明補本；薈要本、四庫本作「而中」，衍。

③「一十有四」，弘治本作「二十有四」；薈要本、四庫本作「二十有四焉」。

④「上其爲」，元刊明補本作「壯爲」，據弘治本、薈要本、四庫本改。

⑤「具」，弘治本同元刊明補本；薈要本、四庫本作「其」，形似而誤。

⑥「檻」，元刊明補本、弘治本、薈要本作「構」，聲近而誤；據四庫本改。

⑦「縹緲」，元刊明補本作「漂緲」，非；弘治本作「漂紗」，非；據薈要本、四庫本改。

⑧「有」，弘治本、薈要本同元刊明補本；四庫本脱。

⑨「詫」，弘治本、四庫本同元刊明補本；薈要本作「託」，形似而誤。

⑩「階」，弘治本、四庫本同元刊明補本；薈要本作「偕」，形似而誤。

⑪「克」，弘治本同元刊明補本；薈要本、四庫本脱。

⑫「焉」，弘治本同元刊明補本；薈要本、四庫本脱。

⑬「然」，弘治本同元刊明補本；薈要本、四庫本作「然而」，衍。

⑭「建」，元刊明補本、弘治本、薈要本作「庭」，據四庫本改。

⑮「鈕」，元刊明補本、弘治本作「紐」，據薈要本、四庫本改。
⑯「上雲雨□」，弘治本同元刊明補本；薈要本作「上雲霄而」；四庫本作「上干雲霄而」。
⑰「言」，弘治本同元刊明補本；薈要本、四庫本作「以言」。
⑱「記」，弘治本同元刊明補本；薈要本、四庫本作「文」。
⑲「顒世□□」，弘治本同元刊明補本；薈要本、四庫本作「蓋世所共稱」。

徵夢記

某官真定時，夢一老人長身縞衣，杖而告曰：「若遇而祖，能識之乎？」憶祖妣妙清君平時語惲者，熟視之，爲吾大父敦武府君無疑。載拜已，迺跽而請曰①：「惟王氏上世嘗有顯者否？」先祖曰②：「今濟源陳堯叟祠碑所刻王姓者即遠祖也③，切識之。」時至元庚辰春二月也。惲以是異，念之者無時。

後八年戊子二月，韓氏子中西謁濟瀆，託之爲求訪，果於司馬端明所撰《四令祠堂記》碑脅得元符二年春二月左中散大夫、知軍州事拜謁④，題名乃陳之外孫王悦名氏。吁，亦異哉！題名云：「外孫，左中散大夫、知軍州事王悦奉詔詣靈祠禱雨畢，恭拜堂下。元符二年春二月廿九日也。」刻碑之右脅。父即前宋王文簡公⑤，曾拜參知政事，名舉正⑥，字伯中，係堯佐之壻⑦。其子誨、悦。舉正，坡公所謂「清德之老」是也⑧。其二子名諱見東坡《飛白記》。不肖平生，凡事欲將至⑨，必警先於寤寐間。如先君將殁，以翠微節度傳迓；召爲御史，人以牛刀迎刺于口⑩；斷絳陽獄，斛律神自牖來告；待制翰林，有「瑶階參筆，月殿芸香」之詠；馳奏中統二年十二月爲都事時事。行宫，有「雪漠三更，雲輜萬兵」之作；進讀東朝，夢紫閤連延、龍馬飛翔之異。是皆徵明而不可誣者。

故古人論夢，心官⑪，物之至靈，非但藏往，固能知來，凡天地古今之所有，無一外乎此而有明晦、遠邇、通塞之間⑫。此人之所以有夢，夢之所以多變也。然有真有象⑬，有精有想，唯精誠感薄神靈之所告者，乃有占而可徵。是夢也，求其所以，似亦涉因想。蓋不肖每以先世旌紀寂寥，念不去懷者有年⑭，今先祖昭告如是，此亦理之必至⑮。所可異而重者，據其夢而得其實於二百載之前，若合符節，此豈只勞於想可致而論耶？又知吾先世神爽雖遠而昭昭矣。

嗚呼！既誘其衷，明夫系之有自，所謂闕而有待者⑯，不知復能鑑佑⑰，使遂其初心，少副明靈之精應乎？其或亶然，是垂老之日即受生之年也？是不可不識。

至元廿五年春二月九日記。

【校】

①「跽」，弘治本、薈要本同元刊明補本；四庫本作「跪」，形似而誤。

②「否先」，元刊明補本作「無時」，據弘治本、薈要本、四庫本改。

③「源」，弘治本同元刊明補本；薈要本、四庫本作「南」，涉上而誤。

④「得」，弘治本同元刊明補本；薈要本、四庫本作「得之」，衍。

⑤「父」，弘治本同元刊明補本；薈要本、四庫本作「文」，形似而誤。

⑥「舉」，元刊明補本、弘治本、薈要本作「夅」，據四庫本改。後依此不悉出校記。

⑦「壻」，弘治本、四庫本同元刊明補本；薈要本作「婚」，非。

⑧「坡」，元刊明補本、薈要本作「歞」，據弘治本、四庫本改。

⑨「欲」，弘治本、薈要本同元刊明補本；四庫本作「幾」，非。

⑩「人以牛刀」，弘治本同元刊明補本；薈要本作「人以迎刀」，涉下而誤；四庫本作「人即以刀」，既衍且脱。

⑪「心」，弘治本、薈要本同元刊明補本；四庫本作「有」。

⑫「邇」，弘治本同元刊明補本；薈要本、四庫本作「近」，亦可通。

⑬「真」，元刊明補本、弘治本、薈要本作「直」，據四庫本改。

⑭「不去」，弘治本同元刊明補本；薈要本、四庫本作「在」。

⑮「必至」，弘治本同元刊明補本；薈要本、四庫本作「所必至」，衍，

⑯「謂」，薈要本、四庫本同元刊明補本；弘治本作「請」，形似而誤。

⑰「佑」，弘治本同元刊明補本；薈要本、四庫本作「祐」。

透月巖記

王子塞向冬蟄，不出户者兩月。適寒曦回燠，乘休郊游，步過故人子也鮮伯之居①，有奇石儼侍堂背，鋭上而豐下②，百竅洞達，大者爲巖，小者爲竇，聳者爲岑，絡者爲脈③。復形勢之所當出者，又皆人意與會，表裏瑩潔，渾然天成，顧而睨之④，如華峯半圭，高插雲表。余乃百匝摩挲，襟袖霑漬。主人因乞名於余，即目之曰「透月巖」。何其⑤？石，堅凝篤實物也，今玲瓏秀麗，實而能虚，疏風逗月，回伏景氣，如神劖鬼刻，出奇乃爾，誠百中不一見也⑥。主人喜其名佳而物稱。

明日，過門懇文其狀，予告之曰：「昔汝父新中府君，熟其平生久矣。爲人安静，遇禮而用和者也。嘗買一石，日與之伍，呼爲『石友』，乃臨終曰：『吾國俗近古，不封不樹，然我殁，當以此石表吾岡西墓田。』何嗜好其篤也如是？因念昔陸績官鬱林，裝鉅石以

越海⑦；鄭璠守象江，輦六石以歸秦。前人稱道，筆之簡册，非特見其澹僻也，正以二賢操履，當莅官行己之際，以廉静爲心，由篤實而致輝光之用者，在此而不在彼也。吁！汝父之志，固有慕於昔賢。今汝能箕裘世業，亦廉潔自厲，復輦置奇石，思繼静觀之樂，因迹以求心，庶能堅其所已至而厲其所未至者焉，又得一悃愊無華吏矣。不然，將以物爲玩，徒成喪志之癖，非余之所敢知也。」於是乎書以貽之。

至元廿四年丁亥冬春節前三日記⑧。

【校】

①「過」，弘治本、四庫本同元刊明補本；薈要本作「遇」，形似而誤。「子也鮮伯」，弘治本、薈要本同元刊明補本；四庫本作「子額森伯」。

②「鋭」，元刊明補本作「説」，形似而誤；據弘治本、薈要本、四庫本改。

③「者」，元刊明補本作「渚」，據弘治本、薈要本、四庫本改。

④「而」，弘治本、薈要本同元刊明補本；四庫本脱。

⑤「何其」，弘治本同元刊明補本；薈要本作「河具」，聲誤且形誤；四庫本作「何居」，亦可通。

⑥「中」，元刊明補本、弘治本脱，據薈要本、四庫本補。

⑦「石」，元刊明補本、弘治本、薈要本作「積」，據四庫本改。

⑧「冬」，弘治本同元刊明補本；薈要本、四庫本作「立」。

林氏酴醾記①

人之愛其物也，培植顧護之意必致其曲。物既得養，榮華茂盛之氣而自與人意會，理則或然，我未之察耳。林氏別墅有酴醾一株，自初植至今②，特二年于兹。戊子清和節，予杖而來觀，花雖未放而根撥枝葉條達舒暢③，盈盈然有不勝其茂密者。清淑之氣霑漬窗户間④，若喜其相遇而與之相會也⑤。然所以盛者，種之非常，一也；地之氣美，二也；人力所至而不失其養者，三也。一圃之間異卉殊富，而獨致曲于兹者，豈饜彼紅紫而特惜其芳之白且潔歟？近以是花置之露堂西序，晨起將啓户，香自隙作陣而出，有襲人鼻觀之烈⑥，至于簾櫳之縈拂，几席之薰染，着莫而不散者數日⑦。且花之爲物，香與色而已。若夫香之清郁，色之孤潔，殿春餘而獨開於夏初者，其風流藴藉，餘品有不得伉且儷者，其爲世之所重而不厭其多者⑧，良以是歟？余幽居，日無事，隨其隙地，亦以栽種爲樂。城中糞壤瓦礫，土之正氣悉爲穢汙，所易百植而不一生，非獨余家⑨，比比皆是。木之美者，愛雖篤，力雖至，返得憔悴可憐之色⑩，幸生致枯之歎，是知紫庭之蘭不生於枳棘之野，丹崖之木不産於犖确之丘也必矣。又《傳》曰：「苟得其養，無物不長；苟失其養，無物不消。」是以君子惡居下流，可不慎哉⑪？

林君，爲人氣勝者也，凡一事一物之作，不肯碌碌落於人後，必極其精粹而後已。今年七十有二，目明耳聰，强步健啖。壯歲嘗從侍講徒單公游，教其子讀書，致身顯達。今也謝其所必爲而安其所已至者⑫，日一遊其圃，非特物之爲玩，將思其老而縱心，憐夫生發之意而明其馨香之德云⑬。

秋澗翁喜其如是，既與之款，因書以爲記。時二十五年立夏後十有五日也。

【校】

①「醿」，元刊明補本、弘治本作「縻」，俗用；據薈要本、四庫本改。

②「初植」，弘治本、四庫本同元刊明補本；薈要本作「植初」，倒。

③「放」，元刊明補本、弘治本、四庫本脱，據薈要本補。「撥」，弘治本同元刊明補本；薈要本作「抵」，非；四庫本作「節」，非。

④「需」，弘治本同元刊明補本；薈要本、四庫本作「有」，非。

⑤「與」，弘治本同元刊明補本；薈要本、四庫本作「幾」，非。
⑥「鼻」，元刊明補本、弘治本、薈要本作「洞」，據四庫本改。
⑦「莫」，弘治本同元刊明補本；薈要本、四庫本作「幕」，非。
⑧「所」，弘治本同元刊明補本；薈要本、四庫本作「珍」，亦可通。
⑨「余」，弘治本同元刊明補本；薈要本、四庫本作「一」，非。
⑩「返」，弘治本、四庫本同元刊明補本；薈要本作「反」，亦可通。
⑪「慎」，弘治本同元刊明補本；薈要本、四庫本作「懼」。
⑫「至」，弘治本同元刊明補本；薈要本、四庫本作「致」，亦可通。
⑬「夫」，元刊明補本、弘治本、薈要本作「天」，據四庫本改。

清蹕殿記

維衛州太一廣福萬壽宫①，伏爲憲天述道仁文義武大光孝皇帝赫臨之盛，易常然丈室，大起行殿，邇天威而貯寵光焉②。既落成，嗣師蕭全祐以其事上聞，賜名曰「清蹕」。全祐將文諸貞石以傳不朽，謂臣嘗忝屬太史，於法得書，乃具其本末來請。

臣謹按：初，上之在潛也，思得賢俊以裨至理，聞太一四代度師蕭輔道弘衍博大，則其人也，於是以安車來聘。既至，上詢所以爲治者，師以愛民立制、潤色鴻業、用隆至孝者數事爲對，上喜甚，錫之重寶，辭不受。曰：「真有道士也。」賜號「中和仁靖真人」，冠帔尊崇之禮前後有加。迨己未春，鑾輅南駕，次牧之野，時師仙游已邈。上以隱居所在，特枉駕來幸，周覽殿廡③，奠享丈室④，詢慰宿昔者久之，所以欽挹真風⑤，懷思不忘，且從五代嗣師居壽之請也。及登大寶，復降璽書追寵師德，有「清而能容，光而不曜⑥。富文學，知變通。嚮朕在潛，與之同處。何音容乍遠，冠履遽遺，殊用悵然」之歎。居壽等以遭際聖明，顯異家教，其臨幸之榮又爲前代希闊之遇⑦。顧惟丈室⑧，罔稱淵躍，思丕御天之構者⑨，念茲在茲，繼承詔住燕之齋宮，致有待而未遑焉。

逮六代度師全祐既主法席⑩，首以繼述先志爲切，始克丕建，實至元廿三年丙戌歲冬十一月也。桓楹松桷，孔曼且碩；藻棟文櫰⑪，龍鸞交映。内拱宸居，宸居穆穆；中闢應門，應門鏘鏘。玉宇開于前，方壺翊于後，蒼官鉅竹，儼侍左右。其宏麗靖深⑫，宛然帝者之居，望雲就日，奕奕動色。于以焚修頌禱，仰介萬壽無疆之祉，其於貯寵渥，廣敬恭，報恩德而圖不朽者亦以勤矣！載顧載瞻，中外咸若，轔轔焉如聽屬車之音，肅肅焉若覩羽旄之美，千古而下，焜燿煒煌，何啻振碧霞之孤風⑬，爲郡國之盛事也！臣以爲自昔聖帝明王崇玄重道，以萬乘之尊求一言之要者，不過體尚玄默，企慕真純，載其清淨，躋民壽域，擴充無爲之化耳，如軒后訪道於崆峒，漢文受經于河上是也。以今方之⑭，越光顯有加焉。異時史臣有鋪張洪休，揚厲無窮之美者，因蹟以求聖皇睿意之所在，其於斯宇亦將有所取焉。

至元廿五年戊子歲夏四月廿有五日謹記。

【校】

①「衛州」，弘治本、《中州名賢文表》同元刊明補本；薈要本、四庫本作「衛州府」，衍。

②「寵」，元刊明補本作「龍」，據弘治本、薈要本、四庫本、《中州名賢文表》改。

③「殿廡」，弘治本、《中州名賢文表》同元刊明補本；薈要本、四庫本作「殿廡間」，衍。

④「奠享丈室」，元刊明補本、弘治本、《中州名賢文表》作「儀享丈室」，非；四庫本作「奠享犬室」，非；據薈要本改。

⑤「欽挹」，元刊明補本、弘治本、薈要本作「欽悒」，據四庫本、《中州名賢文表》改。

⑥「光」，弘治本、《中州名賢文表》同元刊明補本；薈要本、四庫本作「老」，非。

⑦「臨幸」，弘治本、四庫本、《中州名賢文表》同元刊明補本；薈要本作「幸臨」，倒。

⑧「顧」，薈要本、四庫本、《中州名賢文表》同元刊明補本；弘治本作「碩」，形似而誤。

⑨「淵躍」，弘治本、《中州名賢文表》同元刊明補本；薈要本、四庫本作「躍淵」，倒。
⑩「逮」，元刊明補本、弘治本、《中州名賢文表》作「建」，據薈要本、四庫本改。
⑪「櫰」，弘治本、薈要本同元刊明補本；四庫本、《中州名賢文表》作「槐」。
⑫「靖」，弘治本、《中州名賢文表》同元刊明補本；薈要本、四庫本作「静」，亦可通。後依此不悉出校記。
⑬「啚」，弘治本、四庫本、《中州名賢文表》同元刊明補本；薈要本作「虚」，非。
⑭「今」，弘治本、薈要本、《中州名賢文表》同元刊明補本；四庫本脱。

重修録事司廳壁記

治有常處，則視瞻尊而政迺肅，此必然理也。維衛録事司自辛亥歲州里復舊①，凡百草次，其司事權寓於委巷間，逋舍靡有定所。厥後官易雷氏私居，即爲今署，然敗屋數間而已，頹垣四達，汙潦傍浸②，夏不足以障炎歊③，冬不足以禦寒凍。公吏勃谿④，簿案委積⑤，執事聽理者安於湫隘，踐居塵泥，與鼃黽混殽者，蓋有年於兹。

逮上郡薛君來莅是職，顧惟若爾，恥狃故習，且有以需焉。治之明歲，衆務舉，下安教條，審其信而可使，迺與其監也鮮不花⑥、司判趙寓起廢易故，將惟新是圖，上之府，允焉。於是作廳事，敞後閤，署佐幕，創架庫，下至吏廡門閭、誡飭之石⑦、胥靡之所，莫不畢具。僚友聽決，夏冬爲適安；吏曹升降，次列有攸敍；中外具瞻，一司爲齊肅。其材木之用，取辦廩餘，而甓石工役等費，願言趨事，有不期然而然者。經始於丁亥之春，畢工於是冬之季，凡爲屋十有八楹。室既釁⑧，薛君暨其貳寓史湯瑀踵門來謁⑨，載拜而言曰：「文曜等不敏，猥有營治，固爲瑣屑，不足以見于後。然恐迤久爲有力者豪據，致虛勞民力，官失恒處，於人心大無所恔。幸憲使惠顧⑩，文本末於石⑪，將陷置廳壁，使觀者取重，知改作匪易，不致妄有異議。」

予以有味哉，斯言也！今之職州縣者，丁此繁劇，匪朝伊夕，惴惴焉奔命共事，惟恐其後，故往往翹足瓜代，知免責而去⑫。今薛君等能以從事餘力改葺斯宇，且慮久有侵于⑬，可謂臨政不苟，重民力，敬王事，心公而慮遠者矣。後之來者，知政由是出，無匪王事，一以公道爲心，越前政有光，又何患焉？苟公心不存，徒知居必日葺，以爲觀美之具，非余之所敢知也。

明年戊子夏六月記。

【校】

①「里」，元刊明補本、弘治本作「理」，據薈要本、四庫本改。

②「汙」，元刊明補本、弘治本、薈要本作「泮」，據四庫本改。

③「障」，弘治本同元刊明補本；薈要本作「蔽」；四庫本作「辟」。「滂」，弘治本、薈要本同元刊明補本，四庫本作「旁」。

④「谿」，元刊明補本、弘治本作「奚」，俗用；據薈要本、四庫本改。

⑤「案」，弘治本、四庫本同元刊明補本；薈要本作「按」，聲近而誤。

⑥「也鮮不花」，弘治本同元刊明補本；薈要本作「額森布哈」；四庫本作「額森巴哈」。

⑦「誡飭」；元刊明補本「誡勵」，非；薈要本、四庫本作「戒飭」，亦可通；據弘治本改。

⑧「釁」，弘治本同元刊明補本；薈要本、四庫本作「成」。

⑨「寓」，弘治本同元刊明補本；薈要本、四庫本作「屬」。

⑩「顧」，弘治本同元刊明補本；薈要本、四庫本作「言」。

⑪「文」，弘治本同元刊明補本；薈要本、四庫本作「記」。

⑫「知免」，弘治本同元刊明補本；薈要本作「知勉」；四庫本作「幸免」。

⑬「于」，弘治本同元刊明補本；薈要本、四庫本作「干」，形似而誤。

扶疏軒記

余構春露堂之明年，循牆種木，思有以蔽於外而奥於内也。又明年，衆木鬱茂，布柯散葉，陰映雖微，葱蘢可悦，於是題其軒曰「扶疏」。四月維夏，露華湛滋，扶光疏翠，曄曄離離，健晚涼而層出，媚晴霏而自持，鳥交欣而有託，物争妍而見熙，我固知吾廬之可愛。過客睠焉，亦去之而遲遲①。客曰：「今子取陶詩名軒，見於外者如是，其安於静而樂乎中者，不無意於其間，試爲我道之。」予乃仰而思，俛而嘆，曰：「客何見之晚也？秋澗叟積學四十餘年，從仕其間②，亦嘗明其學而行其道於時矣。然方駕而泥③，盛行自拘，吾豈惡彼利達，樂此閑且寂也？天道盈虚，時有用捨④，安吾所遇，委夫時運而已⑤。嘗誦淵明『饑凍雖切，違己交病。心爲形役，深愧平生』之語⑥，大有契於愚衷⑦，良竊慨慕者焉。況復衰謝，不堪世用，有悟言一室⑧，嘯傲兹軒之下，乃所便爾。物來即應，客去讀書，遇事與心會，輒忻然忘倦。其或抽思雜著，旁搜遠紹，竟日忘返，蓋尋常焉。今又厭斁，倦於作爲，知饑而食、困而眠，蹣跚其迹，扶疏其心，任衰榮之無定，樂閑身於兹時，騁懷遊目，極夫吾之所好，斯亦適意壺觴、寓興於草木之意也。」

客曰：「有是哉！覺吾清興翛翛，橫陳於疏風秀樾之間者且無邊際矣。」予乃賡之以歌曰：「庭下之木，日惟喬兮，封而植之，眷生意之浩兮⑨。軒中之人，日益耄兮，仕喜已愠⑩，無所關於抱兮。天運如此，孰敢咈此道兮⑪？偉哉靖節，獨立物之表兮！今我何人，議論安敢到兮？願爲擁篲以備三徑之掃，可乎？」客笑而去。於是乎筆以爲記⑫。

至元戊子秋孟廿有六日書。

【校】

①「亦」，弘治本同元刊明補本；薈要本、四庫本作「而」，涉下而誤。

②「仕」，弘治本同元刊明補本；薈要本、四庫本作「事」，聲近而誤。

③「泥」，元刊明補本、弘治本作「尼」，俗用；據薈要本、四庫本改。

④「時有用捨」，弘治本同元刊明補本；薈要本作「時有用舍」，亦可通；四庫本作「時而用舍」，亦可通。

⑤「夫」，弘治本同元刊明補本；薈要本、四庫本作「吾」，涉上而誤。

⑥「誦」，弘治本同元刊明補本；薈要本、四庫本作「頌」，亦可通。後依此不悉出校記。

⑦「愚」，弘治本同元刊明補本；薈要本、四庫本作「余」，聲近而誤。

⑧「悟」，弘治本同元刊明補本；薈要本、四庫本作「晤」，亦可通。後依此不悉出校記。
⑨「眷」，弘治本同元刊明補本；薈要本、四庫本作「春」，形似而誤。
⑩「仕喜己愠」，弘治本同元刊明補本；薈要本作「任喜己愠」；四庫本作「任喜與愠」。
⑪「咈此」，弘治本同元刊明補本；薈要本、四庫本作「此咈」，倒。
⑫「乎」，弘治本同元刊明補本；薈要本、四庫本脱。

萬壽宫方丈記

夫天下之事，得人則興，否則萎薾而不振，此必然理也。萬壽宫既易常然，丈室起清蹕行殿。越明年，作夏屋於新宫之背，蓋所以拱宸居而復師位也①。方之舊制，一切充而大之，其傳度之位，賓友之筵，淵嘿之室，高明靖深，燕庭爲超越矣②。既考室，迺以壁記來懇③。

維太一教興於金初，始祖垂創，顧雖一事，而本而末，皆有次第。其植根豐末，濬源衍派，傳無窮於後者，惟恐其不弘且博也。逮重明嗣法，至創靈章、峻仙品④，有充類至極者。大定一水，漂泛無幾。再傳而得虚寂，堂宇齋壇刻期而復。貞祐之兵，燼爲飛煙。

四代中和仁靖真人披荆榛⑤，掇瓦礫，成難爲易，不十年，略見完具，其有俟而未侈大者，以傒夫後之肯構者焉⑥，然顯仁藏用，已胚胎乎其中矣⑦。貞常師持守成業而光揚恢廓之志，規模未竟而奪之遽。今六代純一師感其如此，思有以大慰先志，俾有俟而未竟⑧，既易而必葺者，八年之間一新而改觀，誠可謂善維善述者矣⑨。異時真仙偕來，華表留語曰：「吾之析薪也如是，乃今克荷者若爾。」其至則知欣然顧諟，藹雲光於廣福，致□墟于玉室者⑩，尚有重於此者乎？

然修道爲教⑪，有體有用，體雖具而用不彰，其爲道也亦以微矣⑫。嗚呼！嗣音而來者，固當惴惴焉以思道生之本，使坐有所進，則拱璧駟馬⑬，未足爲先後之光也。至於興建之方，資用之費，土木之工，主治者會計之事，兹不復云。

【校】

①「宸」，弘治本同元刊明補本；薈要本、四庫本作「辰」，亦可通。後依此不悉出校記。

②「燕庭爲超越矣」，弘治本作「燕處爲超越矣」，形似而誤；薈要本、四庫本作「顯敞誠超越矣」。

③「懇」，薈要本、四庫本同元刊明補本；弘治本作「墾」，聲近而誤。

④「峻」，弘治本同元刊明補本；薈要本作「唆」，非；四庫本作「誦」。

⑤「靖」，弘治本同元刊明補本；薈要本、四庫本作「静」。

⑥「有俟而未侈大者以傒」，弘治本同元刊明補本，薈要本、四庫本作「有侈而未廓大者以俟」。

⑦「乎」，弘治本同元刊明補本；薈要本、四庫本作「于」，亦可通。

⑧「俾」，弘治本、薈要本同元刊明補本；四庫本作「裨」，非。

⑨「善維善述」，弘治本同元刊明補本；薈要本、四庫本作「繼述之善」。

⑩「□墟于玉」，弘治本、元刊明補本模糊不清；薈要本作「噛墟于王」；四庫本作「佑護于王」。

⑪「修道」，元刊明補本、弘治本、薈要本作「道修」，倒；據四庫本改。

⑫「以」，弘治本同元刊明補本；薈要本、四庫本作「已」，亦可通。後依此不悉出校記。

⑬「坐有所進，則拱璧駟馬」，弘治本同元刊明補本；薈要本、四庫本作「更有所進，則拱璧先馬」，非。按：語本《老子》：「雖有拱璧，以先駟馬，不如坐進此道。」

唐中書令贈尚書右僕射馬公祠堂記

予嘗道出茌平，顧視俗多闊達，膏壤夷曠，俯仰控衛，兼齊薄魯，海岱之所鎮浸，禮義之所漸摩，宜其鍾靈萃秀，篤生異人有如中令公者。曰：「山東出相，亶其然乎？」仍訪公陳迹，得遺祠于里之北。壞垣敗屋，大有不稱公聲華烜赫於蓋代者①。適去職，不遑顯圖，略致稽古象賢微意。今年冬，郡從事邑人崔君文懇予書以揭公祠，他日持歸，將丕崇厥構，有來具瞻，式廓民敚，以爲東人光，庶幾必恭敬止之義。其懷賢樂善，殊有屬予心者。就述中令公之出處大致，且寓夫予之所梗概者焉。

唐既剗隋亂，治具畢張。公挺曠邁之資，負詩書之業，寤寐風雲，思立談以取卿相。及遭遇太宗，由布衣論天下事，飛章抗疏，展盡底蘊。一時劍履鏘翔，何翅百位？獨能婉變龍姿，宥密基命，如房杜以佐命就列，先生以機務稱賢。至隆貞觀文物，聲明之治，寵受之光前後有赫②，卒全君臣始終相得之分，何其盛哉！然向非中郎何之賢心焉休休，越彦聖而達不違，則公之事業烏得施展經綸如是其至者乎？《書》稱「邦之榮懷杌隉③，其原實繫於此」，信哉！故昔之以致澤存心、進賢爲職者，未嘗不眷眷於斯焉。至想見二公風采，歆其餘光邁烈④，厲衰俗而激頹風者，亦以多矣。崔君曰：「有是哉！吾子固當同稱並美⑤，大書特書而已也。」

至元二十五年戊子歲冬十一月謹記。

【校】

①「赫」，元刊明補本、抄本、薈要本作「爀」，偏旁類化；據四庫本改。後依此不悉出校記。

②「光」，元刊明補本作「先」，據抄本、薈要本、四庫本改。

③「隉」，諸本皆作「梩」，形似而誤；徑改。按：作「梩」者，蓋「梲」之形誤。杌梲，同杌隉；杌梲，語本《太玄》卷六：「初一圜方杌梲，其內窾換」；出《書》者，杌隉也，《尚書正義》卷一九《泰誓》：「邦之杌隉，曰由一人。」故改「梲」爲「隉」。

④「歆」，抄本同元刊明補本；薈要本、四庫本作「欣」。

⑤「並」，抄本同元刊明補本；薈要本、四庫本作「大」。

靈應觀世音記

以心感心不然神當求之於有無之間①

新樂李氏藏觀世音像，蓋宋淑德尹后家物也，李世奉之甚恪。喪亂間失所在，一夕見於夢曰：「吾今寓某家犨塢中，可訪求以歸。」爲物色之，獲焉。家人疾，乞藥，嘗得丹粒於杯案間，服之者即間。於戲②！其可謂靈也已。釋經有曰③：「觀音，大約人罹厄難，持誦虔禱，世音以慈悲威力，能解脱諸苦。」雖悍夫戾婦，莫不信然。吾儒者，釋之道初未之學，其善惡感格之理且以吾之所得者明之。

夫萬善生於心而庶徵應於外，又嗜欲將至，有開必先。天之所以福善禍淫者，只是以理或否④，屈而伸之也。故一念善則祥風和氣即在於是，一念惡則妖星厲鬼亦在於是。彼疾痛率籲，而云聞聲應願，濟而渡之者⑤，所謂以心感心，不入諸相而氣志如神廓然自應者歟⑥？不然，恐是聖賢立教，使人篤敬，速於背惡而嚮善耳⑦。若乎誠不立，妄意虚想，亦釋氏之所惡也。昔有寶菩薩板者，重其道子筆也；今李氏世奉尊像如此，敬其神之靈也。既曰靈，有不敢以一概論者，如東坡外祖父程公遇蜀亂絶糧，困不能歸，有僧十六人往見之曰：「我，公之邑人也。」各以鏹二百貸之，程以是得歸，竟不知僧所在。公曰：「此大阿羅漢也。」歲設大供四。公年九十，凡設四百餘供。然坡跋於尾云：「或曰羅漢慈悲深重，急於接物，故多現神變，儻其然乎？」是亦自疑而不敢必也，幸觀者瑩鑑。

畫年深，繪色黯昧⑧，筆法極精妙，非近代所可及。李伯母孺人王氏今年壽九十一，聰明不衰，自少至老供養尤謹，可謂乎誠立而不入諸相者哉。至元己丑歲五月六日係先妣夫人靳氏明忌，書二本以薦冥福云。

【校】

①「靈應觀世音記」，四庫本、抄本本同元刊明補本；薈要本是文置於卷三六「楊氏塑馬記」之下。「以心感心不然神當求之於有無之間」，抄本同元刊明補本；薈要本、四庫本脱。

②「於戲」，弘治本同元刊明補本；薈要本、四庫本作「嗚呼」，亦可通。按：《史記》卷六〇《三王世家》：「皇帝使御史大夫湯廟立子閎爲齊王，曰：『於戲，小子閎，受兹青社！』」司馬貞索隱：「於戲，音嗚呼。戲，或音羲。」

③「經有」，元刊明補本、弘治本、薈要本作「有經」，倒；據四庫本改。

④「以」，弘治本同元刊明補本；薈要本、四庫本作「一」，聲近而誤。

⑤「渡」，元刊明補本、弘治本、薈要本作「度」，俗用；據四庫本改。

⑥「廓然自應」，弘治本同元刊明補本；薈要本、四庫本脱。

⑦「嚮」，弘治本同元刊明補本；薈要本、四庫本作「向」，亦可通。

⑧「繪」，元刊明補本、弘治本作「繒」，據薈要本、四庫本改。

王惲全集彙校卷第三十九

記

重建衛輝路總管府帥正堂記

汲之爲郡，其來久矣。自唐初易而爲州，歷五季、宋、金，率以防禦節度使來尹治之，故其公廨制度廣狹，視厥秩，夷而不敢越①。

逮國朝中統建元之明年，陞州爲府。前政因仍，不及改作，加以歲月深，土木弛，狹隘頽弊，朝夕視事，有不堪其處者。後二十五年，嗣侯荅失帖木兒暨總尹耶律漢傑、判官常德繼軫來任②。既而相與議曰③：「維大府距河朔衝會，部二州四縣一司，治稱匪易。堂則乃赫焉具瞻之地，其承宣王澤、聽斷民事、齊肅禮容、號令約束盡在於是，今狹陋若爾，殆非所以恪王事而儼官守也④。又以品秩等威視堂之隆殺，固不可與嚮也相類。」於是張皇前規，構而一新。凡爲楹三，鉅筵東西六尋有奇，南北邃三十有七尺，高爽靖深，公居儼稱。復作左右翼廳各三楹，及增崇儀閈[5]，俾與新廨映帶相奂，仍扁其顔曰「帥正」，復舊觀也。凡三月告成。詢其費曰「安取」，輟公稍以給之。越六月某日，命饗於新堂，會僚佐屬吏與郡之士夫，肅四方之賓旅，大合樂以落之。望之儼然，與飛雲傑構相雄跨矣[6]，故老嘆息，以謂百年來方覩官府若斯之盛。

吁！治其可忽也哉？而忽而治，只在公正從違而已。然則何爲公？事不私之謂也，故公則生明；何爲正？正己而正不正者也，故正則可大。天下之事未有不公而治，民未有不正而格，官孰有不順而穆者乎？于斯之際，當官者固未暇以清心省事爲職，而守正從心[7]，何嘗有時不可之聞哉[8]？大凡人之心公而有恒德者，苟事有可爲，必爲之不怠[9]，詎肯以歲月去留，容心於其間哉[10]？今斯役之作，惟其若然，故能於共億鞅掌外[11]，又復興滯補弊如此[12]，可謂賢也已。

既卒事，來丐文於余。以邦大夫之賢者，方事之以相勉，況鄉國盛事，其敢以不敏辭？於是乎大書于石，庸告來哲[13]，抑又知公等必葺之意云。至元廿六年歲在己丑五月日記。

【校】

①「視」，弘治本同元刊明補本；薈要本、四庫本作「規」。

②「苔失帖木兒」，弘治本同元刊明補本；薈要本、四庫本作「達實特穆爾」。「耶律漢傑」，弘治本、四庫本同元刊明補本；薈要本作「耶律哈濟」。

③「相與」，元刊明補本、弘治本作「與相」，據薈要本、四庫本改。

④「王」，元刊明補本、弘治本作「正」，據薈要本、四庫本改。

⑤「崇」，弘治本同元刊明補本；薈要本、四庫本作「榮」，形似而誤。

⑥「跨」，弘治本、薈要本同元刊明補本；四庫本作「誇」。

⑦「心」，元刊明補本、弘治本作「新」，據薈要本、四庫本改。

⑧「之聞」，弘治本同元刊明補本；薈要本、四庫本作「聞之」。

⑨「之」，弘治本同元刊明補本；薈要本、四庫本脱。

⑩「容心於其間」，元刊明補本、弘治本作「容其心於間」，倒；四庫本、薈要本作「容心於其間」，徑改。

⑪「共」，弘治本同元刊明補本；薈要本、四庫本作「供」，偏旁類化。

⑫「復」，弘治本同元刊明補本；薈要本、四庫本作「能于」。

⑬「庸」，弘治本、四庫本同元刊明補本；薈要本作「用」，亦可通。「哲」，弘治本同元刊明補本；薈要本、四庫本作

「者」，亦可通。後依此不悉出校記。

郭氏挹翠樓記

共人郭子忠起書樓于所居之西市，以地形爽塏，高甫尋丈而有縹渺飛動之勢。既落成，來丐名與記。予以共爲邑，距太行東麓，連山疊阜，映帶回抱，矯首而觀，盡得西南林壑風煙之勝，因扁其顔曰「挹翠」。顧惟濬僻仁智之樂蚤歲有懷①，嘗從諸賢讀書山房，洒洒然遂有所得②。如龍門、石門、白鹿嵬、百家巖等山，皆左戒絶觀③，雖常歷覽而屢至，然蠟吾屐而踐其形，固未若支手板而當其氣之爽也④。

若夫積翠横空，一碧萬仞，空濛霏微，騰滋泛潤，眷我樓居，壺開碧供；而又秋雨霽，殘陽暮，夕氣轉佳，千鬟濕霧。主人於是詠「飛鳥與還」之詩，誦「煙光凝紫」之句，攬其秀則詩脾儘清，挹其輝則芳樽溢渌。至於野風吹來，江月引去，曾黎明而已集，喜虚懷之延佇⑤。吾想夫共之全盛時，愛山而起構者，若湧金之麗譙，公廨之危榭，太師張公之溪亭，丞相蔡侯之别墅，其餘臺亭觀閣、層軒曲檻前後非一⑥，雖昔人已非，而山川良是。嚮之挼藍潑黛，争妍競秀，爲名家之奇貨，供騷客之珍玩者，一旦悉爲郭氏奄去，不知一樓之勞之費其將幾何，乃爲造物所偏而獨饗者乃爾其富。宜乎釋然而樂，與有餘而樂無窮也！

因念萬物盈於兩間，洪纖高下固云不齊，要其氣體，物吾與也⑦。被山之丕凝篤實⑧，發光輝若然，由家之綮積善行，致慶流餘裕⑨。今郭氏在承平時爲衛之大家，世以藥石爲業，迺若爾考、爾叔秉彝蘊秀，稱鄉里善人，其翼其肯者，斯美具在。子今不失舊物，能擴而充之，齊其本而大其末，與霏霏微微者日新於華構之上⑩，俾後之來者挹而注之以膏其末光，霑而漬之以衍其餘慶，安知方寸之木不高於岑樓也邪？

至元廿四年歲次丁亥上元日記。

【校】

①「僻」，弘治本、薈要本同元刊明補本；四庫本作「癖」，亦可通。

②「遂」，弘治本同元刊明補本；薈要本、四庫本作「如」。

③「戒」，弘治本同元刊明補本，薈要本、四庫本作「右」，涉上而誤。

④「若」，弘治本同元刊明補本；薈要本、四庫本作「嘗」，非。

⑤「佇」，元刊明補本、弘治本作「停」，據薈要本、四庫本改。

⑥「檻」，弘治本、薈要本同元刊明補本；四庫本作「楹」，非。
⑦「物吾與也」，弘治本同元刊明補本；薈要本、四庫本作「物與吾一也」。
⑧「被」，弘治本同元刊明補本；薈要本、四庫本作「彼」。
⑨「由」，弘治本同元刊明補本；薈要本、四庫本作「猶」，亦可通。後依此不悉出校記。
⑩「上」，弘治本同元刊明補本；薈要本、四庫本作「下」。

秋澗記

山之有澗壑，猶人之有量數也，苟夷隘以狹，人將無以自處，況能物之容乎？太行諸山去郡西五十里而近，予嘗遠遊①，西自百家巖，東盡靈山北崦並山之麓。深溪鉅澗横斜交絡②，折地而東騖③。秋水時至④，萬壑潨潧，允猶翕合，咸就約束，滔滔汩汩，迤邐而去⑤，或清或濁，無遠無邇，不擇細大，順受而併容者，此澗之量也。至於流潤決壅，激而爲飛湍，旋而爲盤渦，匯而爲淵渾，束而爲細流，巖屋以伏其怒，巨石以殺其勢，就泛長傾，順流遠引，溉平田而有秋，浮大木而出谷⑥，不致肆濫横潰，使一漫流害，注大川而後已者⑦，此澗之功也。及其忽焉收潦，千里一空，曾不少遺⑧，用以自潤，縈紆盤折，沉深闊遠⑨，漲痕在而流沫空，沙尾平而崖涘峻，紛兮交貫，曠兮長虛，水之去來雖有緩急，澗之吞吐初自若也。又類夫「含章可貞，或從王事，無成有終」者，是又澗之不有其量之與功也。

嗚呼！澗乎，其見用於秋之時乎？余嚮在京師，客有善推策者，嘗有所請，渠曰：「子非王秋澗乎？」予曰：「然。」客曰：「既云秋澗，致用有在，第未之至耳。然觀子之流行，異時當有東南遠役，大富厥覽，不特泛長江而觀七澤也。願子思存乎見少不自以爲多，可也。是則澗之量數不其容乃大歟？」余唯而退。

至元廿六年己丑歲秋八月望日記。

【校】

①「嘗」，弘治本同元刊明補本；薈要本作「若」，非；四庫本作「昔」，非。

②「横斜」，弘治本同元刊明補本；薈要本作「横」，脱；四庫本作「縱横」。

③「地」，弘治本同元刊明補本；薈要本作「馳」，非；四庫本脱。「鶩」，元刊明補本、弘治本作「鷺」，據薈要本、四庫本改。

④「秋水」，弘治本同元刊明補本；薈要本、四庫本作「秋水而」，衍。

⑤「⿺辶里」，弘治本、四庫本同元刊明補本；薈要本作「邐」，亦可通。按：迤里，同迤邐；作「⿺辶里」者，蓋涉上字而偏旁類化；《康熙字典》收「⿺辶里」字，謂「迤⿺辶里也」，蓋亦源於此。後依此不悉出校記。

⑥「木」，元刊明補本、弘治本、薈要本作「丕」，涉下而形誤；據四庫本改。按：作「丕」者，蓋「木」、「不」形似，繼涉下字「而」最上之「一」筆而誤。

⑦「注」，弘治本同元刊明補本；薈要本、四庫本作「至」，聲近而誤。

⑧「不」，弘治本同元刊明補本；薈要本、四庫本脱。

⑨「沉深」，弘治本同元刊明補本；薈要本、四庫本作「沉深而」，衍。

堆金塚記

國朝癸酉歲，天兵北動，奄奠中夏。明年，分道而南，連亘河朔，衛乃被圍。粤三日城破，以州旅拒不即下，悉驅民出泊近甸，無噍類殄殲。初，星妖下流淇上，羣兒氣吐成謡，閧歌里陌間，曰「團欒冬①，半破年。寒食節，絶人煙」之讖，尋罹厄，實貞祐二年春正月十有二日也。

時太一度師蕭公當危急際，以智逸去。是年冬十一月，師自河南來歸，睨其城郭爲墟②，暴骨如莽③，師惻然哀之，遂括衣鉢所有④，募人力，斂遺骸，至斷溝智井，攓蓬披塞⑤，掇拾罔漏。乃卜州西北二里許故陳城内，地鑿三坎，瘞而丘之，仍設醮祭以妥厥靈⑥，游魂褫魄，薤露君蒿，同歸一窆⑦。其棘林暮夜之號⑧，陰壁枯血之火，熒沉啾寂，無復光怪，蓋因冥薦而脱異滯之幽⑨，依道廕而復坤靈之厚，幽明雖殊⑩，存殁兩有慰焉。而師之掩覆仁心，於鄉梓之義極矣！今其封俗呼爲堆金塚，言人骨久而化金石也。每歲清明後一日，邦人聚奠，以信些孺⑪，本宫爲尸而祝之。六代師全祐懇予文紀其事以昭先德⑫。

嗚呼！三代而下以智力相角，其勢不干戈血肉而莫之已⑬，何天地生物之仁，返如是其盭哉？豈周天之運，厄會有時，中來而不可逭邪？豈立極之道，仁義迹熄，自取陵遲而然邪？豈蒼茫兩間，初無關係，物盛而衰，自然而然邪？皆不可而必也⑭。第嘉師生平以道濟衆，力苟可及，不忍以一物失所類如此。初，師既葬，主柘之延祥觀。壬辰冬，大兵至城下，師懲前日河朔兵兇之慘，復以一言活萬家於鋒鏑之下。古稱「澤及枯朽，矧生人乎？」師之謂也。向使師遭時得位，其仁民愛物之功，豈如是而已邪⑮？因併及之。

師諱道輔，字公弼。甫冠，嗣主宗教，後加謚號「中和仁靖真人」云。至元十九年龍集壬午窮臘日謹記。

【校】

①「欒」，弘治本、《中州名賢文表》同元刊明補本；薈要本、四庫本作「練」，非。

②「睨」，弘治本、薈要本、四庫本同元刊明補本；《中州名賢文表》作「見」。

③「暴」，弘治本、薈要本、《中州名賢文表》同元刊明補本； 四库本作「恭」。

④「括」，元刊明補本、弘治本、薈要本、《中州名賢文表》作「刮」，據四庫本改。「鉢」，元刊明補本、弘治本、四庫本、《中州名賢文表》作「盂」，據薈要本改。

⑤「蓬」，弘治本、薈要本、四庫本同元刊明補本；《中州名賢文表》作「逵」。「披」，元刊明補本、弘治本、薈要本作「坡」；《中州名賢文表》作「破」；據四庫本改。

⑥「仍」，弘治本、薈要本、四庫本同元刊明補本；《中州名賢文表》作「復」。

⑦「竄」，弘治本、薈要本、四庫本同元刊明補本；《中州名賢文表》作「暢」。

⑧「其」，弘治本、四庫本、《中州名賢文表》同元刊明補本； 薈要本脱。「棘林」，弘治本同元刊明補本； 薈要本作「荒棘」； 四庫本、《中州名賢文表》作「深林」。

⑨「異」，弘治本、四庫本、《中州名賢文表》同元刊明補本； 薈要本作「沉」。

⑩「明」，元刊明補本、弘治本、薈要本、《中州名賢文表》作「冥」，聲近而誤；據四庫本改。

⑪「孺」，弘治本、《中州名賢文表》同元刊明補本；薈要本作「儒」；四庫本作「招」。

⑫「紀」，元刊明補本、弘治本、四庫本作「以紀」，衍；據薈要本、《中州名賢文表》删。「昭」，弘治本、《中州名賢文表》同元刊明補本；薈要本、四庫本作「嗚」，非。

⑬「已」，弘治本、四庫本、《中州名賢文表》同元刊明補本；薈要本作「倚」，聲近而誤。

⑭「不可」，弘治本、《中州名賢文表》同元刊明補本；薈要本、四庫本作「不可得」，衍。

⑮「邪」，元刊明補本、弘治本、四庫本、《中州名賢文表》作「耶」，亦可通；據薈要本改。

霍岳肇祀記

至元九年冬，朝廷以郡邑鎮山大浸載諸典秩者，所司三載一祀。霍岳在河東，實爲靈鎮。故事，每歲以仲夏土極之日，用信報禮，昭虔度也①。明年癸酉夏六月廿六日，惲行縣，北走霍邑，前次洪洞②，雨，不克邁越。翼日③，抵趙城，適嚴祀省牲之夕，乃率霍州判官連漢臣、監縣事塔的、尹裴國用、主縣簿劉偉齊宿祠下④。將事之夜，風雨交作⑤；既祀之朝⑥，陰霾四開。三獻禮成，冷風肅然⑦，神峯鷲嶺，軒豁呈露，雖韓潮陽之禮衡岳、孔廣州之祀南海，不足以喻其快也。陪祀者，府兵曹解楨、縣佐史高政、稅監張承慶、邑人薛昌齡、嶽廟道士李志真、興唐寺僧普光、執事者吏王庭玉等一十五人⑧，遂相與饜飫神貺而退。承直郎、平陽路總管府判官、前監察御史、汲郡王惲題記。從行者，閭山張思誠、子公孺。

【校】

①「虔」，薈要本、四庫本同元刊明補本；弘治本作「處」，形似而誤。

②「次」，弘治本同元刊明補本；薈要本作「波」，非；四庫本作「抵」，非。

③「翼」，弘治本、四庫本同元刊明補本；薈要本作「翊」，聲近而誤。

④「塔的」，弘治本、四庫本同元刊明補本；薈要本作「托迪」。「國」，弘治本、薈要本同元刊明補本；四庫本作「團」，形似而誤。按：《秋澗集》卷七一《祭霍山祠題名》亦有「裴國用」。「偉齊」，弘治本、四庫本同元刊明補本；薈要本作「偉齋」。

⑤「風」，元刊明補本、弘治本作「霧」，據薈要本、四庫本改。

⑥「祀」，弘治本同元刊明補本；薈要本、四庫本作「祠」，亦可通。

⑦「冷」，弘治本同元刊明補本；薈要本、四庫本作「陰」。

⑧「楨」，弘治本、薈要本、四庫本作「禎」。「獄」，元刊明補本、弘治本作「獄」，據薈要本、四庫本改。「真」，弘治本同元刊明補本；薈要本、四庫本作「貞」。「一」，弘治本同元刊明補本；薈要本、四庫本作「二」。

表忠觀碑始末記

至元庚寅冬，予自福唐得告北歸，前次臨安。客有以《表忠觀碑》爲言者，字作擘窠大書，殊偉麗也。詢之馬御史德昌，如所聞，云：「觀在龍井不十里遠，能一到其下豁，先覩爲快，何如？」予以長淮迫涷爲謝。適鮮于生在坐，屬伯機他日打一本，惠及足矣。曰諾。既而杳然。明年辛卯秋，吾友傅君士開赴官兩浙，仍託以取。逮壬辰夏六月，傅自杭特令人付來，其碑作四巨軸，裝潢如法，蓋亡宋故家物也①。

噫！坡書在霄壤間，忠義之氣鬱鬱然，秋色争高，雖片言隻字，不可遺逸，宜其世寶而力致之也。故心存夢想，求以三歲之久，跨越江湖，至自二千里之遠。一旦高堂素壁，如天球河圖②，弘璧琬琰③，對越左右，誠可貴也。左山云：「古人不可復作，所得見者筆蹟而已。」况公斯文關係世教，令人讀之油然有忠孝之勸④，烏可秖以翰墨爲之論乎⑤？然一一較之，蓋即印泥折釵股之法也⑥。

是月廿八日書於春露堂之扶疏軒。

【校】

①「故」，弘治本、四庫本、《中州名賢文表》同元刊明補本；薈要本脱。

②「球」，元刊明補本、弘治本作「珠」，據薈要本、四庫本、《中州名賢文表》改。

③「璧」，元刊明補本、弘治本作「壁」，據薈要本、四庫本、《中州名賢文表》改。

④「油然」，弘治本、《中州名賢文表》同元刊明補本；薈要本、四庫本脱。

⑤「墨」，元刊明補本、弘治本作「黑」，半脱；據薈要本、四庫本、《中州名賢文表》改。

⑥「即」，元刊明補本、弘治本作「印」，據薈要本、四庫本、《中州名賢文表》改。

睢州儀封縣創建廟學記

道之大原出於天，以之脩齊治平，格非心而敍彝倫者，孔孟之教之功也。其爲天下通祀宜矣，況存神過化之地乎？儀封縣金正大間割考、襄、東明三邑地①，立治于黄陵之通安堡，以古儀城在焉，故名。攷之，儀即春秋衛之邊邑，其爲孔轄頓次、封人請見之處，諒無疑矣。兵後縣廢。

歲壬子，國家經略河南，移理於通安南平城里，桑土衍沃，民俗便安，然官府初創，禮文之事有未遑暇者，吾夫子歲時假公舍而釋菜焉。其邑長盛君即議起廟堂於艮方，後爲風雨攸壞。癸亥秋②，裴滿君自陳留令來尹斯邑，既告謁，顧清廟如是，惴惴不少安，乃與監縣奥兀剌等謀曰③：「承流宣化，事神善俗，皆我之責。吾夫子，政之本，教之宗也。嚮以濟時行道，轍環中國，以木鐸而徇衛者屢矣！千古而下，時移事在，雖眇邈，聆遺音而二仲行奠④，車聲轔轔，肅焉來格，不侈大宫庭，將曷以發越奎光⑤，致邑人觀感之深者焉？」遂與繼任火者赤暨僚屬各捐俸⑥，易爽塏地於東南陬，士庶聞風亦翕然響應。於是定方中，繚崇垣，起禮殿，敞神闕，下至講堂齋舍、庖湢之所，莫不完美。元聖素臣黼座有儼，宏麗靖深，蔚爲東南宫廟之冠。教諭張庭珪等寔董其役。君既代之明年，尹程亮、簿劉楫嘉其謀作之勤，烏可使無聞於後？乃令學直李攀鱗持狀來丐文以紀本末⑦。

小子惲嚮提憲閩海⑧，道出兹邑，親覩斯美，周行慨嘆，何有志成事也如此⑨！是可書也，因重爲告之曰：「風化者，致治之原；人材者，爲政之具。人材盛衰，民俗淳漓，一係夫學校之興替。故前人以庠序爲國之元氣，誠知言哉！我國家以神武戡定區宇，至戊戌間，生聚甫集，首闡猷設科，擢賢雋⑩，復户役，其所以開太平之基者，固權輿於兹矣。逮聖天子嗣，復張皇潤色，越先朝有光。如釋奠具儀，禁護著令，內而開國學，訓胄子[11]，庶幾成均遺法；外而勉郡縣鄉社，置師儒以揉鄙朴，擢用講明，條格甚悉，於明德新民之具，崇尚循誘之方，可謂備矣。而任師帥者，承宣贊理，以副上之所尚，宜何如哉？裴筬仕初，以通國字充胄子教授，宜其下車首議教基，敦風俗爲本，可謂知所務矣。」

尹諱翼[12]，世爲遼右顯族，資明達，以廟學一節觀之，知其爲能官者。某年月日謹記。

【校】

①「襄、東明」，弘治本同元刊明補本；薈要本、四庫本作「東明、襄」。

②「亥」，弘治本同元刊明補本；薈要本、四庫本作「酉」。

③「奧兀剌」，弘治本同元刊明補本；薈要本作「敖拉」；四庫本作「昂阿喇」。

④「行」，元刊明補本、弘治本作「楹」，據薈要本、四庫本改。

⑤「曷」，弘治本同元刊明補本；薈要本、四庫本作「何」，亦可通。

⑥「火者赤」，弘治本同元刊明補本，薈要本作「哈扎爾濟」；四庫本作「和爾齊」。

⑦「以紀」，弘治本同元刊明補本；薈要本、四庫本作「以紀其」，衍。

⑧「嚮」，弘治本同元刊明補本；薈要本、四庫本作「向」，亦可通。

⑨「此」，弘治本、薈要本同元刊明補本；四庫本作「是」。

⑩「雋」，弘治本同元刊明補本；薈要本、四庫本作「儁」，亦可通。按：雋、儁，古今字。後依此不悉出校記。

⑪「訓」，弘治本同元刊明補本；薈要本、四庫本作「教」。

⑫「尹」，弘治本、薈要本同元刊明補本；四庫本作「君」。

義勇武安王祠記①

汲縣縣治，即故尉司公廨，内舊有武安王祠，莫究其所始。而可見者，金泰和初，信武將軍完顔師古重加修飭，昭默禱而答靈貺也②。兵後，廢撤不存。

有元中統癸亥，簿聶元擒詰强禦，未即厥事，假靈於神。已而如所願，遂即治左復廟而貌之。癸未之水，又從而圮焉。至元丙戌，真定録判劉聚來主縣簿，以游擊有功，田里頗安，不敢居其能，越神明是歸，遂以起廢爲己任。星甫周，神棲像設，一切脩而廣之，妥靈揭虔，中外交肅。既落成，來懇文以紀本末，仍表夫神之所以昭昭者。予乃爲之説曰：

忠義者，天下之大閑；良心者，衆人之素有。惟夫超倫逸羣之士，得時行道，毅然不拔，乃能見二者之用。而使後世畏仰，愈久而愈不忘者，豈非公歟？公遭漢室傾頹，羣雄血鬭，玄黄之際，識昭烈而翊戴之，紹延漢基而明君臣一定之分。報效曹公，不爲利誅以決去③。就當然之機，至氣凌三軍、威振中夏而擅國士之風者，此無他，不過擴秉彝之良心，信濟時之大義耳。公既沒，其陰相餘烈加於生者殊多，豈豪傑英偉之氣無時而息，加以人心素有，聚精於此，默相動盪，有不期然而然者邪？是則公爲不沒矣。嗚呼，其可不敬也夫！故百世而下，宫居血食，衮冕而王，宜矣！及夫世教下衰，禍福儆動之説興，淫祀妄禱，唯知曰「我祭則受福」，此豈理也哉？孰謂神顧而饗之邪④？今汝等既新斯宇，當念夫神之所以致斯者⑤，義而已。吾之所以感神者，能極夫義之所至，則幽明兩間，豈惟感格之理名實俱得，將見簡簡穰穰之福降而孔邪矣。俾刻諸麗石，以告來哲。

至元廿八年五月重午日謹記。

【校】

①「王」，元刊明補本作「玉」，據弘治本、薈要本、四庫本改。按：作「玉」者，蓋頓筆之點誤入字内。後依此不悉出

校記。

②「默」，元刊明補本、弘治本、薈要本作「然」，涉上字而誤；據四庫本改。

③「訹」，弘治本、薈要本同元刊明補本；四庫本作「怵」，亦可通。後依此不悉出校記。

④「邪」，元刊明補本、弘治本、四庫本作「耶」，據薈要本改。按：「邪」、「耶」，義本通用；《秋澗集》又多有「邪」聲誤爲「耶」者，且本文亦有「有不期然而然者邪」之言，故改「耶」爲「邪」。

⑤「神」，弘治本同元刊明補本；薈要本、四庫本作「人」，非。

勉齋記

人有不若之恥，天下事未有行而弗至者，況秉彝昭融①，從容於循勉者乎？郎中杜君季明聞僕名而喜之，書所著《勉齊》等篇贈予。疾讀數過，其脩辭行己，一以經旨爲據，有味哉！斯言也，誠信道篤，持志堅進，進而不畫者也。予乃爲之説曰：

夫聖人之道，體微而用費，辭要而理奥，雖聖賢有所不知②，故學之者不措也。充而至於極，愚必明，柔必强，《書》之「懋哉」、《詩》之「匪懈」皆是也。子思子因道述教，發越微奥，曰「勉强而行之」，信聖賢善誘致用，自得之良規也。然乏粹美之姿者，不可得而勉；無資深之志者，勉焉而未易得。二者皆具，無致用之位，徒勉一躬③，俾兼善之功不及於物，斯亦君子之所恥也。故《傳》曰：「幼而學，壯而欲行之。」由是而觀，士志於學，不止徒善，乃爲循勉之極。今君懿秉超卓④，言慎行敏，挺身頹波，砥柱屹立。遊公卿之門，當形勢之途，毅然以道義自任，不爲外物所移，日廣忠益，思成具瞻之美，推轂多士以伸兼善之心，正以負强矯之姿，明當勉之理，自誠而明，由己以達物。其大者遠者，還有功而立致效也爲不難，將見一拳之石聳泰岱於目前，一勺之水沛霖雨於天下。是則嚮之思而得，勉而中，從容中道，聖賢與同歸矣。

僕壯年竊有志於世，已嘗少試於用⑤，間或勉中思得，念天下之事，莫此樂也。今行就衰謝，及聞伯夷之風，振衰激懦，耿耿有不去其懷者，因爲長歌，揄揚吾子之勇，且寓夫余之感焉。歌曰：「安肆日偷，衆情之常乎？黽勉日强，君子之志乎？施之有用，斯又古人之難乎？矯矯杜君，知恥近勇之倫乎？見諸行事，而復德日新乎？牙磋玉琢，殆起予者商乎？行雖衰矣，衷或誘其愚乎？雖佩玉長裾，尚足以利乎走趨也。」

於是乎書。

【校】

①「秉彝」，弘治本同元刊明補本；薈要本、四庫本作「彝秉」，涉下而倒。

②「不」，弘治本同元刊明補本；薈要本、四庫本作「弗」，亦可通。

③「躬」，弘治本同元刊明補本；薈要本、四庫本作「切」，涉上字而誤。

④「懿」，弘治本、薈要本同元刊明補本；四庫本作「彝」，聲近而誤。

⑤「少試於用」，弘治本同元刊明補本；薈要本、四庫本作「少用於試」，倒。

終南山集仙觀記

予自壯歲宦游四方，經涉河山大地，昔賢遺蹟未嘗不彷徉臨望、富覽勝概而去。尚自視欿然者，獨欠秦中一游。每聞談關輔形勢，漢唐間風聲氣習，翹翹褰裳，夢寐長往。今年夏四月，有虛齋道人楊姓者踵門來謁①，拈香具禮，磬折而前曰②：「側聆先生名德久矣，自惟何幸，於焉得遇？」繼出一圖示余，指似云：「終南縣重陽祖庭西南甘源水左，由石砦入峪道③，即陡陰磴。山行二十里而遠，抵望仙坪④，得唐已來集仙庵故址。山中人傳云昔有古仙人吕翁者，嘗學道於此。近代有長生師劉公愛其嶮曲幽勝，清泉灌木，陰湛連壑，迺結茅雲隱，略有興築。兵餘，雲荒石老，無復人迹，林光空翠，景氣長新⑤。當時貧道從三洞弘玄師真，侍香重陽丈室，既而以法籙事辭師入山，結習修靜。遂步上甘谷東峯，不覺適喜曰：『此吾巢松稅駕之地也。』乃與方外二三友道宣、聰、真輩定居，而建其所當奉壇場神室等祠。歲時清供，鐘磬之音隱然山谷間，如回嶺、丹樓諸峯⑥，漢洞、神湫之境，雲煙動色，亦欣吾來盟。洞明真人祁公聞之，嘉其志堅，可與有立，給觀名曰集仙。至元癸未，皇姪永昌王易其額，有玉清昭應之號。經營未已，洞口有光，人迹踵至。復避喧趣靜，斂裳宵逝，東入商嶺、廬天柱峯及漫川之青崖，往來逋止，將終身焉。居無幾何，悮爲尺一喚去，待詔闕下，付以禱爾上下之事，自是齋居致敬焉。感召幽貺，呵禁不祥，扈從法駕，往還兩京者⑦，凡二年于兹。癸巳春蒙恩，復以傳送還本山。將行，切自揆遭遇明時，莫大之幸，越玄門儘光。重念山齋寂寥，歸無片辭以勒巖石，使後之尋盟者曷以見住山歲月、開先棲觀⑧，而雲龕石室亦曾覩鶴書赴壟、鳴騶入谷之賁哉？敢再拜以記文爲請，且償先生平時所願言。」

余嘗謂道家者流以淡泊虛無爲宗，以忘言絶俗爲事。或者須人爲徒，心存濟度，如三洞、五雷、盟威、正一等法，行符勑水，驅逐疾疫，鞭笞鬼物⑨，使邪氣罔奸兩間，其於補助世教，有不得後焉者。方之與世相遺，歸潔一身，稿死山林⑩，長往而不來者爲有間矣，故樂爲書之。楊法諱道謙，蜀之銅梁人，號保光子，上世有以進士爲巴西令者。

某年月日記。

【校】

①「齋」，元刊明補本、弘治本作「齊」，據薈要本、四庫本改。

②「磬」，弘治本同元刊明補本；薈要本、四庫本作「罄」，亦可通。按：罄，通磬。作「罄」者，蓋「磬」之聲誤。

③「砦」，弘治本同元刊明補本；薈要本、四庫本作「碧」，形似而誤。

④「坪」，元刊明補本、弘治本作「平」，俗用；據薈要本、四庫本改。

⑤「新」，弘治本同元刊明補本；薈要本、四庫本作「清」。

⑥「樓」，弘治本同元刊明補本；薈要本、四庫本作「棲」。

⑦「京」，弘治本同元刊明補本；薈要本、四庫本作「間」，聲近而誤。

⑧「者」，弘治本同元刊明補本；薈要本、四庫本脱。

⑨「答」，元刊明補本、弘治本作「荅」，形似而誤；據薈要本、四庫本改。

⑩「槁」，弘治本同元刊明補本；薈要本、四庫本作「槁」，亦可通。

彭澤縣創修二賢堂記

自昔宰彭澤者，其麗不鮮，獨二賢者至今屋而祀之。在縣西市里者，靖節陶公也；其在東門内者，唐相梁公也。廟貌殘圮①，揭虔斯在，蓋其高風義烈，上薄雲日，千載而下，大有關於世教者然也。

總尹周侯諒其如是，越到官之明年，既治廟學，遂遷二賢祠於神閟之右②，作新宇以合饗之，仍榜之曰「二賢堂」。至元甲午春，侯會予於京師，迺以祠事相告，且曰：「二公皆宰兹邑，行己去就，有略不同者，先生試爲錯言之。」余曰：「淵明以長沙世胄起而弦歌，知其不可而去，及宋業漸隆，不復仕進，義熙而後，止書甲子，明見恥臣於宋。豈惟隱居求志，抑且勵薄俗而明大義也，故《綱目》以『晉徵士卒』書之③。梁公有唐忠臣，被讒遠謫，志在復辟，此隱忍就功，可久可速，藏器俟時之意也④。若二公者，考其迹則異，揆其心則同，孟軻氏謂『禹、稷、顔回同道，易地則皆然』者是也。一堂並祀，何嫌何疑？」

周侯曰：「嘻，有是哉！不肖初心，固不外此，特取正於公耳。今將謁諸公賦詩，合異同而萃全美，幸内翰以首倡題諸篇端。會歸，付之邦人，俾刻石祠下以告二公。雖云義起，烏可闕其説焉？」於是乎書。

是歲三月望日記。

【校】

①「廟」，元刊明補本、弘治本、四庫本作「歲」，據薈要本改。

②「閟」，弘治本、薈要本同元刊明補本；四庫本作「閉」，形似而誤。

③「書之」，弘治本同元刊明補本；薈要本、四庫本作「之」，脱。

④「俟」，弘治本同元刊明補本；薈要本、四庫本作「侯」，形似而誤。「也」，弘治本同元刊明補本；薈要本、四庫本作「遠」，非。

克己齋記

御史中丞崔公作新齋於私第中門之内，爲朝夕見賓客、廣忠益之所，扁其顔曰「克己」，中外士夫聞而疑焉。蓋以公忠亮，簡在帝心，四方想見其風彩，勳名事業無愧於昔賢，方且孜孜焉，汲汲焉，致力於方學者所務。僕爲之説曰：

天之降大任於斯人也，俾經綸一世之事。其時政之得失，思有以論列之；生民之利病，思有以興除之。人材沉滯，賴之而薦舉；奸邪横恣，仰之而糾繩①。況辨公私於時事不同之後②，論紀綱於功利競進之餘？是恒處乎憂患之域而踐乎巇險之塗矣③。職臺憲者，可謂責之重而任之不易矣。自非材德備具，卓爾千人之英；志氣剛明，信乎萬物之表；偏蔽躁妄，力制嗜欲之私；視聽云爲，粹發性情之正；厲忠直而靡他，無瑕疵之可擿；既正身而格物，先律己而治人者，詎能厭公論而服衆心，振清風於臺閣者哉？而公端本澄源之志，實有在於此。宜其於聖賢傳授心法，切要之理，默識心通，景仰取法，有不能自已者。惟公歷事兩朝，久執臺憲，忠君愛物之念，若饑渴之於飲食。當其論列主宰之際，犯顔匪躬，挺然以直道偉論獨步一時，曾無顧忌退縮之私，固已循天理之至公，思復本心之全德矣。雖然，顔子入室大賢，得聖人爲之依歸，夙承善誘，鑽仰篤信，猶不免違仁於三月之後，矧餘人哉？蓋天理人欲只在於公私一念之頃④。惟致知是期，格物知至者⑤，動静以察其變，朝昏以精其思；久蹈彝則，靡息厥修者，方造聖賢閫域。故衛武公年登九秩，作抑詩以自警；司馬文正存守一誠，終身不易。今公既循聖賢治心行己之要道，復如二公貞固自持，服膺勿失，日就月將，豈惟緝熙於光明，將見與昔賢同歸而不殊矣⑥。

公以齋記見囑，僕年衰老，懶於筆研，敢直書臆見⑦，姑塞雅命云。

【校】

①「繩」，元刊明補本、弘治本作「總」，據薈要本、四庫本改。

②「時事」，元刊明補本、弘治本作「事時」，倒；據薈要本、四庫本改。

③「乎」，弘治本、薈要本同元刊明補本；四庫本作「於」，非。「域」，弘治本同元刊明補本；薈要本、四庫本作「役」，聲近而誤。「囏」，弘治本、薈要本同元刊明補本；四庫本作「艱」，亦可通。按：囏、艱，古今字。

④「欲」，元刊明補本、弘治本作「慾」，據薈要本、四庫本改。按：天理人欲，語本《禮記・樂記》：「人化物也者，滅天理而窮人欲者也。」「頃」，元刊明補本、弘治本作「項」，據薈要本、四庫本改。

⑤「格物」，弘治本同元刊明補本；薈要本、四庫本作「物格」，倒。

⑥「與昔賢同歸而不殊」，弘治本同元刊明補本；薈要本、四庫本作「與昔同歸而賢不殊」，倒。

⑦「敢」，弘治本同元刊明補本；薈要本作「爲」；四庫本脱。

王惲全集彙校卷第四十

記

傳國玉璽記

粵皇王肇興，必有靈貺自甄，董生所謂「天之所大奉，使之有非人力所能致而自至者，此則受命之符，如龜圖、龍馬、火烏之類是也」。三代而下，視符寶爲重，以守以傳，體用大著。

維大元至元三十一年甲午春正月辛巳，御史中丞臣崔彧聞故太師國王孫通政院倅拾得①，家以窶甚，出櫝玉，託憲臺象胥闊闊出者沽諸市②，以物制非常，竟不售。令取而視之，迺黝玉寶符。其方四寸，螭紐交蟠，四無邊際③，中洞横竅，其篆畫作蟲鳥魚龍之狀。即召御史裏行臣楊桓辨其刻文，曰：「此先秦以藍田璵追琢受命璽也。」臣彧即持詣宮府，介鎮國上將軍、都指揮使、僉事丞臣王慶瑞通謁，投進皇妃御前。玉音慰諭，賜弊各有差④。翼日，二月壬午朔，金紫光禄大夫、中書右丞相臣完澤等率翰林⑤、集賢兩院學士凡十有一人詣直宿閣入賀⑥。有間，皇太妃命出斯寶賜諸臣傳觀，精彩景氣，光動宮閤⑦，翰林承旨董文用等相與稱説曰：「斯璽也，自秦迄今千六百餘載，中間顯晦固爲不常⑧。今者方皇太孫嗣服之際，弗先弗後，適當其時而出，此最可重者。」蒙宣勸而退⑨。

臣惲□復考其近而明見者⑩，按金《集禮》云：「玉璽一十五面，俱得之於宋内。受天璽者，宋紹聖間得之咸陽段氏，當時命禮部、翰林、太常等官考驗，實係漢前傳璽，遂以禮祗受。」金亡，莫究其所在。今之所進，其文章、制度、玉色校《集禮》所載，即此璽也。昔晉見麟璽於江左，唐得賜寶於崔侁，事出惝恍，傳疑後人，元帝猶藉之以中興，代宗尚因之而紀號。俱未若斯璽，實前代有天下者之鎮寶，應運呈瑞，不涉誕妄，非人力所致。而一旦自至，意者上天申佑⑪，奉而大之，赫爲新朝受命貞符，昭昭矣。抑表夫曆數斯在，開邦家無疆之休者，光賁前古矣。稽首嘉歎，於皇盛哉！

臣惲自惟職叨詞館，獲覩非常，老眼增明，不爲不幸，可無文于後？遂綴緝本末，用紀大瑞。翰林學士、嘉議大夫臣王惲謹記。

【校】

①「彧」，元刊明補本作「或」，據抄本、薈要本、四庫本改。

②「闊闊出」，抄本同元刊明補本；薈要本作「庫克楚」；四庫本作「庫庫楚」。

③「無」，元刊明補本、抄本作「可」，據薈要本、四庫本改。

④「弊」，抄本、薈要本、四庫本作「幣」，亦可通。後依此不悉出校記。

⑤「完澤等」，抄本、薈要本同元刊明補本；四庫本作「旺扎勒」。

⑥「直宿閣」，元刊明補本、抄本作「□宿閣」，據薈要本、四庫本補。

⑦「闇」，抄本同元刊明補本；薈要本、四庫本作「闕」。

⑧「中」，抄本同元刊明補本；薈要本、四庫本作「其」。

⑨「勸」，抄本、薈要本同元刊明補本；四庫本作「諭」，非。

⑩「□」，抄本同元刊明補本；薈要本、四庫本作「等」。

⑪「佑」，抄本同元刊明補本；薈要本、四庫本作「祐」，亦可通。

蔬軒記 并銘

安君世有，雲中人。父善甫，亦佳士。世有，前進士舜臣李公門人①，性姿善淑，言貌謙撝。早歲讀書，不樂仕進。壬辰後，徙家大燕。今居文明東里，有宅一區，軒楹外隙地寬閑，分畦種蔬，日以爲樂。友人過而以蔬名軒②，既以秘監新泉即楊武子篆其扁，又求秋澗野老明其心③，因爲之説曰：

貧家蔬食當米秉之半④，此正詩書爲業，蔬淡自娱者也。《傳》有之：「穀不熟曰饑，菜不熟曰饉」、「我有旨蓄，亦以御冬」，蔬之爲用，夫豈小補者哉？然夫子以吾不如老圃，辭而闢須者何？蓋君子爲學⑤，志其大者遠者，遲遊聖人之門，以是焉爲請矣⑥，其志之所尚故也。大要士之處世，隨其窮達本末先後爲得。昔汪氏以「人常咬得菜根，百事可做」⑦，胡康侯爲之擊節歎賞，真西山謂「大夫士不可使不知其味，斯民不可使有此色⑧」。此固大人之事，但二公爲之一轉語耳。又比年來，士夫例有别號，未免封己養高，鮮不以清美自衒。如以終南爲捷徑⑨，指少室而索高價者往往有之，恬不爲怪。至於飯蔬飲水⑩，曲肱自樂，庶幾顔氏克己之功，將何不可者哉？於是書以爲記，乃爲之歌曰：

翻翻庭蔌，雨露濡兮。秋高氣嚴，碧雲腴兮。夕掇朝烹⑪，供吾用兮。日費萬錢，鼎食重兮。一蔬餬口，吾儕分兮。既不知食肉之多憂，余胡爲之遯閟兮？咀嚼飢腸出奇策兮，不致蒼生有此色兮。

歌闋而去。

【校】

①「人」，元刊明補本作「情」；抄本作「倩」；據薈要本、四庫本作改。

②「友」，抄本同元刊明補本；薈要本、四庫本作「有」。

③「明」，抄本同元刊明補本；薈要本、四庫本作「銘」，聲近而誤。

④「秉」，抄本同元刊明補本；薈要本、四庫本作「粟」，涉上字而妄改。

⑤「蓋君子爲學」，抄本同元刊明補本；薈要本、四庫本作「君子爲學而」。

⑥「矣」，抄本、薈要本、四庫本作「失」，形似而誤。

⑦「汪」，抄本同元刊明補本；薈要本、四庫本作「程」，妄改。按：《小學集注》卷六：「汪信民嘗言：『人常咬得菜根，則百事可做。』胡康侯聞之擊節嘆賞。」《文獻通考》卷二三八、《直齋書録解題》卷一七亦可參見。「常」，元刊

明補本、弘治本作「嘗」，亦可通；據薈要本、四庫本改。

⑧「真西山」，元刊明補本闕；抄本作「涪翁□」；據薈要本、四庫本補。

⑨「爲」，抄本同元刊明補本；薈要本、四庫本作「而爲」，衍。

⑩「蔬」，薈要本同元刊明補本；抄本、四庫本作「疏」，亦可通。

⑪「掇」，抄本同元刊明補本；薈要本、四庫本作「啜」，非。

漢大司馬博陸侯霍將軍祠堂記

蠡吾治城西北郊有漢大司馬霍將軍遺祠，俗相承即侯之故封①。考諸傳注，博陸鄉名，《職方》載博野本蠡縣地，居博水之野，故名。終以陵遷谷變，疆理蒼莽②，有不敢摭實者。然以地形相度，今之博野，安知非漢鄉之博陸乎？廟權輿莫究何代③，以信傳信，必有所自。

至元十七年，予按部次州，來謁祠下，荒壇喬木，宛在目中。老屋庳漏④，不障風日，過客惻然，心魄動盪⑤，疇爲神睨而顧之邪⑥？因屬守以義起廢，具邦人瞻，吏諾而退。逮三十一年甲午，予承乏翰林，省左署郎官劉源，郡人也，以東曹掾徐鳳來告曰：「弊邑霍侯廟⑦，耆舊某輩今易而一新，内翰幸不忘久要，尚惠一記⑧，庶免夫旌紀寂寥之嘆。」

蓋嘗論人臣以道事君，身名俱全、克始克終者，世難其人，三代而下能膺斯任者，惟將軍爲然。將軍諱光，字子孟，早以大忠至謨見知武皇。及其受顧命、付後事，至擁昭立宣，罔辜所托⑨。班固論贊，雖殷之伊尹、周之姬旦，初不是過。誠哉斯言也！所謂伊、周者，爲天立極，爲生民永命，爲萬世開太平是也。其生則若爾，其殁也與草木同腐，豈理也哉？且匹夫匹婦以一節獨行表見鄉曲，尚能感激後賢，尸而祝之於社，況將軍乎？然神即人之心也，誠敬所在，乃神心之所在。今郡人業新斯廟⑩，歲時虔享，因誠起敬，如見風采，其爲神昭鑑也審矣。若曰修復故事，敬共神明，必獲禮於下執事，此則神當然之理，吾不當以是心徼之於冥冥也。

至元甲午歲上巳日，翰林學士、嘉議大夫王惲謹記。

【校】

①「俗相承」，抄本同元刊明補本；薈要本、四庫本作「址相仍」。

②「理」，抄本、薈要本同元刊明補本；四庫本作「里」，俗用。

③「輿」，抄本、薈要本同元刊明補本；四庫本作「與」，形似而誤。

④「庳」，抄本、薈要本同元刊明補本；四庫本作「庳」，形似而誤。
⑤「魄」，抄本、四庫本同元刊明補本；薈要本作「魂」。
⑥「顧」，元刊明補本、抄本作「碩」，形似而誤；據薈要本、四庫本改。
⑦「廟」，元刊明補本闕；薈要本、四庫本作「祠」；據抄本補。
⑧「記」，元刊明補本闕；薈要本、四庫本作「言」；據抄本補。
⑨「辜」，抄本、薈要本同元刊明補本；四庫本作「孤」，亦可通。
⑩「斯」，抄本同元刊明補本；薈要本、四庫本脱。

趙州柏鄉縣新建文廟記

三代治民之具隨時更易，百世而下惟學校存而不廢，蓋所以明天理，敍彝倫，止民於至善之地故也①。況在今日，有尤不可後焉者？

維趙之柏亭②，本漢鄗邑地，隋縣焉，宋、金以劇稱。板蕩來，官府生聚日就完美，唯吾夫子廟宫鞠爲茂草者有年于兹。迨中統建元之明歲，監縣事蔑都令馮仲德、佐史路彧、教官范天祥等相與起廢。方經理間，或者謂廟基迫亭傳，雜民居③，囂湫卑隘，孰謂神一日居此乎？於是輟作徐議，至因循閱三十寒暑。當至元壬辰，新令劉君因前政，經營緒餘，謀於僚吏暨邑中耆宿，治城東南陬作新廟而遷之，復構講堂於後④，俾肄業者有常處。越是年秋仲上丁，尹率寮屬諸生釋菜而落成之，鍾鼓具舉⑤，籩豆有踐，威儀升降⑥，肅焉煌煌。邑人聚觀，拭目興嘆，僉謂：「吾尹起百年之廢，一旦頓還舊觀，勤亦至矣，其可使無聞於後？」迺以某走京師，介國子司業王君構以《學記》來請⑦。

余以司民政者能以學校風化爲先，固喜聞而樂道之⑧。嘗讀《漢志》論十五國之風氣，剛柔緩急，類雖不同，在聖人設教作新，必因材爲篤，致諸中和而已。然精强多感者易爲化，底滯不材者難爲功。嚮嘗提憲朔南，屢至兹邑，觀其土壤瘠沮，且當南北衝要，民之奔走供役，勞止備極⑨。勞則思，思則善生，此人情之常也，況趙之風聲氣習初不異於古？爲守令者，宜知其俗之易牖，乃從而振德之，則前日彈絲跕躧、悲歌慷慨之俗，將見强仁慕義，攸興而不自已者皆是也。教基既立，道由是生，異時風俗丕易，人材輩出，而曰「此權輿於兹」，不亦善乎？匪然，司牧者以應上虚行爲心，士子者不以進修爲實務，其堵而宫之者作餼羊告朔之所，吾不知其可也。

至元三十一年歲在甲午夏六月十有九日謹記。

【校】

①「止」，抄本、四庫本同元刊明補本；薈要本作「正」，非。

②「維」，抄本同元刊明補本；薈要本、四庫本作「惟」，亦可通。後依此不悉出校記。

③「居」，抄本、薈要本同元刊明補本；四庫本作「屋」，形似而誤。

④「講」，抄本、薈要本同元刊明補本；四庫本作脱。

⑤「具」，抄本、薈要本同元刊明補本；四庫本作「俱」，亦可通。後依此不悉出校記。

⑥「威儀」，抄本、薈要本同元刊明補本；四庫本作「儀威」，倒。

⑦「構」，元刊明補本、抄本作「搆」，據薈要本、四庫本改。

⑧「固」，抄本同元刊明補本；薈要本、四庫本作「故」，亦可通。

⑨「極」，元刊明補本、抄本闕；據薈要本、四庫本補。

崇玄大師榮君壽堂記

先妣夫人靳氏，系出安陽永和里，不肖亦嘗提按兩河，相即臬司理所，故知鄴中人物風俗爲頗詳。聞之姻戚間女冠榮鍊師者，志行修潔，祭醮精嚴，以道價重一方。逮接際丰儀①，方頤煙目，緑髮童顔②，風度飄瀟③，有出塵之想。蓋貞固内守，□同應物，以其道自任者也④。

大德丁酉，予方供職館閣，師寄示西溪、紫山傑作，以壽堂記文見屬，且曰：「翰林先生文學、名德與二公伯仲間爾⑤，儻遂所請，貧道藉之儘不朽矣。」二公之文載四披讀⑥，其稱揚與向所聞見而知者脗合無異。今二公已矣，其文章氣節尚可振衰懦而傳無窮，得箋名其列，固所願也，乃爲筆之。

師諱守玉，相之農家女，自幼貞静，視紛華泊如，聞道家言，喜之。國朝甲午歲，中虚魏大師以全真學主盟彰德之修真觀，時師方齠齔，出家往事焉。既笄，經明行修，披戴爲道士，復研精正一科式法籙，號稱習熟。至元乙亥，嗣主觀事。師淵默内修，聲光外著，一旦責當，弘演主張，是者甚力。貴族豪宗欲謝愆過而資冥福者，藉師修浄⑦，期於對越感通⑧，故召請者無虚日。法契會合，風動遠邇，學徒踵至，信向者聿來。迺光昭先業，擴充增飾，截然一新。御史中丞西溪王公爲述觀記，稱師「興緣弘教，落落自拔，有壯夫不能及者」。又蒙掌教洞明真人與進，授之崇玄師號。

年踰六秩，特構静室，於焉棲息。晨起理玄務、課學者畢，焚香垂簾，痛自滌除，湛慮澄心，審物理之自然，悟道體之不息，燕處超然而虚室生白矣。容齋總尹夙承摩拊，仰挹真風，榜曰信齋。紫山憲使勒銘於石，表夫志道力行，終始不渝之確。其爲名賢賞識如此，師之志行愈昭昭矣。大德戊戌，壽六十有八，乃營是堂⑨，爲他日復真寧神之所。道俗咸謂師山川炳靈，道德藉潤，振清風，開後學，纂懿流光，方期福壽未涯，何遽如許也？然人生而死，猶晝之有夜，寓形宇内，同歸于盡，此理之必然也。今師不爲虚誕荒唐之説所惑，能一生死⑩，外形骸，追蹤曠達，以理自勝，較夫烹煉呼吸，期於飛升不死、昧理亂常、僥倖萬一者，可謂賢也已。

年月日謹記。

【校】

①「丰」，元刊明補本作「千」，據抄本、薈要本、四庫本改。

②「緑」，抄本同元刊明補本；薈要本、四庫本作「絲」，非。

③「瀟」，元刊明補本闕；薈要本、四庫本作「飄」；據抄本補。

④「蓋貞固内守，□同應物，以其道自任者」，元刊明補本闕；薈要本、四庫本作「然性行敦實，言動温摯，虚誕荒唐無有」；據抄本補。

⑤「爾」，抄本、四庫本同元刊明補本；薈要本作「耳」，亦可通。後依此不悉出校記。

⑥「截」，抄本、四庫本同元刊明補本；薈要本作「再」，亦可通。
⑦「浄」，抄本同元刊明補本；薈要本、四庫本作「静」。
⑧「對越感通」，抄本同元刊明補本；薈要本、四庫本作「感通對越」，倒。
⑨「堂」，抄本同元刊明補本；薈要本、四庫本作「室」，非。
⑩「一」，抄本、薈要本、元刊明補本作「以」，誤；據四庫本改。

大都宛平縣京西鄉創建太一集仙觀記

金源氏熙宗朝，一悟真人蕭公以仙聖所授秘籙創太一教法於汲郡。悼后命之驅逐鬼物，愈療疾苦，皆獲應驗，事蹟惝怳，驚動當世。一悟傳之重明。大定間，召住天長觀，嘗入禁中論道稱旨，寵賜甚渥。三代虚寂師以道價凝重一時，泰和四年，太極宫初建，命師主焉。其四代東瀛子即祖房孫，諱輔道。

師人品峻潔①，博學富才智，士論有「山中宰相」之目。大元壬子歲，應世祖皇帝潛邸之聘，占對稱旨②。上以有道之士，特隆禮眷，賜號「中和仁靖真人」，寶冠錦帔副焉③。及登大位，中和已仙去，玄談粹宇，有不能忘者，詔五代度師居壽至京師④，特建琳宇，敕額「太一廣福萬壽宫」，命主秘祀。其香火衣糧之給，一出内府。逮今承化純一真人全祐繼奉祀事十載間，以受業者衆，國之經費日廣，堅辭廩料，至于再三。有司上議：「禱祀重事⑤，供給所需不可闕也，全祐謙撝之請亦不可違也⑥。良田果植隸大司農者，量宜頒賜，置爲恒産。」遂賜順之坎上故營屯地四千餘畝。復慮未臻豐贍，元貞改號歲七月哉生明之二日⑦，上御神德殿，平章政事、領大司農臣怙哥等言⑧：「宛平縣京西鄉馮家里隸農司籍，栗林叢茂，川谷間以株而計者約五千數，若盡畀全祐，庶幾資廣道廕，永昭祀事。」制可。全祐榮被恩賚，乃自諗曰：「吾道家者流，清心繕性，歸潔一身，何以仰答恩私？有廣開福田，朝香夕火，祈天永命，介求多祉而已。」明年丙申春，相栗林隙地，重崗環抱，主峯面其北，下毖寒泉⑨，泓澄碧瀲，旁地衍沃⑩，可引灌溉。既奠厥居，中搆正殿三楹⑪，像事玄元九師，祖師、真官二堂位其左右。前翼兩廡，下至寮舍厨庫，莫不備具⑫，四周繚以石垣，前啓玄門，榜曰「太一集仙觀」⑬。工既訖功⑭，以不肖猥同井閈，且承乏太史⑮，求文諸石，昭示來者。

若稽載籍，如元魏之寇謙之、李唐之司馬子微，皆以道術昭著，顯蒙寵賚。史臣屢書特書，于以見山林處士裨贊治化，延昌鼎祚，不以獨善爲高。時君世主欽挹真風，優加禮遇，不以崇高爲大，千古而下，光賁簡册。今純一師操履貞固，精嚴祭醮，至蒙兩宫眷顧，而圖報之誠惟恐不及，是觀之建，特其餘事耳。其感遇之盛，與前世同談而共美者矣。是可書。

大德元年九月望日記。

【校】

①「峻」，抄本、薈要本同元刊明補本。

②「占」，抄本同元刊明補本；薈要本、四庫本作「召」，形似而誤。

③「帔」，抄本、薈要本同元刊明補本；四庫本作「披」，形似而誤。

④「度」，抄本同元刊明補本；薈要本、四庫本作「大」。

⑤「祀」，抄本同元刊明補本；薈要本、四庫本作「祠」，聲近而誤。

⑥「謙撝」，抄本、薈要本同元刊明補本；四庫本作「撝謙」，亦可通。按：「謙撝」，本作「撝謙」，語本《易·謙》：「無不利，撝謙。」

⑦「貞」，元刊明補本闕；據抄本、薈要本、四庫本補。「哉」，元刊明補本、弘治本、抄本作「載」；據薈要本、四庫本改。

⑧「怗哥」，抄本同元刊明補本；薈要本作「特爾格」；四庫本作「特格」。

⑨「⿱此心」，元刊明補本作「⿱此必」，訛字；薈要本、四庫本作「砦」，形似而誤；據抄本改。
⑩「旁」，抄本同元刊明補本；薈要本、四庫本作「平」，涉下而誤。
⑪「搆」，抄本同元刊明補本；薈要本、四庫本作「構」，亦可通。後依此不悉出校記。
⑫「備」，薈要本、四庫本同元刊明補本；抄本作「偹」，同。
⑬「一」，抄本、薈要本同元刊明補本；四庫本作「乙」，聲近而誤。
⑭「功」，抄本同元刊明補本；薈要本、四庫本作「乃」，非。
⑮「承乏太史」，抄本同元刊明補本；薈要本作「承曰大師」；四庫本作「承事太師」。

隆福宮左都威衛府整暇堂記

元貞二載秋八月，隆福宮左都威衛府起堂於肄場中央，度宜面勢，不侈不陋，于以簡閱車徒，角較伎能①，秉號令而觀威武焉。既落成，榜之曰「整暇」。佐幕張浹、盧愷奉威衛王公之命，以記文來徵。

嘗聞公之選帥率府②，繕修戎政，桓桓赳赳，蔚有成筭。若夫營壘雲横，耕屯繡錯，儲廩實而豐饋餉，建警樓而謹朝昏，歲時都試③，申明節制，旗旆精明，鼓角清亮，坐作進退，又爲餘事。至於醫藥有局，更休以時，宣暢恩威，撫養士氣，以之宿衛宫闈，扈從巡幸，肅將斧鉞，中外辨嚴。其趨事赴功，士卒輯穆④，優劣得所。自非老臣宿將，謀畫素定，視若無事者，其能如是乎？可謂既整而且暇矣。顧老生常談，安能發越其梗概？然有文事者，必資於武備⑤；而武備者，所以昭乎文德也。僕雖耄，尚能效一辭於尊俎間。

蓋天下之事曰輕曰重，皆有體用，明其體者，必致於用。又古之君子不足其已至，貴乎善推其所爲，以極經濟之美。今公以重厚英偉之姿，膺爪牙委寄之任，罄殫忠勤，夷險一節，智慮精深，有古良將之風。砥礪廉隅，挺士君子之操，寓軍政於國容，迪師中之貞吉，宜其特蒙睠倚⑥，有謀猷克壯、曉暢軍事之諭，所謂明其體而得效用之實矣。推而廣之，兹惟其時，霈洪恩而釐宿敝⑦，只在從容一言之頃。俾内外諸軍汰冗濫，蘇彫瘵，極精鋭而伸鬱抑，咸若兹軍之整暇，輔助文治，固太平不拔之基，億萬斯年，實顒顒屬望。是則兹堂之構，豈特整暇一軍而已哉？雖晉、楚名卿賢大夫復出，優游戎幕，相事機而措時宜，恐不易吾言矣！

使榮禄大夫塔剌海⑧，資德大夫、中書右丞王慶端⑨，昭勇大將軍阿剌不花⑩，其貳武德將軍完者⑪，廣威將軍董守敬，曰武德將軍曲失帖木兒⑫，信武將軍張智榮實簽其事。詳書其僚佐之姓名者，見裨賓之勤，謹興造而重事功也。

大德二載龍集戊戌謹記。

【校】

①「伎」，抄本同元刊明補本；薈要本、四庫本作「技」，亦可通。後依此不悉出校記。

②「帥」，抄本、薈要本同元刊明補本；四庫本作「師」。

③「試」，抄本、四庫本同元刊明補本；薈要本作「司」，涉上字而誤。

④「輯穆」，抄本同元刊明補本；薈要本作「緝穆」，亦可通；四庫本作「緝睦」，亦可通。後依此不悉出校記。

⑤「於」，抄本同元刊明補本；薈要本作「于」，亦可通；四庫本作「乎」，亦可通。

⑥「睠」，抄本同元刊明補本；薈要本、四庫本作「眷」，亦可通。

⑦「敝」，抄本同元刊明補本；薈要本、四庫本作「弊」，亦可通。後依此不悉出校記。

⑧「塔剌海」，抄本同元刊明補本；薈要本、四庫本作「塔喇海」。

⑨「端」，抄本、薈要本同元刊明補本；四庫本作「瑞」，形似而誤。

⑩「阿剌不花」，抄本同元刊明補本；薈要本作「阿喇勒布哈」；四庫本作「阿爾巴哈」。

⑪「完者」，抄本同元刊明補本；薈要本作「旺扎勒」；四庫本作「諤勒揞」。

⑫「曲失帖木兒」，抄本同元刊明補本；薈要本作「楚實特穆爾」；四庫本作「齊蘇特穆爾」。

青巖山道院記

衛奠太行東麓，山形迤邐，自南運肘北闖①。其間峯巒欻斷，如巨靈初闢②，望之儼然而巉秀者，蒼峪也。循峪北騖，越蒼池③，山愈深愈雄峻可愛，泉溜益清而駃④。望東北行約十餘里，抵青巖山足，巖壑尤美。四顧皆崇山茂林，列峙環拱。其東南有洞府軒豁，層崖上寬廣丈許，邃四五十步，其中泉水泓澄⑤，深叵測。

春仲二日，洞出光怪恍惚，泓水湧溢⑥，漂浮塵滓，濛瀉山谷間者一晝夕，歲以爲信，俗呼曰「水簾洞」。山藉之以清，物資之以潤⑦，清潤之氣不特散而爲煙霏翠靄，鬱而爲良材靈藥。銅鏐玉石之美，必有卓異幽隱之士，炳山谿之英靈，增景氣之勝概。如廣施神志存隱卹，陰主蒼巖⑧；唐甄濟隱居兹山，至遠邇化服，分死完節⑨，不汙祿山；近則四仙清修道行，留頌委蛻。不謂之炳靈增勝，可乎？洞側道院即四仙棲遁遺址⑩，山空人去，石礐雲荒⑪，獨一殿巋存。至元三祀，爲全真學者李志和始跧處石礚，以修復爲己任，剷崖堙谷⑫，展拓庵地⑬，除梗補罅，夷爲坦陸。重構玉帝殿洎東西兩廡，山靈位聚仙亭⑭，下逮庖湢門屏，以楹而計者三十數，仍改瘞四仙鎮府⑮。中統初元，太一五代師居壽奉命投龍牒玉簡，衷時之對，以昭景貺⑯。厥後闔境旱暵，郡長吏來禱，車甫旋軫，甘澍霶霈⑰。逮志和修復增宏，郡民於水鬵沸日，少長畢集，願伸瞻禮。迺盛爲儲偫⑱，人具醉飽而歸。於是蒼峪勝蹟靈奕一方，而游觀嬉樂亦復承平之舊。府僚豕韋國井君德常嘉師勤瘁，爲主張資藉者甚力，及來京師，復以興建記文爲請⑲。

予，郡人也，不敢託衰老辭。切嘗讀《金華洞天記》⑳，中土山林名勝不載於仙籍者尚多，惟蒼峪爲天脊左戒奥區㉑，去郡里餘，一牛鳴。危峯疊嶂，環遶郛郭，盤礴風煙，秘藏靈異，幽隱之士，代不乏人，亦《洞天》不載之一也。由志和擴而大之，其名固亦佳矣，然以遺蹟攷焉，尚有未盡者。今廣施有廟，四仙紀行，而甄公大節雖傳卓行於唐史，發幽光於韓筆，在山中故事獨乏旌記。子歸能屋而祀之，俾後之游居者灼知景慕，審夫出處大義所在，以之勉志節而礪薄俗，則子與志和名迹附麗前賢，共兹山而傳無窮矣。井君曰：「唯。」

大德龍集己亥上巳日謹記。

【校】

①「闖」，抄本、薈要本同元刊明補本；四庫本作「闇」，形似而誤。

②「闢」，抄本、薈要本同元刊明補本；四庫本作「擘」，亦通。

③「蒼池」，抄本同元刊明補本；薈要本、四庫本作「蒼山池」。

④「駃」，抄本同元刊明補本；薈要本、四庫本作「駛」，形似而誤。

⑤「其」，抄本同元刊明補本，薈要本、四庫本脱。「泓」，抄本同元刊明補本；薈要本、四庫本作「洪」，聲近而誤。

⑥「泓」，抄本、薈要本同元刊明補本；四庫本作「泉」，非。

⑦「之」，抄本同元刊明補本，薈要本、四庫本脱。

⑧「陰主蒼巖」，抄本同元刊明補本；薈要本、四庫本作「陰生蒼煙」，非。

⑨「分」，抄本、四庫本同元刊明補本；薈要本作「至」，非。

⑩「遁」，抄本同元刊明補本；薈要本、四庫本作「道」，形似而誤。

⑪「礐」，抄本、薈要本同元刊明補本；四庫本作「老」，非。

⑫「堙」，抄本、四庫本同元刊明補本；薈要本作「煙」，聲近而誤。

⑬「拓」，元刊明補本、抄本、薈要本作「托」，聲近而誤；據四庫本改。

⑭「位」，抄本同元刊明補本；薈要本、四庫本作「會」，亦可通。

⑮「鎮」，元刊明補本、抄本作「鎖」，據薈要本、四庫本改。
⑯「哀時」，元刊明補本、薈要本、四庫本作「□□」，據抄本補。「昭景」，抄本同元刊明補本；薈要本、四庫本作「景昭」。
⑰「霶」，抄本同元刊明補本；薈要本、四庫本作「滂」，亦可通。
⑱「徜」，抄本同元刊明補本；薈要本、四庫本作「待」，俗用。
⑲「爲」，抄本同元刊明補本；薈要本、四庫本作「來」，亦通。
⑳「切」，抄本、四庫本同元刊明補本；薈要本作「竊」，亦可通。
㉑「脊」，元刊明補本作「沓」，訛字；薈要本作「瘠」，聲近而誤；據抄本、四庫本改。

創建伊洛五賢祠堂記

大德丁酉春，洛陽薛君友諒即邵氏安樂窩故址起祠屋①，中設康節、迂叟、明道、伊川、横渠肖像②，庸致歲時香火之奉③，榜曰「伊洛五賢祠」。神嵩清洛，光動户庭。

明年秋，來京師④，屬不肖爲之記，迺告之曰：「二帝三王脩己治人之道⑤，待孔孟而後明，立極垂憲，貽則無窮，不幸厄於秦、雜於漢。歷六朝、隋、唐，雖有名公碩士間作迭出，其器量足以恢弘至道、闢除異端⑥，奈智識不能盡窺聖賢要奥⑦，擇焉不精，語焉不詳，又局夫章句文辭之末，亂以功利禍福之説。故學者汙漫支離⑧，莫知統紀，時則有衛道之士而無傳道之儒。陵遲至於五季，其斲喪可謂極矣。伊洛諸公奮起百世，綰持道樞，探窮淵源，克紹絶學，内有以究聖賢規模之大，外有以備踐履節目之詳⑨。故孔孟之教復明，斯文得歸於正，後學知所適從，蓋二百年於兹矣。然科舉利禄之習既久，遽未丕變以極夫功用之至。

伏遇我世祖文武皇帝資挺上聖⑩，運啓休明，崇尚儒術，尊禮賢俊。於是許、竇、王、姚諸公宗伊洛學，陳説孔孟立極垂憲之教，以致二帝三王所以修己治人要道，蓋已收明德新民殊效於中統、至元之際。今内而贊助經綸，外而佐理政化，多前日執簡傳經之士，推原本自，則伊洛諸賢發明維持之功不爲鮮矣。雖配享學宫，天下通祀可也。況二程世家河南，康節、迂叟、横渠聿來胥宇，相從至數十年之久，聚精會神，推明討正⑪，莫匪脩齊治平之方，性命道德之理。至於談笑游衍⑫，亦皆格物致知之餘。篤志力行，清修苦節，專以移風易俗、勉勵學者爲主⑬。今讀遺書，按故迹，其英邁純粹氣象尚可髣髴。復廟而貌之，俾向之景仰高風者足以致其誠慤，今而後瞻拜清光者可以感其善心，尚何俟贅蕪陋於其間哉⑭？敢以不敏辭。」

友諒曰：「昔潮人修韓文公廟，東坡有碑；南雄起三先生祠⑮，晦庵作記。謹著歲月以示來者⑯，不爲無例。」

曰：「若扳援昔賢，則不肖年迫衰老，懶於筆研，又瞠乎其後⑰。」惟友諒先世爲洛中名士⑱，其讀書慎行名籤仕版，可謂不墜箕裘矣。前任常德府推復九賢祠，今又創兹宇，庶幾有意於脩己治人者⑲，非特徼取美名而已也⑳，是不可不書。

大德戊戌歲冬十二月臘日記。

【校】

①「祠」，元刊明補本、《中州名賢文表》、抄本作「祀」，據薈要本、四庫本改。

②「迂」，元刊明補本、抄本作「迂」，形似而誤；據薈要本、四庫本、《中州名賢文表》改。「川」，元刊明補本作「州」，據抄本、薈要本、四庫本、《中州名賢文表》改。

③「香火之奉」，抄本、四庫本、《中州名賢文表》同元刊明補本；薈要本作「其年秋來京」，涉下而誤。

④「明年秋，來京師」，抄本、四庫本、《中州名賢文表》同元刊明補本；薈要本作「明己治人之師」，涉下而誤。

⑤「王」，抄本、四庫本、《中州名賢文表》同元刊明補本；薈要本作「皇」，非。

⑥「器」，元刊明補本、抄本、薈要本、《中州名賢文表》作「氣」，聲近而誤；據四庫本改。

⑦「盡」，抄本、薈要本、四庫本同元刊明補本；《中州名賢文表》作「直」。

⑧「汙」，抄本同元刊明補本；薈要本、四庫本、《中州名賢文表》作「汗」。

⑨「備」，元刊明補本、抄本作「脩」，形似而誤；薈要本作「修」，非；據四庫本、《中州名賢文表》改。

⑩「資挺」，抄本、四庫本、《中州名賢文表》同元刊明補本；薈要本作「挺資」，倒。

⑪「討」，抄本、薈要本同元刊明補本；四庫本、《中州名賢文表》作「訂」，形似而誤。

⑫「衍」，抄本、四庫本同元刊明補本；薈要本作「詠」，非；

⑬「移風易俗」，元刊明補本、抄本、薈要本、《中州名賢文表》作「移易風俗」，據四庫本改。

⑭「蕪」，抄本、四庫本、《中州名賢文表》同元刊明補本；薈要本作「簡」，涉下而妄改。

⑮「起」，抄本、《中州名賢文表》同元刊明補本；薈要本、四庫本脱。

⑯「著」，元刊明補本、抄本、《中州名賢文表》脱，據薈要本、四庫本補。

⑰「又」，抄本、薈要本、《中州名賢文表》同元刊明補本；四庫本作「乂」，聲近而誤。

⑱「洛」，元刊明補本、抄本、薈要本作「治」，形似而誤；據四庫本、《中州名賢文表》改。

⑲「意」，抄本、薈要本同元刊明補本；四庫本、《中州名賢文表》作「志」。

⑳「徼」，抄本、薈要本同元刊明補本；四庫本作「邀」，亦可通。後依此不悉出校記。

汴梁路城隍廟記

汴梁之廟事城隍神，其來尚矣。壬辰兵後，廢撤不存。河南路兵馬都總管劉侯福大懼無以妥靈揭虔，曰：「事神治人，守吏職也，可偏廢乎？」於是相新昌里爽塏地，西、南二方界以通衢，劉侯私第鄰其東，北則抵居民萬氏，廣袤餘七畝。繚以重垣①，中起正殿，像設有儼，前敞臺門，扃閟嚴肅②，左右則環齋搆室。敦請女冠孟景禮、向妙順、朱妙明輩相與住持，夤奉香火。

景禮，四元宗獻之女，童丱入道，以彤管之懿資，膺黄冠之妙選，享年八十有五，無疾而逝。妙順亦出名家，探賾玄理③，解屬文辭，與孟同年仙去。景禮臨終貽屬妙明曰：「汝等祗嚴修潔，善守廟祊④，毋負劉侯付托。」妙明唯曰：「敢不敬承誨音。」歲甲辰，劉侯命侍人周氏、韓氏披戴，禮棲雲王真人爲師，訓周曰妙元，韓曰妙温，與妙明爲徒侶，所需衣糧皆出劉侯資給。妙温、妙明俱壽臻期頤，相繼蟬蜕。既而，劉侯第四子保定路總尹某卒，夫人徒單氏痛伉儷之中暌⑤，感榮華之易歇，聿來棲迹，法號妙真。道俗咨嘆，祠宇爲增重焉。妙元洎妙真罄刮粧匳資藉，刻苦撙節⑥。遂重修正殿臺門，創建獻廡，子孫司及道衆寮舍齋厨輪奐一新。蒙洞明真人稱賞，加妙元以純真素德散人之號⑦。今年登七秩，日誦五千玄言爲課，朝夕焚頌，祝聖人壽，願天下安，鶴髮童顔，精健不少衰。復慮興建本末不能昭晰於後，走書幣京師⑧，求記於秋澗翁。予宦遊大梁者屢矣，故國遺迹亦嘗周覽，今雖衰老，忍無一言載明其間？

謹按《祀典》，陽氣升而天神降，地道肅而人鬼出⑨。自邦國而達於臣庶家，祭秩切近者，社稷五祀而已，城隍神初未載也⑩。世説秦功臣馮尚見夢於漢高帝曰：「奉天帝命，與王知領城隍陰事。」雖儻怳不可致詰⑪，然自漢訖今，遂爲天下通祀。社與五祀雖有常尊，當時用事，莫城隍若也。況汴梁爲六代都會，四方湊集⑫，城池盤礴，衢陌交通，人物號稱繁夥，精英之粹集⑬。晝夜開闔，死生變化，幽明兩間，其有神爲之主司也審矣。夫城隍，地道也，古人求神各以其類，今俾女冠主其祀事，宜矣。《傳》曰：「西子蒙不潔，則人皆掩鼻而過之；雖有惡人，齋戒沐浴，可以事上帝。」言誠潔可以感通神明也。如景禮、妙明、妙元、妙真等咸出於詩禮名家、薰膏鼎族⑭，清修道行，敬恭神祇，致廟貌完固，闔郡瞻仰，雖其誠篤致然，亦由神明有以護持者哉⑮！而推源本自，不忘劉侯經始之勤⑯，是可書。

大德三年十二月吉日記。

【校】

①「重」，元刊明補本、抄本、薈要本作「崇」，聲近而誤；據四庫本改。

②「閟」，抄本同元刊明補本；薈要本、四庫本作「門」，非。

③「蹟」，抄本、四庫本同元刊明補本；薈要本作「索」，涉上字而誤。

④「善」，抄本同元刊明補本；薈要本作「蓋」，非；四庫本作「益」，非。

⑤「徒單」，抄本、薈要本同元刊明補本；四庫本作「圖克坦」。

⑥「撙」，抄本、四庫本同元刊明補本；薈要本作「樽」，形似而誤。

⑦「真」，元刊明補本、抄本作「貞」，據薈要本、四庫本改。

⑧「京師」，抄本同元刊明補本；薈要本、四庫本移於「故國遺迹」之上，倒。

⑨「道肅而人」，抄本同元刊明補本；薈要本作「道肅而神」；四庫本作「氣肅而神」。按，《汴京遺蹟志》卷一五所收是文亦作「道肅而人」。

⑩「神」，抄本同元刊明補本；薈要本、四庫本脱。

⑪「儻」，抄本同元刊明補本；薈要本、四庫本作「倘」。

⑫「溇」，抄本、薈要本同元刊明補本；四庫本作「螻」，亦通。

⑬「之」，抄本同元刊明補本；薈要本、四庫本脱。

⑭「妙明、妙元」，抄本同元刊明補本；薈要本、四庫本作「妙元、妙明」。「咸」，元刊明補本作「戓」，抄本作「或」；形似而誤且訛；據薈要本、四庫本改。

⑮「持」，抄本同元刊明補本；薈要本、四庫本脱。

⑯「不忘劉侯經始之勤」，抄本同元刊明補本；薈要本、四庫本作「不能忘經始之勤」。

真常觀記

大都南城故宜中里真常觀，爲全真學者重玄子樊君所建也。惟全真教倡於重陽王尊師，道行於丘仙翁。逮真常李公，體含妙用，動應玄機，通明中正，價重一時①，可謂成全光大矣。

重玄子自童丱受業，天資爽朗②，嶄然已露頭角。由是日獲承侍，聽其諄誨，仰其高風，神致灑然，春融蟬蜕，與之俱化。玄覽之暇③，詩章篆隸亦時習之。既壯，辭達體要，與事物接無所凝滯，衆以不凡許之。真常師嗣主法席，委掌資用，出納明，會計當，已無私焉，師爲稱賞曰：「財賄，衆所貪得。今遠疑怨，不爲行妨，吾將大有以畀之。」時朝家欽挹真風，所在宫觀相望，和林都會地，獨闕焚頌之所④，乃選充道録，俾張皇教基⑤，供奉闕庭。雖越在風沙數千里外，慨然命駕，曾無難色。至則潔己應物，通變無方，致宗風弘演，王公貴人爲之尊禮主張。蒙中宫賜金冠錦服⑥，俾降御香於燕都師真紀堂，殊光顯也！庚戌間，真常真人洎十八大師光膺寶冠雲帔，下至四方名德，亦獲紫衣師號之寵。改觀爲宫，周旋之力爲多。繼奉旭烈賢藩教旨⑦，提點彰德路道教事。逮誠明真人嗣教，念其耆識，殊顧睞也⑧。晚節退休，與時消息。

至元二十二載，易張侯故第爲幽棲所，榜曰「真常觀」，示不忘本也。崇堂爲殿，下至齊厨庫厩，修治完整。復置蔬圃一區，負郭田二百畝，資給道衆。乃灑掃涓潔，廣植花木，使境趣靖深⑨。日端儼丈室，炷香撫琴，客至，問何爲，曰：「吾方疑神坐忘⑩，與造物者遊。」凡往來者皆一時名公，如李敬齋、趙虎巖、翰林王慎獨、左轄姚雪齋、鹿庵王承旨、少傅竇公、翼國王公⑪，愛其風度才識，締方外交⑫。太史公曰：「視友知人⑬，亶其然乎！」元貞元祀正月五日⑭，師晨興，召門弟子齊道亨、劉道安付以後事，怡然而逝，閱世四百五十六甲子，寧神於五華山仙塋⑮。道亨純直有持守，祇承遺緒，朝夕惴惴，增飾固執，惟恐失墜。掌教玄逸真人與其進，署宗門提點，加沖玄師號。一日，介劉道録文甫請述觀記。予僚契雷苦齋與師昔同鄉校，夤緣有一日之雅，且重劉請，勉爲件右。切有所感焉⑯，乃爲之説曰：

二氣氤氳，五行儲精，長材秀民，無世無之。弟學以致其道⑰，行以效其用⑱，功成名遂者幾何人？斯當金季，俶擾綱常，文物蕩無孑遺。其時設教者獨全真家，士之慕高遠、欲脱世網者，捨是將安往乎？嘗究其説，不過絶利欲而篤勞苦，推有餘而貴不争，要歸清净無爲而已。如重玄子扶翊道紀，綜覈玄務⑲，公材吏用，藹然見於脱穎游刃之外，其妙固翩翩而獨征，托遺響於高風者矣。然推本原自，信其良知良能耿耿有不可掩焉者，不謂之長材秀民，可乎？向使率性以明當然之理，務學以廣通變之方，列周行，握事樞⑳，以投功名之會，樹立巉絶㉑，恐不如是而止也㉒。撫卷懷人，爲一慨惜。

師諱志應，字順甫，出平陽汾西宦族，自稱重玄子，法號「淵静通虚大師」，廣陽之真常、麗澤之靈郁皆别館也。仍爲門人作《望思歸來》之篇，其辭曰：

瓊芝峨冠兮，青霞襞裳。遠引高蹈兮，與道翺翔。至人出世兮，化現無方。驂駕鶴馭兮，力振玄綱。仙遊有恨兮，門人涕滂。蓬萊東望兮，雲海茫茫。松桂輪囷兮，鬱鬱其芳。偃息有室兮，燕處有堂。仙標彷彿兮，誨音琅琅。師今不見兮，莫知我傷。宗風通暢兮，羽流有光㉓。神遊故山兮，陰儲吉祥。倒景遺照兮，土苴是揚。庶幾華表兮，歸來之章。

【校】

①「價」，元刊明補本、薈要本作「賈」，亦可通；據抄本、四庫本改。按：賈、價，古今字。作「賈」者，蓋「價」省略形符而以聲符易本字之簡化字，《秋澗集》諸本中「價重一時」多有。

②「天」，元刊明補本、抄本作「焉」，據薈要本、四庫本改。

③「之」，元刊明補本、抄本脱，據薈要本、四庫本補。

④「和」，抄本同元刊明補本；薈要本、四庫本作「如」，非。

⑤「教」，抄本、薈要本同元刊明補本；四庫本作「敖」，形似而誤。

⑥「金冠錦服」，抄本同元刊明補本；薈要本、四庫本作「錦衣金冠」。

⑦「旭烈賢」，抄本本、薈要本同元刊明補本；四庫本作「實呼賢」。「藩」，抄本同元刊明補本；薈要本、四庫本作「蕃」，亦可通。後依此不悉出校記。「旨」，抄本同元刊明補本；薈要本、四庫本作「主」，涉上字而誤。

⑧「晽」，抄本同元刊明補本；薈要本、四庫本作「念」。

⑨「靖」，抄本同元刊明補本；薈要本、四庫本作「清」。

⑩「疑」，抄本同元刊明補本；薈要本、四庫本作「凝」，亦通。

⑪「如」，抄本同元刊明補本；薈要本、四庫本脱。「趙虎巖、翰林王慎獨」，抄本同元刊明補本；薈要本、四庫本作「趙虎巖與翰林王慎獨」，非。

⑫「絺方外交」，抄本同元刊明補本；薈要本、四庫本作「絺交方外」。

⑬「視」，抄本同元刊明補本；薈要本、四庫本作「觀」。按：《秋澗集》卷四九《故南塘處士宋公墓誌銘》亦言：「太史公曰：『視友知人。』」

⑭「正月五日」，抄本同元刊明補本；薈要本作「四月八日」；四庫本作「某月某日」。

⑮「寧」，抄本同元刊明補本；薈要本、四庫本作「凝」。

⑯「焉」，抄本同元刊明補本；薈要本、四庫本脱。

⑰「弟」，抄本同元刊明補本；薈要本、四庫本作「第」。

⑱「以」，抄本、四庫本同元刊明補本；薈要本脱。

⑲「綜」，抄本、薈要本同元刊明補本；四庫本作「宗」，俗用。

⑳「事」，抄本同元刊明補本；薈要本、四庫本作「要」。

㉑「絶」，抄本同元刊明補本；薈要本、四庫本作「然」，非。

㉒「止」，抄本同元刊明補本；薈要本、四庫本作「止之」，衍。

㉓「羽」，抄本同元刊明補本；薈要本、四庫本作「汨」，非。

故翰林學士紫山胡公祠堂記

紫山胡公捐館之三載，彰德監尹脱里不花暨廉訪使完閭與郡士民詢謀僉同①，乃像公於治城西郭別墅之讀易堂，于以揭虔妥靈，致歲時香火之奠。諗不肖交款，知平生詳，請書其事於石。酌量契義，不敢以衰耄辭。

夫士有生無聞于時，潛德幽光發越于後，蓋行義立言，曠世而相感也。亦有富貴薰天，振耀遠邇，卒然傾謝，磨滅無紀。豈德薄用鮮②，無可稱述而然邪？若夫其生也爲人所敬慕，其沒也致人所懷思，至衡於志慮，見於羹牆，非人品峻絶，事業顯著，盛德至善，感格人心悦而誠服有不可忘者，安能如是哉？紫山固名士才大夫，佐理於朝，讜言直論，不屈權貴；作牧名藩，吏畏民愛，治行爲諸郡最；擢任風憲，擊奸發伏，褰衣具瞻，有「風動百城」之目。其臺閣之清規，幕府之公論，固在也。曰并汾，曰齊魯，遺愛善政，亦不忘也。而於鄉郡，未嘗臨涖③，今像而事之④，余初甚疑，既而得其説焉。

金季喪亂，士失所業，先輩諸公絶無僅有，後生晚學既無進望，又不知適從。或泥古溺偏，不善變化；或曲學小材，初非適用。故舉世皆曰：「儒者執一而不通，迂闊而寡要。」於是士風大沮。惟公起諸生，秉雄剛之俊德，負超卓之奇才，慨然特達，力振頽風，志大學，致實用，談笑議論⑤，揮斥流俗⑥，文章氣節振蕩一時。其見諸容度事業者皆仁義道德之餘，剛明正大，終始一節，追配昔賢，矯革時弊。故天下翕然想聞風彩，皆曰：「紫山學備四科，望高一世，真豪傑之士。」争先覩爲快。況二侯與郡士民執經傳道，質疑請益，獲親炙而爲矜式者哉⑦？沒而配社，尸而祝之，援例《祀典》，其誰曰不然？若以匹夫而作百世師，一言而爲天下法論之，振衰激懦，屹砥柱之孤標，回狂瀾於既倒，清風之所激，德澤之所及，霑丐後學多矣。是則係斯文之盛衰與士風之輕重⑧，非相人所得顓而私也。

雖然，二侯出貴族世胄⑨，樂道而自忘其勢，尊賢而能知所宗。昔鄒孟氏譏列國諸侯不能尊賢，乃曰：「貴貴，尊賢，其義一也。」垂訓深矣。後世之監牧實古諸侯，今二侯取法聖賢於千載之後，行古昔所不能行，其賢於人也遠矣，豈止如是而已？後之讀斯文者，將有所興感而取法焉。

公諱祗遹，字紹開⑩，自號紫山，磁之武安人。由中書郎官歷河東山東按察使、濟寧總管，仕至翰林學士、太中大夫。大德五年歲次辛丑清明前一日記。

【校】

①「脱里不花」，抄本同元刊明補本；薈要本作「托里布哈」；四庫本作「托里巴哈」。「完閭」，抄本同元刊明補本；薈要本作「斡魯」；四庫本作「旺律」。

②「鮮」，抄本同元刊明補本；薈要本、四庫本作「淺」。

③「湼」，抄本同元刊明補本；薈要本、四庫本作「莅」，亦通。後依此不悉出校記。

④「事」，抄本同元刊明補本；薈要本、四庫本作「祀」。

⑤「談笑」，元刊明補本、抄本作「笑談」，倒；據薈要本、四庫本改。

⑥「斥」，元刊明補本、抄本作「后」，據薈要本、四庫本改。

⑦「獲」，抄本同元刊明補本；薈要本、四庫本作「或」，聲近而誤。

⑧「係」，抄本同元刊明補本；薈要本、四庫本作「繫」，聲近而誤。

⑨「二」，抄本、薈要本同元刊明補本；四庫本作「一」，非。

⑩「開」，抄本、薈要本同元刊明補本；四庫本作「聞」，形似而誤。

胙城縣廟學記

國之將興，必有世德之臣儷景風雲，戡定屯難，贊敷文德，共致太平。故孔子曰：「如有王者作，必世而後仁。」鄒孟氏亦云：「所謂故國者，有世臣之謂也。」信哉言乎！

惟胙邑金末城宜村渡，行河平軍事①，以扞禦兵衝。既而，國朝帥臣撒吉思不花監總五路兵②，蹙蹂餘燼，攻而拔焉。駐軍守據，迫金主東走睢陽，斫營夜鬨，竟歿死城下。先是，公父槊只禿魯花以萬夫長將選鋒圍困大名③，中流矢而卒。迨金亡，朝廷追録載世忠藎，賜夫人楊氏世封户於胙，孫不闌奚實嗣其後④。雖州遷而縣，其故家遺風餘俗固在也。當金末危急草創際，俎豆之事有不遑及。

國朝甲午歲，漕使宗亨肇建禮殿三巨筵，壯麗翬飛，爲諸路冠。後三十五載⑤，尹劉庭撤而新之，復起「明新堂」於後，其臺門、賢廡尚闕⑥，學舍、生徒初不論也。迨元貞改號冬，嗣侯普闌奚擢任本道廉訪使，路出于胙，首謁廟宮，覩其如是，曰：「欽惟詔條，責實在我。」乃敦諭尹張孔鑄以興修爲任。尹承命，經營有方，趣辦惟謹⑦，首建神閟⑧，擇師立學，縣中子弟來受業者日衆，侯乃出所藏經史數千卷資藉講誦。尹復闢良田五頃，造祭器百餘事，供給二丁釋菜、諸生廩料之費。兩廡方締搆而及瓜代。後尹李君卒成其役，仍繪七十子、諸大儒肖像于壁。肸之廟學五十年間狼藉蕭條，始克完具，人知敬仰，俗興禮讓，仰副朝廷崇尚之意，皆由賢侯一言勉勵之誠。所謂「王者必世而後仁」，世德之臣戡定屯難、贊成太平者，於斯可見矣。侯今由內臺侍御史進拜行臺中執法，將南過鄉國，請書其事於石，乃爲說以告之曰：

惟孔子之教，推明至理，敦敍彝倫，裁成輔相之道，脩齊治平之方，本末具備，細大不捐，垂憲立極，萬古不易。孔子明其道而無其位，空言無所施。後世帝王必需崇尚，卿相守令所當奉行，雖無禍福之怵誘，而從違之間有真禍福存焉。固匪利害之牽率，得失之際，實有利害係焉⑨。惟其費不可闕，乃修而明之；審夫切而不可緩，故勉而勵焉。惟侯出貴種世胄，敦説詩書，好尚禮義，內剛明而外文雅，審事宜而達從政，立身揚名，已收功於踐履。今復以得施之鄉邑⑩，可謂善推其所爲矣。然君子不安於小知而期於大受，況天下之事，惟宰相臺諫得言得行，擴而充之，正在今日。

昔武元衡修治廳壁，柳子作記；孔道輔以直道進用，《宋史》有傳。侯姑欲我記肸邑廟學而已邪？《易》曰：「苟非其人，道不虛行。」又《禮》云⑪：「人存政舉。」誠能繩武贊文，光昭先業，克盡世臣之義，由一邑以達之天下，則道被均弘⑫，俾秉事樞矣！僕雖耄，將執筆以俟焉。大德庚子歲仲冬既望謹記。

【校】

①「胙」，元刊明補本作「昨」，據抄本、薈要本、四庫本改。

②「撒吉思不花」，抄本同元刊明補本；薈要本作「薩奇蘇布哈」；四庫本作「薩奇蘇巴哈」。

③「槊只禿魯花」，抄本同元刊明補本；薈要本作「綽爾濟都勒哈」；四庫本作「綽爾圖嚕卜」。

④「不闌奚」，抄本同元刊明補本；薈要本作「布哈齊」；四庫本作「布呼齊」。按：下言「普闌奚」者，蓋亦「不闌奚」，薈要本、四庫本皆作「布呼齊」。後依此不悉出校記。

⑤「載」，抄本、薈要本同元刊明補本；四庫本作「歲」。

⑥「臺」，抄本同元刊明補本；薈要本、四庫本作「正」。

⑦「辨」，抄本同元刊明補本；薈要本、四庫本作「使」。

⑧「閔」，抄本同元刊明補本；薈要本、四庫本作「閣」，形似而誤。

⑨「實有」，元刊明補本、抄本作「有實」，據薈要本、四庫本改。

⑩「得」，抄本、薈要本同元刊明補本；四庫本作「德」，亦可通。

⑪「云」，抄本、四庫本同元刊明補本；薈要本作「曰」。

⑫「弘」，抄本、四庫本同元刊明補本；薈要本作「宏」。

宜遠樓記

奉聖甄君居敬，粤自父祖，謹身節用，保守恒業，以篤實稱鄉里。居敬尚文，雅喜交遊，襟韻灑落，義氣所在，略無凝滯。

始來居燕，都城善心計而擁高資者甚夥①，門廬服玩例尚脩潔。居敬一旦以僑寓篷迹其間，不肯碌碌出人後，於所棲息起構小樓，華而不侈，高而不危。雖處市廛闤闠之間，頓出車馬雜喧之境，于以合集朋簪②，暢適幽懷，請名於予。乃取六一居士「天寒山色」之句，扁之曰「宜遠」。

詢義何居，復語之曰：「樓之爲用，便爽塏而向高明，必占據形勢之雄，坐得溪山之勝。予嘗登斯樓，憑欄四顧，金城千雉，青山三面，環遶拱侍③，嵐光翠色，令人顧揖不暇④。朝暮陰晴，變態百出，或横脩眉於天宇，或出寸碧於雲間，雖呈妍貢奇於百里之外，不煩蠟吾之屐⑤，拄彼之笏，雙目以之增明，詩脾爲之借潤矣。其於幽遠，不亦宜乎？此特形於外者如是。其係於内者又有大於是者焉⑥。甄氏先世既以篤實稱，其積累之厚，蘊蓄之深，逮居敬而後發之。今既崇基構而勤丹雘矣⑦，復能傳訓子孫，俾爲學止善，奉承罔替，則締搆鞏固，傳示永遠，亦以宜矣。《傳》稱：『衛公子荆善居室。始有，曰：「苟合矣」。富有，曰：「苟美矣。」』又君子創立基業，必垂緒於後，其是之謂歟？」居敬跽而謝曰：「有是哉！問一知二，皆僕所未聞也。請書其詞，庸爲警戒，又何俟燕雀之賀成，請善禱於張老也？」

大德辛丑歲十一月廿一日，秋澗老人記。

【校】

①「資」，抄本同元刊明補本；薈要本、四庫本作「貲」，亦可通。後依此不悉出校記。

②「朋」，抄本、四庫本同元刊明補本；薈要本作「名」，非。

③「侍」，抄本同元刊明補本；薈要本、四庫本作「峙」。

④「揖」，抄本、薈要本同元刊明補本；四庫本作「挹」。

⑤「蠟」，元刊明補本、抄本作「蠟」，據薈要本、四庫本改。

⑥「者焉」，元刊明補本、抄本作「焉者」，倒；據薈要本、四庫本改。

⑦「構」，元刊明補本、抄本作「搆」，形似而誤；據薈要本、四庫本改。

移忠堂記

王全州之子亢宗敏愿通粹，有麟趾雅厚，今爲魏府別駕。一日，拱而言曰：「維先祖驃騎府君，起隴畝，際風雲，奮從戎列，收河朔於百戰之餘，以至出建大旆，入貳行臺，橐兜棨戟，總制魏師者四十餘年。維是一二堂廬皆平昔所晏息①，諸孫無所肖似，承藉德蔭，乃今有光，永言追思，於維則尚未也②。幸憲使惠顧，念其貽孫之謀、燕翼之厚，爲題扁以示來者，俾子孫銜訓嗣服，蔚爲矜式。敢再拜以請。」

余仰而嘆，俯而思，曰：「有是哉，何其孝之純也！夫人之行，莫大於孝，孝莫大于顯親，顯親莫大於立身揚名，立身揚名莫重於以忠述事③。蓋一致二極，臣子之忠孝也。《傳》不云乎『教之孝，所以求其忠也』？嗚呼！忠之爲用至矣。故居家則盡心於親，進官則竭力於上，與友交而言信，爲人謀而盡誠，莅政則有恪，戰陳則有勇。其見諸日用間者能是，一本夫愛之深、孝之極也，舍是將何所取則焉？吾已見汝乃祖府君持心二極，屬搶攘之際，奮勇略爲先；迨分定之後，獵忠義爲本④。其殊勳茂績紀太常而勒景鍾者⑤，可謂立身揚名之道昭矣！汝父嘉議君復能篤繼忠貞，勤勞王事。其振肅臺憲，拊循殊方，冠冕於天朝也行有日矣。豈非由孝而忠，自忠而有立邪？將有煒前光、濟厥出美者⑥，責不在吾子乎？故題之曰『移忠』，蓋取孝於親則可以移其忠於君之義也。若夫親安而氣愉，家理而官治，友信而謀成，吾子行焉。綽有餘裕，尤當勉其所已行而進其所未至，俾親顯而名益揚，身立而道愈彰，蔓爲百世無窮之傳可也。異時有登斯堂，讀斯文，慕樂昌之風而興起者，將見爲是堂一致二極之本，又何啻王氏之類也哉？」

於是乎書。

【校】

①「維」，抄本同元刊明補本；薈要本、四庫本作「惟」，亦通。「平」，元刊明補本作「乎」，據抄本、薈要本、四庫本改。

「晏」，抄本、四庫本同元刊明補本；薈要本作「宴」，亦可通。

②「尚」，元刊明補本、抄本作「者」，非；薈要本闕；據四庫本改。

③「以」，抄本同元刊明補本；薈要本、四庫本脱。

④「獵」，抄本、薈要本同元刊明補本；四庫本作「篤」。

⑤「殊」，抄本同元刊明補本；薈要本、四庫本作「奇」。

⑥「出」，抄本同元刊明補本；薈要本、四庫本脱。

遊東山記

至元辛巳歲春三月，余按部黎陽，膏澍連朝。明日夏孟丙寅朔，天宇開霽，大伾堆阜，景風明澹，畫如也。拉友人宋祺洎諸屬吏囊筆載酒來遊兹山。

遂自西南騎而陟阻，抵岳祠下。既祝香，步上中層，至濛鴻亭址①，讀刺史邊元勳亭記，文甚奇麗。稍北，至中頂，頂勢夷衍，即李魏公中帳，蓋伾之絶巔也。山形再成，峻層石壇爾②。東北行不百步，陰崖崎嶇。扶腋而下，憩龍竇巔上。少焉，降觀《西陽明洞記》，開元間山人李真題名，筆勢飄逸，有《焦山鶴銘》風格。其西龍崖方廣③，天然而龕，上竅極大，盤旋若螺殼然④，邃頂而去，窈不知其幾何也⑤。意者山澤通氣，此正大伾口鼻唫呀吐納之所，非有異也。宣和以侯爵錫之⑥，不幾於妄濫乎？盤礴久之，下山。

適靈昌諸君繼至，尋前盟也。相與稽首彌勒尊像，其鐫鑿本末，以寺石麟考之⑦，爲高齊所造無疑。左右磨崖題識甚多，得魯元翰、張浮休賦詠各一。周覽既已，與客聯鑣東行，踰大河故瀆，入牽城，登紫金山，觀仙人拖裙石。石水蒼色，苔昏雨溜⑧，雯華漬裂，誠若襞積狀者。其面有元豐政和題記，黥刻幾滿⑨，皆奇筆也。遂探白金泉，瞰玉女洞，口傍勒建安人徐閎中《泉眼銘》，雨蘚模糊，略辨首尾。於是躋巔會勝，主人取軟脚例，開樽連酌，觴咏纔交，幽懷共暢，不知山蹊之迂、登頓之勞也。既而寒日下，悲風來，遥經北麓⑩，穿蒼城，按觀隋唐廩制，未刻入自北門，讌羣賓於清白堂。

酒數行，張、鄭諸君舉觴囑予曰：「今日之遊樂且有融，盍簪而來，似非偶然。第遷變已來，三山濯濯，等爲丘垤，其能極宣城之賞，當子長之遊乎？然山以賢稱，境緣人勝。如赤壁，斷岸也，蘇子再賦而秀發江山；峴首，瘴嶺也，羊公一登而名垂宇宙。況茲山也，名載夏書，功存禹跡⑪，關河大地，形勝依然⑫。斯行也，垂橐偕來，稇載而去，幸吾子筆之，歸爲兩郡光。且紀蒼煙寂寞之會，仍得簉名其間，爲他年林下故事，非偶然者。不爾，甘逋客，迴俗駕，幾何不爲疊嶂攢譏、山靈見誚也耶？」

【校】

①「濛鴻」，抄本同元刊明補本；薈要本、四庫本作「鴻濛」。按：《明一統志》卷四、《河南通志》卷五一皆作「濛鴻亭」，《大清一統志》卷一五八作「鴻濛亭」。

②「崚」，抄本同元刊明補本；薈要本、四庫本作「峻」，形似而誤。「爾」，抄本同元刊明補本；薈要本、四庫本作「稍」。

③「西」，元刊明補本、抄本闕；據薈要本、四庫本補。

④「若」，抄本同元刊明補本；薈要本、四庫本作「如」。

⑤「窈」，抄本同元刊明補本；薈要本、四庫本作「窅」，聲近而誤。

⑥「和」，元刊明補本、抄本作「龢」，聲近而誤；據薈要本、四庫本改。

⑦「鑿」，抄本同元刊明補本；薈要本、四庫本作「志」，非。「麟」，抄本同元刊明補本；薈要本、四庫本脱。

⑧「兩溜」，抄本同元刊明補本；薈要本作「兩流」；四庫本作「雨流」。

⑨「黥」，抄本同元刊明補本；薈要本、四庫本作「黔」，非。

⑩「經」，元刊明補本、抄本脱，據薈要本、四庫本補。

⑪「跡」，元刊明補本、抄本作「邇」，據薈要本、四庫本改。

⑫「勝」，抄本同元刊明補本；薈要本、四庫本作「勢」。

唐建昌陵石麟記

唐昭慶陵在新隆平縣南十有三里使相鄉正尹里①，其石儀一十八事儼然具在。內二石麟，身首蹄鬣一與馬同，第題顛有觡突出②，肉蕨蕤其端，所謂示其武而不用者也。

兩膊雲豔，光拂髮鬣③，尾上揭，類牛而短。雖雨蘚模糊，雯華剝裂，而制度精絶可愛。《傳》曰：「麟，四靈之瑞，麕身牛尾，一角，五彩色備，王者至仁，則被應而出。」又云④：「視明禮修則至⑤。」今刻像列諸陵闕，豈顯夫祖宗生有至德，歿備盛飾以表其仁厚故耶？既而入東南招提，讀開元十三年縣尉楊晉所撰碑頌，蓋知爲唐皇祖宣簡公、懿王陵墓也⑥。儀鳳元年，高宗追謚尊號，宣簡曰「宣皇帝」，陵曰「建昌」，懿王曰「光皇帝」，陵曰「延光」，仍配守衛者三千人。勑象成，令專知檢校，州刺史歲別一巡。其石儀之制，固當追尊崇建，歲作也。寺即總章間立，額曰「光業」。由是而觀，其貪奉之嚴，守衛之盛，累聖明禋之禮，郊歌時薦之儀，固云極矣。今陵園夷滅⑦，無復所見，有荒煙野田而已。嗚呼！盛極則隨衰，藏侈則厚發，此必然理也。上世葬之中野，不封不樹，何摸金暴骼之有⑧？文質中判，古不能復，然則何爲而可？漢之灞陵，其中制乎？

至元十九年壬午歲夏六月十九日，秋澗王惲記。

【校】

①「正」，抄本、薈要本、四庫本、《中州名賢文表》作「王」。

②「顛」，抄本、四庫本、《中州名賢文表》同元刊明補本；薈要本作「嶺」，非。

③「鬉」，抄本、薈要本、《中州名賢文表》同元刊明補本；四庫本作「鬃」，亦可通。

④「云」，抄本、四庫本、《中州名賢文表》同元刊明補本；薈要本作「禋」，非。

⑤「視」，抄本、四庫本、《中州名賢文表》同元刊明補本；薈要本作「祀」，非。

⑥「祖」，抄本、薈要本、四庫本同元刊明補本；《中州名賢文表》作「兄」。

⑦「夷」，抄本、薈要本、《中州名賢文表》同元刊明補本；四庫本作「湮」。

⑧「摸」，元刊明補本、抄本作「模」，據薈要本、四庫本、《中州名賢文表》改。

汎海小録

日本，蓋倭之別種，惡其名不雅，乃改今號。其國在洋海之東，所屬州六十有八，居近日出，故曰日本。國王一姓，宋雍熙初已傳六十四世，中多女主，今所立某氏云。大元至元九年，上遣秘監趙良弼通好兩國①，次對馬島，拒而不納。十七年己卯冬十一月，我師東伐。明年夏四月，次合浦縣西岸，入海東行約二百里，過拒濟島。又千三百里②，至吐剌忽苫③，倭俗呼島爲苫。又二千七里，抵對馬島。又六百里，踰一岐島。又四百里，入容甫口。又二百七十里④，至三神山。其山峻削，羣峯環繞⑤，海心望之，鬱然爲碧芙蓉也。上無雜木，惟梅竹、靈藥、松檜、桫羅等樹。其俗多徐姓者，自云皆君房之後。君房，徐福字。海中諸嶼，此最秀麗方廣。《十洲記》所謂「海東北岸，扶桑、蓬丘、瀛洲周方千里」者也⑥，又說：「洋中之物，莫鉅於魚。其背鬣矗然山立，彌亘不盡，所經海波兩坼不合者數日。」

又東行二百里，艤志賀島下，與日本兵遇。彼大勢結陣不動，旋出千人逆戰數十合者凡兩月。我師既捷，轉戰而前，呼聲勇氣，海山震盪⑦，所殺獲十餘萬人，擒太宰藤原、少卿弟宗資，蓋前宋時朝獻僧奝然後也⑧。兵仗有弓、刀、甲，而無戈、矛，騎兵結束殊精。甲往往以黃金爲之，絡珠琲者甚衆。刀製長，極犀鋭，洞物而過。但弓以木爲之，矢雖長，不能遠。人則勇敢，視死不畏。自志賀東岸前去太宰府三百里，捷則一舍而近，自此皆陸地，無事舟楫，若大兵長驅，足成破竹之舉，惜哉！志賀西岸不百里有島曰「毗蘭」，俗呼爲「髑髏」，即我大軍連泊遇風處也。大小船艦多爲波浪捎觸而碎⑨，唯勾麗船堅得全。遂班師西還，是年八月五日也，往返凡十月⑩。

省大帥欣都、副察灰、次李都帥牢山、次宋降將范殿帥文虎⑪，總二十三，南一十三。隋唐以來出師之盛，未之見也。

【校】

①「兩」，薈要本同元刊明補本作「而」；四庫本作「其」；據抄本改。

②「百」，抄本同元刊明補本；薈要本脱；四庫本作「三」，涉上而誤。

③「吐剌忽苦」，抄本、薈要本同元刊明補本；四庫本作「吐剌忽苫」。

④「又」，抄本同元刊明補本；薈要本、四庫本作「西又」。

⑤「羣」，抄本同元刊明補本；薈要本、四庫本脱。

⑥「洲」，抄本同元刊明補本；薈要本、四庫本作「州」，亦可通。

⑦「盪」，抄本同元刊明補本；薈要本、四庫本作「蕩」，亦可通。

⑧「前」，抄本同元刊明補本；薈要本、四庫本作「全」。

⑨「大小船艦」，抄本、薈要本同元刊明補本；四庫本作「時大小船艦」。

⑩「凡」，抄本、薈要本同元刊明補本；四庫本作「几」。

⑪「帥」，抄本、四庫本同元刊明補本；薈要本作「師」，形似而誤。「欣都」，抄本同元刊明補本；薈要本作「錫都」；四庫本作「實都」。「察灰」，抄本同元刊明補本；薈要本作「察罕」；四庫本作「察呼」。

王惲全集彙校卷第四十一

序

南鄘諸君會射序

君子之學貴乎有用，不志於用，雖曰未學可也。聖門之藝有六，而射爲重。蓋射者男子之事，志有事於四方也。

近歲南鄘諸君於二仲月肄諸射事，予雖不敏，亦從事其間。嗚呼！《鄉飲》廢而長幼之序乖，《大射》廢而君臣之義缺，今之去古也遠矣，欲人之知禮也難矣。兹射也，匪曰嬉遊爲樂，將少長是序；匪曰僥倖爲得，將心體是正；匪曰致遠爲功，將中鵠爲善；匪勝己是怨，反諸己爲賢；匪酒醴是嗜，而辭養爲恭①；匪多筭爲能，而進退可度。夫如是，其於脩盛德，遠不肖，習威儀，復鄉飲而適世用，不由斯而有漸乎？

若夫野曠天清，露禾棲畝，霜氣折膠，秋聲厲木，士氣充而耦同，燕角勁而寒裂②，張侯去百步之外，揖遜務君子之争，得之心，應之手，箭如鴟叫③，羽若弦飛。雖未敏及參連，神凝剡注④，追騶虞牧野之風，致矍相堵牆之觀，庶幾繹己之志，張本乎四方之事，誠君子有用之一端也。孔子曰：「飽食終日，無所用心，難矣哉。不有博奕者乎？爲之，猶賢乎已。」矧君子正己之具也哉！因序其事而賡之以歌，歌曰：

古道下散文武岐，中原氣折兵塵飛。四郊多壘乃我責，誰云武事非吾知。不見東家矍相事，當年凜凜無全齊。丈夫況當志四方，射先禄後非吾欺。只今天地一射圃，國俗靡靡從風披。圖書東置奎宿黯，弧矢高射騰寒輝。冥冥天道既如此，智者相時行所宜。又不見臺城陷辱古所嗤，舞干不捄高皇危⑤。諸人清談不適用，晉室竟墮東門機。乃知六藝射尤重，世不可廢誠有爲。寄謝一丁相誚子，恐人迂乃坐書癡。

【校】

①「養」，抄本同元刊明補本；薈要本、四庫本作「讓」，妄改。

②「弦」，元刊明補本、抄本作「弦」，薈要本、四庫本作「寒」。

③「鴟」，抄本同元刊明補本；薈要本、四庫本作「鴻」，非。

④「剡」，抄本、薈要本同元刊明補本；四庫本作「刻」，形似而誤。

⑤「干」，元刊明補本作「于」，據抄本、薈要本、四庫本改。

投壺引

古之人心正意誠之學無或不在也，予於投壺見之矣。壺之義，三代之遺制也，自諸侯至於卿大夫靡不行焉。或堂或庭，野外軍中，必設兩階以明賓主之禮。置壺楹間，取其中也；北面受矢，尊其賓也；兩黨相嚮，比其誠也；絃以貍首，殺其等也；鼓以魯薛，節其事也；勝欲不勝，養弗能也；司射申誡，儆其慢也。

若夫左右盍簪，臨壺荷矢，身跛倚則壺不相直也，氣渙散則志不能定也①，手不端則矢弗能順也。必也心正意誠，神凝於內，坐與壺相當，扶與矢相應，故的然而中，無過不及之差，豈非誠心正己之道歟？且古之爲學，怠墮之氣不設於身②，其或少焉，必有休息之具，曾不以奇技淫巧令人心蕩而狂也，故壺之義有足尚焉。然壺亦兵象也，與射禮略同。蓋兵凶戰危，人情之所惡；燕飲娛賓，人心之所欲也。先王因其所欲而寓其所惡於其中，俾樂爲之不厭，則平日之所尚，乃異時之所用也。且漢唐以來，博戲之事多矣，獨奕之技行于今不廢。然迹其用心，傾危抵巇，一着一機，司明以之眊亂，靈臺爲之攙搶，必決其存亡而後已。《傳》曰：「性相近也，習相遠也。」術之不善擇也如此，悲夫！

予自憲臺秩滿，居閑不出者動涉旬朔。時雨霽，堂廬清，停披之餘無以休息，用此以佐雅歌之樂。庶幾動静周旋，其心一出於正，方之既飽而嬉，莫知所嚮者，其賢乎哉？其賢乎哉？至元辛未夏六月望日序。

【校】

①「定」，元刊明補本、抄本、《中州名賢文表》作「碇」，據薈要本、四庫本改。

②「墮」，抄本同元刊明補本；薈要本、四庫本、《中州名賢文表》作「惰」，亦可通。後依此不悉出校記。

遊洄溪序

夫燕遊觀覽①，蓋所以增放曠而攄煩滯也，故君子所不廢焉。歲戊辰夏四月既望，時雨霽，景氣清，嘉苗濯秀②，二麥含實，翰林先生拉二三子聯騎出郭，由郡之西南按轡邐隰③，周覽物華。既而棹鞅東首，尋盟洄溪之上。於是步蘭皋，俯清流，蔭佳樹，藉碧草。烏嚶嚶而遺音，魚躍躍以騰水，飛鳴潛泳，各遂所宜。悠然之思與淵流俱而莫際其涯，顥然之氣與造物遊而不知其所極④。先生曰：「吁！樂哉斯遊也！」於是談麈屑飛，朱絃聲渺，從容質問，不覺前席。二三子怡然洽所歡，充然有所得，不知老之將至、日之云夕也。風乎詠歸，又何啻遺塵枉而攄壅鬱者哉⑤？因援毫爲之序。

【校】

①「遊」，元刊明補本、抄本作「游」，據薈要本、四庫本改。

②「濯」，抄本、薈要本同元刊明補本；四庫本作「擢」，非。

③「邍」，抄本同元刊明補本；薈要本、四庫本作「原」，亦可通。按：邍、原，古今字。後依此不悉出校記。

④「顥然」抄本同元刊明補本；薈要本、四庫本作「渾顥」，非。

⑤「枉」，元刊明補本、抄本作「枉」，薈要本、四庫本作「袵」。

帝王鏡略序

東萊云：「六藝之文①，學者之大端也，其次莫如史。」然史書浩博②，自遷、固而下，不啻數百萬言。學者雖資稟精强，至於極其致而得其要者或寡矣，矧童子初學者歟？近讀遺山先生《鏡略》書，所謂立片言而得要者也。其馳騁上下數千載之間，綜理繁會數百萬言之内，駢以四言，叶以音韻，世數代謝，如指諸掌，歷代之能事畢矣。然先生北渡後，力以斯文爲己任，孰謂斲大材而就小室，抵和璞而煇丘陵者乎③？是書之出，若爲童蒙學習者之所設也。然《傳》不云乎：「君子之道，孰先傳焉？孰後倦焉？循序而進，有不可躐等者。」士人張敬叔貧而好學，家藏是書，今刋之以廣其傳，亦可以見其用心焉爾。彼初學者一旦心志通達，由堂入奥，又且得博觀約取之法焉，是則一鏡之略，不爲小補者也。至元四年歲丁卯重午前二日題。

【校】

①「之」，抄本同元刊明補本；薈要本、四庫本脱。

②「然」，抄本同元刊明補本；薈要本、四庫本作「然則」，衍。

③「煇」，抄本同元刊明補本；薈要本、四庫本作「輝」，亦可通。

王氏藏書目録序

河南房邑王氏，爲衛之著姓百有餘年，祖宗以孝友相傳①，略無長物。逮先君思淵子北渡後，亦不治生産，怡然以閉户讀書爲業，聞一異書，惟恐弗及。其弱冠時，先君氣志精强，目覽手筆，日且萬字，不十年②，得書數千卷。或者曰：「藏書如是，尚爾爲？」先子曰：「吾老矣，爲子孫計耳。有能受而行之，吾世其庶矣乎。世人知榮保其爵禄，不知一跌足赤吾之族③；知富寶其金玉，一慢藏已爲盜所目也④，何若保書之爲寶乎？若子若孫由是而之焉，爲卿相，爲牧守⑤，爲善人，爲君子，上以致君澤民，下以立身行道，其在於是矣。」由是而觀，先君立世之志、貽厥之謀何其遠且大哉！嗚呼！先君去世將近二紀，不肖某今年四十有一，遺言在耳，遺書在櫝，感念平昔，不覺泣下。因復慨嘆，仕不爲進，退足自樂，蓋所恃者此爾。然置之而不力其讀，讀之而不踐其道，與無書等矣。《傳》曰：「遺子黄金滿籯，不如教之一經。」此誠先君之志也，可不懋敬之哉？至元四年秋七月⑥，曝書于庭，與兒子孺校而帙之，則各從其類也。述《書傳目録叙》。

【校】

①「孝」，元刊明補本作「奉」，據抄本、薈要本、四庫本改。

②「十」，抄本同元刊明補本；薈要本、四庫本作「下」，形似而誤。

③「跌」，抄本同元刊明補本；薈要本、四庫本作「失」，涉下字而誤。按：《六臣註文選》卷四五楊雄《解嘲》：「揚子笑而應之曰：『客徒欲朱丹吾轂，不知一跌將赤吾之族也。』」李善注：「《廣雅》曰：『跌，差也。』赤謂誅滅也。」作「失」者，蓋未審文義，誤讀「不知一跌/足/赤吾之族」爲「不知一跌足/赤吾之族」，未察其所本《文選》之語，而涉下字「足」而改「跌」爲「失」。

④「一慢藏已爲盜所目也」，抄本、薈要本同元刊明補本；四庫本作「不知一慢藏已爲盜所目也」。

⑤「守」，元刊明補本作「字」，據抄本、薈要本、四庫本改。

⑥「元」，抄本、薈要本同元刊明補本；四庫本作「亢」，形似而誤。

汲郡圖志引

客有過僕而問曰：「子之經求衛事，纂集圖史，所嚮欲何爲哉？」僕應之曰：「述先君之志也。」

昔先子無恙時，嘗訓某曰：「衛有圖經舊矣，北渡已來，百訪而不一見。世郡人也，生於斯，長於斯，宦學於斯，聚族屬於斯，由宋而金而皇朝，百有五十餘祀，不謂之遺俗，可乎？且衛得天中桑土之野，北通燕趙，南走京洛，太行峙其西，大河經其南，河山之間盤盤焉一都會也。及論其郡國之本末，輿地之因革①，牧守政教之賢否，土産風俗之醇醨，山澤利益之隱顯，人物古今之盛衰，則藐然不知，責將誰歸？至如淇水，名川也，而指爲李河；銅關，近防也，而曰壁列門；羌公，顯號也，而曰康叔塚；殷溪，明表也，而稱太公泉；共城，伯國也，而曰段天子城；趙越，太守也，而曰越王墓；淇口，會亭也，而曰衛新臺。崗名博望而祀張騫②，山號仙翁而歸葛氏，視獲嘉而曰故城，以頓方而作頓丘，枋裹而爲枋頭，而又汲水湮而無聞，金堤蕩而失據，其甚則白圭訛而爲雞黑，麓謬而爲鹿。迷惑忘返，以至於斯，可勝嘆哉！是皆吾平昔欲正之而不忘者也。吾老矣，終當畢此一事，付之青箱。」無幾，先君捐館，雅志罔就，嗚呼痛哉！

中統建元之三年，予自堂吏來歸，閑中紬繹經史，得先人所藏遺書，淚洒行間，愾嘆久之，曰：「精爽不昧，有繼志述事，庶少慰爾③。」於是聚書一室，研精致思，蟫蠹羣言；外則訪諸耆宿，雜採傳記碑刻，復爲按行屬邑以覆其所得。噫！汲，雄望也！自康叔迄今，幾二千餘歲。其幽光潛德、靈蹤盛迹隨陵谷起滅不可殫紀，徵文獻則墜簡已亡，懷舊俗則高年無幾，瞻言丘壟，旌紀寂寥，不肖何人，能發越其間哉？然先子遺教，不可墜也；良史所載，傳信後也。故特取其人物、政教、風俗關於治亂，爲後世之法者，羣分而類聚之。復著《辨論》等篇④，凡若干卷，題之曰《汲郡志》。曰郡者何？包上下而言也。書成，因自笑曰：「諺有之『家畜弊帚，享之千金』，其不肖之謂歟？然非敢示諸作者，庶幾來者志存肯構⑤，其治梓作室，以是爲樸斲垣墉之始⑥，丹雘塈茨之本，可乎？」客唯而退。

時至元丙寅秋九月重陽日引。

【校】

①「革」，抄本、薈要本同元刊明補本；四庫本作「草」，形似而誤。

②「祀」，抄本同元刊明補本；薈要本、四庫本作「記」，非。

③「少」，抄本、四庫本同元刊明補本；薈要本作「稍」，亦可通。

④「辨」，抄本、薈要本同元刊明補本；四庫本作「辯」，亦通。

⑤「構」，元刊明補本、抄本、薈要本作「搆」，形似而誤；據四庫本改。

⑥「垣」，元刊明補本作「坦」，據抄本、薈要本、四庫本改。

會玉簪花詩序①

玉簪，花之名品也，然唐宋以來，騷人賦客歌詠不多見，豈花之種昌於近代歟？較其繁昌，在京師爲最盛，豈花之性憙涼，風土使之然耶？當其庭軒暑退，幽砌涼新，翠筳高聳，瑶花盛陳，湛露氣於碧霄，映仙姿於月户，素影以之輕盈，芳心爲之容與。至若肌膚綽約，來姑仙也；緑雲婆娑，墜曉鬟也；幽香濃遠，渺不知其幾許也。其畏景便陰，低昂倚佇，意韻飄瀟，如欲輕舉，所謂「玉華同駕，紛簪導以何翩；風標可人，占高秋而②

【校】

①「會玉簪花詩序」，四庫本、抄本同元刊明補本；薈要本是文闕。

②「占高秋而」下，元刊明補本、抄本、四庫本闕。按：元刊明補本；弘治本闕四個半葉；四庫本闕三行半、五個半葉、二行半。

南鄘王氏家譜圖序①

所安。神不爲之餒，而敢告來者。能永遵儀法，不惟德歸於厚，有以見吾皇考繼述啓迪之方，祖妣承家守節，揚厲無窮之意也。至元三十年夏四月，翰林學士、中奉大夫、知制誥同修國史、裔孫惲百拜而爲之序。

【校】

①本段内容，抄本、四庫本同元刊明補本；薈要本未收。據本段内容來看，與前文並非同一篇；據目録來看，本篇題目當爲《南鄘王氏家譜圖叙》。

南陽府瑞芝之詩卷序

天地之大，氣無不周也，其至和純粹之極，隨德感召而禎祥之，故應于上則有卿雲景星①，發于下則有醴泉朱草②。芝爲物尤瑞，然産之不恒，秀之而特異者，蓋不一二數焉。

完顔公尹南陽之明年，有芝産於方城民家，凡四本，誠秀麗而殊常者也。其駢枝連葉，突如雲興，幢然蓋植，有累至十六七者，英華韡曄③，顔如渥丹，可翫而愛。郡之吏民視履考祥，奔走庭下，咸謂公視事已來，行有以召之故也。如役使時而田里安，賦斂均而物情允，疲痏者爲之息肩，方苞體者使之不夭④，是慈祥愷悌之方，拊循惠養之實，浹洽備至⑤，感召休徵，物效靈光者也。公曰：「方今王澤下流⑥，皇風遠暢，意者仁厚之化行乎江漢，或者衣被草木⑦，昭回光而爲開先之兆也昭昭矣，予何敢以當之？」即篚置以聞。衆復曰：「非常之瑞歸美於上，臣分當然。弗産於鄰郊它邑，而呈祥於提封涵濡之下，不蒸於顛栭棟隆，而擢芳於陂澤野人之圃，亦由布宣中和，導揚德化，下克靈承之自也。是不可無聞於後。」遂繪彩靈姿，求太史紀瑞者屬之，俾上以頌天休滋至之繁，下以見郡守惟良之美。適余將事在申，因其請，樂爲書諸卷端⑧。

【校】

①「上」，元刊明補本作「干」，形似而誤；薈要本、四庫本作「於」；據抄本改。

②「朱」，抄本、薈要本同元刊明補本；四庫本作「芝」，涉下而誤。按：醴泉朱草，《鶡冠子・度萬》：「膏露降，白丹發，醴泉出，朱草生，衆祥具。」

③「韡曄」，抄本同元刊明補本；薈要本作「曄曄」，亦通；四庫本作「曄曄」，形似而誤。
④「方」，抄本同元刊明補本；薈要本、四庫本脱。「夭」，元刊明補本作「天」，據抄本、薈要本、四庫本改。
⑤「浹」，元刊明補本作「夾」，俗用；據抄本、薈要本、四庫本改。
⑥「下」，抄本、薈要本同元刊明補本；四庫本作「丕」。
⑦「或」，元刊明補本作「域」，據抄本、薈要本、四庫本改。
⑧「諸」，抄本同元刊明補本；薈要本、四庫本作「之」，非。

文府英華叙

僕自弱冠，時從永年先生問學。先生以科舉既廢，士之特立者當以有用之學爲心，於是日就《通鑑》中命題，或有其義而亡其辭，或存其辭而意不至者，課之以爲日業。雖云此何時也，然觀多事之際，斯文有不可廢焉者，小子其勉旃！及長年以來，綿歷世故①，愈知先生之言爲有徵。至元三年，予自魯返衛。居閑，痛悼墮窳，日以書史振勵厥志。因覩古人臨大節②，處大事，征伐號令，渙汗云爲之際，含章時發，以之功業成而聲名白者，良竊慨慕焉。遂斷自戰國以上③，迄于金，取其文字粲然、適用於當世，觀法於後來者，得若干首，題曰《文府英華》，非敢妄意去取，第類集以廣怡説④。其或從事力列，屬辭比事，庶有效於時，寔自先生之教之中來也，是不可不序。四年丁卯秋孟三日引。

【校】

①「歷」，抄本、薈要本同元刊明補本；四庫本作「立」，聲近而誤。

②「覩」，抄本、《中州名賢文表》同元刊明補本；薈要本、四庫本作「觀」。

③「以」，元刊明補本、抄本、《中州名賢文表》作「已」，據薈要本、四庫本改。

④「怡説」，抄本、《中州名賢文表》同元刊明補本；薈要本作「義説」，聲近而誤；四庫本作「怡悦」，亦可通。

宋總尹母夫人慶八秩詩序

人與天地參，所貴者生，所欲者壽，福全德卲，此又壽者之可樂也。予宦遊燕朔，接世家甚多，至於享高年之安，具五福之慶者，總尹宋君母夫人其一也。

夫人姓魏氏，濟南人，出膏浸醲薰，世爲名族。及歸處士，貞順儉約，被服僮僮，早夜以中饋是承。處士姿沖適樂易，以文儒重一時，爲中令耶律公所知。喜賓客，樂施予，尊俎談詠有承平故家風味，故軒車填咽，鶴蓋交陰於門者無虚日。夫人躬儉内助，壺儀有則，賓至，率擊鮮供具，佳肴名釀齊潔嚴整，未常計家有無①，俾不足於賓所也。處士嘗與客語久，夫人適於艀户間有所聞②，客去即曰：「直諒易言，我雖誠，人則有愛惡焉，再思可也。」其順成輔佐君子至意類多此。子四③，俱教之讀書，雖出就外傅，庭訓之際，以孝悌忠信爲主④，曰：「孝者，行之源；悌者，順之至；忠者，臣道之極；信，又朋友所須以成者。立身揚名，本其在於是，汝等敬之勉之！」古稱陰教有助，夫人之謂也。長曰漢臣，河南府路總管，忠勤長厚，不類今人。次魯臣，愿而克家，恬於仕進。次唐臣，才碩有幹局，侍儀司法物庫使。次楚臣，博學多藝，能有處士風。上邸潛時，以琴阮侍左右有年，今以致養日嚴爲事。

夫人今年壽登八秩，康寧精爽，髮微艾，容晬然，飲啖如五六十人。歲時拜慶，子孫滿前，斑衣彩袖⑤，雁行玉立。其團欒香火之情⑥，雍肅閨門之化，融融洩洩，萃於一堂之上，不謂福全德卲，可乎？吾是知二南美化本於正始⑦，而有《麟趾》、《鵲巢》之應；《洪範》之九五根於攸好德一言，而壽爲五福之尊。禎祥有自，於宋氏概可見矣。求諸公賦詩歌詠其可貴可樂之美⑧，屬惲而爲之序。

【校】

①「常」，抄本同元刊明補本；薈要本、四庫本作「嘗」，亦可通。按：未常，本作未嘗，宋元習語。

②「嶰於」，元刊明補本、抄本作「嶰」，脱；薈要本、四庫本作「於」，脱；徑補。

③「子四」，抄本、薈要本同元刊明補本；四庫本作「四子」。

④「悌」，抄本同元刊明補本；薈要本、四庫本作「弟」，亦可通。

⑤「彩」，抄本同元刊明補本；薈要本、四庫本作「綵」，亦可通。

⑥「欒」，抄本同元刊明補本；薈要本、四庫本作「圞」，亦可通。按：團圞，本作團欒；作「圞」者，偏旁類化。

⑦「二」，元刊明補本、抄本作「召」，據薈要本、四庫本改。

⑧「可」，元刊明補本、抄本作「所」，據薈要本、四庫本改。

總尹湯侯月臺圖詩序

蘇門山水明秀，爲天下甲，蓋有東南佳麗瀟灑之勝，而無卑濕蒸炎之苦，誠中州之江南也。湧金門外西南行三里而近，曰蘇氏別墅，中有大石如月①，周列座鼓八，因得名曰月臺。

其形勝大概，溪環竹外，山倚雲旓，空翠湖光，動盪無際，蒼煙白鳥，容與鳴集。渡野彴、穿林篁而入，中鑿蓮溏，削方洲，構亭其上。青梅蒼檜四面間植，奇花異卉繡錯其下，牡丹臺、酴醿洞又爲東西別圃。春則醉其香，夏則清其暑，秋月可翫②，冬梅可探而賞也，四時之景皆新，而其樂亦無窮也。暮春初，郡人遊歷，始于百泉曉翠，經柳湖、雙塘、梅溪而南，迄焉止息故共頭，月臺寔爲一方首尾之冠。

至元丙子春，予自晉東還，取道共城，友人於焉觴予，爲一日留。覩其廢磑修復，堰蹊高敞③，雲煙竹樹，光賁疇昔。詢之，知爲府尹湯侯易而主也。是年冬，與湯會燕，出所繪《月臺圖》，且曰：「爲仕宦牽率，罔獲徜徉其間以遂初心。今欲求諸公題詠，庶見其素蘊，雖南北東西，時得展玩，猶一到其中也。吾子爲我序之。」

嘗念天壤間佳境，幽人勝士樂之而不能有，豪宗貴族有之而不暇樂，三十載間，吾見此四易主矣。不知當時賓從輪蹄凡幾往返，得窮雲煙魚鳥之趣。彼幽人勝士暢情適意，不以物之有無爲樂，而貴游豪宗雖有之，能遂其樂而樂，方爲己有。雖然，今君以才術通顯，投功名之會，膺長沙方岳之寄，而能以此爲懷，豈他時倦游知止之心，急流勇退之舉，將張本於斯歟？

十四年上元日序。

【校】

①「如月」，元刊明補本、抄本、四庫本作「月如」，據薈要本改。

②「翫」，抄本同元刊明補本；薈要本、四庫本作「玩」，亦可通。

③「蹊」，抄本同元刊明補本；薈要本、四庫本作「溪」，聲近而誤。

博古要覽序

予性澹癖，無他嗜好，獨於古彝器愛而不置。雖造次，必摩挲瞪視，辨其銘款爲何代何物①。間有所得，則悚然起敬，想見當時氣象，令人有不能已者。第所見不廣，究其義未詳耳。

十四年春，余入翰林四十有七日，侍左丞相耶律公於玉堂，坐間出《宣和博古圖》三十卷示予，因假以歸，與院史趙復取《鍾鼎韻》②，歐陽子、薛尚功《款誌》，吕氏《博古》，李羣舒《考古》等圖參讀而節約之。觀其制作之精微，錫用之所以，篆籀之古而不苟，文章之雅而不迫，取物象形，垂儆萬世，其爲法深且遠矣。因念三代吾不得而見之，得見是器，斯可矣。矧微辭奥旨，引據玫證，於粲昭著③。生平所疑，前賢或闕而莫可致詰者，一覽而盡得，怡然理順，涣焉冰釋。筆削既已，從其類而作若干卷，題之曰《博古要覽》。

客有過而笑曰：「子之學棄俗尚，從寂寞，惟恐其不古也，其如適越而冠章甫何？」予應之曰：「不然，方今明天子御極，神聖慈武，撫四海而有之，禮器縟典將維新是圖④。一日告功神明，郊祀饗獻之禮行，有每事而問者，據所得而告之曰：『此鼎也、彝也、卣也、匜也、爵也、罍也、犧也、象也，如是而已。』其於魯兩生間，安知無一日之長乎？」

客笑而退，於是乎書以爲序。

【校】

①「銘」，抄本、薈要本、四庫本同元刊明補本；《中州名賢文表》作「名」，聲近而誤。

②「鍾」，元刊明補本、抄本、《中州名賢文表》作「鍾」，薈要本、四庫本作「鐘」。

③「粲昭」，抄本、《中州名賢文表》同元刊明補本；薈要本、四庫本作「昭粲」。

④「典」，抄本、《中州名賢文表》同元刊明補本；薈要本、四庫本作「興」，形似而誤。

書畫目録序

登崑崙之墟者知宇宙之大，臨滄海之淵者見魚龍之富，故達人大觀必於物之所萃而致意焉，乃能窮古今之變，極天下之觀，否則與管窺等耳。

若夫歷代之法書名畫，唐以太宗嗜好之篤，宋以徽廟躭湎之甚，搜訪百至，品第裝潢，比三代傳寶，至陪葬昭陵，閟藏内殿，仍置官典校，署之曰「秘府」①，何其崇哉！當時自非寵錫貴近賜觀，諸王思欲頫首一闚②，胡可得已？且唐迄今五百有餘歲，幸而存者又無幾。唐亡而五季，宋殘而金源氏，金滅而國朝興，其間兵亂相繼，散亡劘燼，又不可勝紀。

聖天子御極十有八年，當至元丙子春正月，江左平。冬十二月，圖書禮器並送京師，勑平章太原張公兼領監事，仍以故左丞相忠武史公子杠爲之貳，尋詔許京朝士假觀。予適調官都下，日飽食無事，遂與左山商台符叩閽披閲者竟日，凡得二百餘幅。書字一百四十七幅，畫八十一幅。怡然有所得，沖然釋所願，精爽洞達，滯思爲一攄，所謂升崑顛而見洪荒之大③，俯溟渤而駭光怪之多也。

嗚呼，三光五岳之氣絪緼盤礴④，發於人爲精華，傳於代爲英物，以數百載萃聚韞藏之盛⑤，積而爲崇丘，滀而爲淵府，一旦顒顒然拭目而觀，可謂千載一遇也。因念人與事機，其會與否，皆有數存其間。九年春，予一夕夢謁平章張公名易，字仲一，太原人。於府第之東堂，酒數行，發書一櫃示予，皆彩圖繪本、金文玉牒，今觀中秘所有，璀璨輝赫，與夢中所見者盡同。吁，亦異哉！《傳》曰：「嗜欲將至，有開必先。」信哉斯言也！作《書畫目録序》。

【校】

①「府」，元刊明補本、抄本作「省」，據薈要本、四庫本改。

②「頫」，元刊明補本、抄本作「頫」，據薈要本、四庫本改。「闚」，抄本、薈要本同元刊明補本；四庫本作「窺」，亦可通。後依此不悉出校記。

③「顛」，抄本同元刊明補本；薈要本、四庫本作「巔」，亦可通。後依此不悉出校記。

④「絪蘊」，元刊明補本、抄本作「蘊絪」，據薈要本、四庫本改。

⑤「韞」，抄本同元刊明補本；薈要本、四庫本作「蘊」，亦可通。

故翰林學士河東南北路宣撫使張公挽詩序

歲甲寅冬，先生被故經略史公召過衛①，惲以諸生贄文上謁，承顧睞獨異。逮中統辛酉②，先生自河東宣撫改授翰林學士兼中書省參議，其秋，惲亦以都司就列，機務之暇，接論思殊款。至元二年③，公以前東平宣慰起復，簽山東等路行省事，適惲從事在魯，又奉閒燕者兩月④。六年己巳冬，不肖應御史辟，出真定，候公於頤齋，尊酒從容，言笑竟日⑤，因及西臺故事。時公精力未衰，慨然經世之懷尚眷眷不置也。厥後，惲官平陽，飫聞公填撫時政績章章⑥，在人心不去者甚悉。私念自甲寅迄壬申歲，廿年間與公會合者五，聯事者再，似不偶然也，故知公爲頗詳。

公資剛嚴，有經濟器業，遇事風生，果於斷劃⑦，其庭議剴切⑧，矯矯有長孺志節。至扶善良，嫉姦惡，又似夫王義方對仗時辭氣。生平素蘊在河東展也盡，至今三晉間愛仰如神明，乃以霹靂手目焉。雖時致齟齬，其耿耿自信不疑者，氣終不少下。公歿後三年，甥王革來過，追惟疇昔⑨，愴然動零落丘山之感，余亦爲歔欷也。想遺直之不復，悼斯文之如綫，勉爲哀挽，庶答顧遇知己之厚，且代封龍招來之些⑩。魂而有靈，鑑茲哀悃。

公字耀卿，姓張氏，太原交城人。早舉進士⑪，聲藉場屋間⑫，既而以臺掾進。爲人儀觀秀偉，山立揚休，望而知爲正人端士，壽八十，終鎮州。頤齋，其自號云，不書名，貴之也。至元丁丑秋謹序。

【校】

①「被」，抄本、薈要本同元刊明補本；四庫本作「奉」，亦可通。「召」，元刊明補本作「至」，非；四庫本作「委」，非；薈要本作「辟」；據抄本改。

②「逮」，抄本同元刊明補本；薈要本、四庫本作「迨」，亦可通。按：作「迨」者，聲近而誤。後依此不悉出校記。

③「至元」，抄本、四庫本同元刊明補本；薈要本作「至至元」，涉下而衍。

④「閒」，元刊明補本作「間」，據抄本、薈要本、四庫本改。

⑤「竟日」，元刊明補本作「竟見」，非；四庫本作「竟日」，形似而誤；據抄本、薈要本改。

⑥「填」，抄本同元刊明補本；薈要本、四庫本作「鎮」。後依此不悉出校記。「績」，抄本同元刊明補本；薈要本、四庫本作「蹟」，亦可通。

⑦「劃」，抄本同元刊明補本；薈要本、四庫本作「畫」，亦可通。

⑧「庭」，抄本、薈要本同元刊明補本；四庫本作「廷」，亦可通。「剴」，抄本同元刊明補本；薈要本、四庫本作「愷」，

聲近而誤。後依此不悉出校記。

⑨「追」，抄本同元刊明補本；薈要本、四庫本作「進」，形似而誤。

⑩「代」，抄本同元刊明補本；薈要本、四庫本作「待」。「些」，元刊明補本、抄本作「此二」，一字而誤爲二字；據薈要本、四庫本改。

⑪「舉」，抄本同元刊明補本；薈要本、四庫本作「與」，形似而誤。

⑫「藉」，抄本同元刊明補本；薈要本、四庫本作「籍」，形似而誤。「間」，抄本同元刊明補本；薈要本、四庫本脱。

趙德明母劉氏慶八十詩序

人皆以壽爲樂，然使吾親壽，壽而康寧，玆人子之至樂也。鼓邑趙君德明，予官晉府時幕從事也，每與之接，不下帶而存者，皆和氣愉色。其臨事行己，洞洞屬屬，若持盈奉玉，惟恐弗勝。予異之，而不及問。

戊寅春，會京師，稱其母劉氏金進士都水監勾之女，穰縣簿耆德唐甫之妹，年雖高，聰明安健，紉縫在手，不持杖，作筋力。先懷遠府君不幸早世，三十年間，袛暨二弟靖、炳頗試所歷。及有孫六人，女孫二人，重孫二，重女孫六，同居無間言，是皆母氏慈愛恭儉、陰教有方之力也。祂等不肖，愧弗能紆青拖紫，儋爵析圭①，以顯榮爲養，用報劬勞之德。今歲壽開八秩，將南歸省慶，尚賴賢士大夫見之歌詠，歸慰母心，以爲閭里光。

予告之曰：「壽福富貴，衆人之所欲也。若今之富貴，似可求而得，惟壽與福，命之於天，不可幸而致。彼高明家雖三牲日養，未免使親有顧慮可憂之慼。崇高而安者，子孫多親不待之嘆②。今君職雖卑，禄雖薄，與仲弟輩怡然以志爲養，其樂也融融，吾知案上一杯菽水，過於五鼎七牢矣③。時也恒山之陽，滹池之濱，風和而晝明，鳥嚶而華粲④，緑萱婆娑於堂背，舞袖斕斑於膝下⑤，朝而倚其門，夕而倚其廬，俟子之來歸。君其行矣！試以吾言語諸鄉人⑥，而曾閔和樂之氣，將有聞風而興起者焉。」

至元十五年季春清明日序。

【校】

①「析」，抄本同元刊明補本；薈要本、四庫本作「錫」，亦可通。

②「待」，抄本同元刊明補本；薈要本作「逮」，聲近而誤；四庫本作「逭」，聲近而誤。

③「五」，抄本、薈要本同元刊明補本；四庫本作「吾」，聲近而誤。

④「華」，抄本、薈要本同元刊明補本；四庫本作「葉」，形似而誤。

⑤「斕」，元刊明補本、抄本作「欄」，據薈要本、四庫本改。

⑥「諸」，抄本同元刊明補本；薈要本、四庫本作「之」，非。按：諸，猶之於。《秋澗集》薈要本、四庫本多改「諸」爲「之」，後依此不悉出校記。

潔古老人注難經序

醫之有《難》、《素》，猶六經之有《春秋》、《易》也。書雖盡言，言不極意，神而化之，存乎其人。

潔古張先生，醫師之大學也，以是書注釋雖博，未免有仁智殊見、體用不同之間①，於是研思凝神，探索玄奥，發遺意於太素之初，出妙理於諸家之表，使體用一源，得失兩判，復隨其疾證②，附以禁忌方論，述《經解》廿四卷。先生高弟東垣老人以其書授羅君謙甫，兵後文多墜簡，及得田氏口傳《易水遺旨》百餘條，苴補脱漏，遂爲完書。予嘗觀其旨要，顧天下之事，未有不極其理而能臻於妙者，矧醫術精微，主司萬命？惟其至精，非一世之所能備；惟其至微，非一賢之所能窮。故軒歧開天，如大《易》之書其卦；越人撮要，猶三《傳》之贊其經。迨潔古，講解古今之善，傳注之能事畢矣，誠生民之命脈，醫學之淵會也。

嗚呼！毉固難事③，學即能至④。至於提挈造化，會歸一身，如秦扁闚五臟而洞癥結，察形聲而辨死生，推原本自，心融手應，坐收神聖康濟之功，要以理明學博，精詣其極，有不期然而然者。其功用之實咸在是書，學者宜盡心焉。而太史公稱扁之術得於餌桑君之藥，飲上池之水，特以診視爲名⑤，恐未之思爾。謙甫將板行以壽其傳，求題諸篇端。予嘉其學術及物之外，能光昭師道如是，可謂知本也已。先生諱元素，易水人。「潔古」，其自號云。

至元十七年歲次庚辰中伏日序。

【校】

①「同」，元刊明補本作「回」，據抄本、薈要本、四庫本、《中州名賢文表》改。

②「疾」，抄本、薈要本、四庫本同元刊明補本；《中州名賢文表》作「應」。

③「毉」，抄本、《中州名賢文表》同元刊明補本；薈要本、四庫本作「醫」，亦可通。後依此不悉出校記。

④「即」，抄本、四庫本、《中州名賢文表》同元刊明補本；薈要本作「則」，亦可通。

⑤「名」，抄本、四庫本、《中州名賢文表》同元刊明補本；薈要本作「其名」，衍。

宋東溪墨梅圖序①

性之所得於天，有不行而至、不學而能者，況託物游藝，意存所寓者哉！ 總尹漢臣善寫梅，樂之終身而不厭，且梅以墨繪，黯淡枯寂，無聲色臭味可嗜而悦，蓋性之所得，有不容自已者。

余嘗踏雪過南溏②，入東閣，主人開樽小酌。 醉中出示所製《溪雪》、《春風》等圖，亦以淡僻故，爲把玩者久之，覺冷香疏影動蕩於几案間③，令人倏然有孤山籬落之想。 後考試洛陽，復與君會府署之梅花堂，庭之所植者，皆是也。 因舉觴相屬曰：「永南，梅之淵藪④，又久官於此，殆將俾使君移船花光，臻超然之極致耶？」東歸，悉以近作贐予，其風味之勝，瀟洒之工，又非向時吴下矣。 及入汳解裝，盡爲好事者索去。

嗚呼！ 君今已矣，梅寧復得邪？ 其弟唐臣，義夫輩，追憶風流，事亡如存，聯綴遺墨，求名士夫題詠，將昭大兄游藝之美，來屬引其端。 漢臣於余契久且敬，故知爲人頗詳。 君天姿誠悃，與人交，有終始。 於修身齊家孝友純至，一門之中融融怡怡，以及於政。 是知託物寓意於歲寒三友之間者，不徒模寫形似，俾自得之趣冠時人而名後世也。

十七年立秋日秋澗序。

【校】

①「序」，元刊明補本、抄本作「引」，據薈要本、四庫本改。

②「溏」，抄本同元刊明補本；薈要本、四庫本作「塘」，亦可通。後依此不悉出校記。

③「間」，元刊明補本作「門」，據抄本、薈要本、四庫本改。

④「藪」，抄本同元刊明補本；薈要本、四庫本作「菽」，形似而誤。

新修調元事鑑序

士之有志於道者，當以聖人爲則；有志於天下者，當以宰相自期。降是夫何言焉？然宰相者，輔天子，坐廟朝，經綸一世，豈偶然哉？是在彼者，得之爲有命；而在我者，烏得而不盡之哉？況相之爲任，正己以格君心之非，進賢以盡知人之鑑，理物以代天地之化，權宜以成天下之務①，尤需以學術而爲之先。若不學無術，則闇於政體，是最大臣之所深㪚。故賢如傅說，典學初終；聖若周公，思兼四事。逮夫叔世多故，大學之道不明於上，燮理化爲權衡，論思變成機務，相之德業，其所存而不亡者幾希矣。此《事鑑》之所以作也。

嗚呼，三代而上，如禹益稷契，其謨猷德業，光極臣道，日星麗天，尚何議擬？故斷自殷周已來，終之近代，上下千有餘載間，其相之賢否具列無遺，俾歷朝之用舍，一代之安危，前後鱗差，易於即見②。至若善或當與，詳其所可法；惡或可奪，書其所由然。準以夔契伊周之所行，斷以孔孟諸儒之正論，間以臆見附之③。要本德學材識，公明正大，以道事君，爲事業經綸之最。至如遭際聖傑，不善更化，祇以權謀功利爲尚，雖濟一時，而不可多得，終非《鑑》之所先務也。

僕老矣，壯而所期見於世者，百不能一必，故朝夕覃思是編，庶成一書，亦畎畝不忘之心也。俾後之君子有志於斯民者，識前言而明治體，稽往行而處事機，其於衮職，不無少有補焉。

至元二十年歲次癸未夏六月十有七日序。

【校】

①「權宜」，元刊明補本、抄本闕；《中州名賢文表》作「盡誠」；據薈要本、四庫本補。

②「前後鱗差，易於即見」，抄本、《中州名賢文表》同元刊明補本；薈要本作「前後□差，易於即是」，既闕且形誤；四庫本作「前後差易，咸集於是」，既脱且妄改。

③「臆」，抄本、四庫本、《中州名賢文表》同元刊明補本；薈要本作「意」，俗用。

顔魯公書譜序

古人以書學名家者甚衆，今獨取魯公而譜之者，重其人以有關於風教故也。兼公之書上則闖三蒼之餘烈①，中則造二王之微妙，下則極古今書法之變，復濟之以文章氣節之美，故後人作之，終莫能及。東坡云：「評書兼論其平生，苟非其人，雖工不貴。」昔莆陽鄭樵嘗集公代有金石刻，得七十有五。予之耳聞目覩洎有其名而亡其書者，得六十有二，備録家藏，實有五十有一。只以澹僻酷愛，營求三十年之久，纔所得如是。念其嗜之無力，自非貪緣，物聚於所好，亦已難矣。

嗚戲②！公之書今存於世者無幾，加之歲刓月敝，有剷滅而已③，可勝惜哉！若夫千金之璧，爲世重寶，人能碎而不靳者④，以求而可復有也。若公之書，寧復載得邪⑤？故余作譜，按公春秋與所書碑刻歲月、官封，詳考而次第之，俾觀者知公之書因物賦形、變態百出，其胷中忠義之氣葱葱鬱鬱散於筆墨之間者，至終老而不少衰，所謂止見性情，不見文字。令人想見當時氣象，有興起而不能已者，是不亦關於風教者乎？

譜既成，客有過予而問曰：「二王乃真行之祖，筆陳縱橫⑥，曾不踰矩，曷若即而爲法乎？」余曰：「不然。孔子，吾徒之願學也，然升堂入室，固當有序。若即此而求臨池之妙，則思過半矣。」客謝而退。

至元癸未得伏日序。

【校】

①「闚」，抄本同元刊明補本；薈要本、四庫本作「窺」，亦可通。後依此不悉出校記。

②「戲」，抄本同元刊明補本；薈要本、四庫本作「呼」，亦可通。按：《史記·三王世家》：「皇帝使御史大夫湯廟立子閎爲齊王，曰：『於戲，小子閎，受兹青社！』」司馬貞索隱：「於戲，音嗚呼。戲，或音羲。」於、嗚，古音皆爲影母，模韻，於戲亦可作嗚戲，亦通嗚呼。

③「劘」，抄本同元刊明補本；薈要本、四庫本作「磨」，亦可通。

④「靳」，薈要本同元刊明補本作「勒」；四庫本作「蘄」；據抄本改。

⑤「載」，抄本同元刊明補本；薈要本、四庫本作「再」，亦可通。

⑥「筆」，元刊明補本、抄本、四庫本作「顔」，據薈要本改。

衛生寶鑑序①

醫與造化參，學之精者爲難，至著書垂訓，冀後世必然之用者爲尤難。羅君謙甫，東垣先生之高弟，嘗謂予言：「初授簡席下，東垣曰：『汝將爲爲人之學歟，聞道之士歟？』請曰：『徒雖不敏②，幸蒙先生與教理之深詣，乃所願也。』故十年間雖祁寒盛暑，親炙不少輟，真積力久，盡傳其私淑不傳之妙③。大抵人之疢疾不外夫陰陽變徵，我能參兩聞④，會一身，推窮其所受根源，方爲可爾。用是以所得驗於日用之間，如敵在目中，然後審藥爲攻，未嘗不如吾之所必取也。因集爲一書，題曰《衛生寶鑑》。曰辨誤者，證世之差謬，明其理之所自也；曰擇方者，别夫藥之精粗寒燠，以酌其疾證之宜否也；曰紀驗者，述其己之拯料與彼之深淺，見其功效之實也。僕平昔所得者如是⑤，吾子其爲我序之。」

予聞醫之爲學，古聖賢致知格物之一端也。軒岐已來，《難》、《素》、《靈樞》等書累數千萬言，自非以醫爲己任者，孰克而究之？若羅君者，可謂以醫爲任而究其理之所自歟？昔王彦伯醫聲既白，列三四竈煮藥於庭，老幼塞門來請，彦伯曰：「熱者飲此，寒者飲此，風者、氣者各飲此。」初不計其酬謝。今羅君亦以道心濟物，復能著書垂後，冀必然之理⑥，其仁心普眼當與彦伯同流，其誰曰不然？故樂爲題其端云。

至元癸未歲清明日序。王彦伯，《酉陽雜俎》云：「唐人，爲道士，善醫術。」

【校】

①「衛生寶鑑序」，四庫本、抄本同元刊明補本；薈要本是文闕。

②「徒」，元刊明補本、抄本作「走」，俗用；據四庫本改。

③「私淑」，元刊明補本、弘治本作「私潄」，非；四庫本作「秘淑」，形似而誤；據抄本改。

④「聞」，抄本同元刊明補本；四庫本作「間」，形似而誤。

⑤「昔」，抄本同元刊明補本；四庫本作「生」，亦通。

⑥「理」，元刊明補本、抄本作「用」，據四庫本改。

王惲全集彙校卷第四十二

序

與左山商公論書序

嚮大觀所類諸賢法書①，平生所未足，於焉盡償。公云：「如楊少師《維摩》等帖，天真爛熳，上法二王，下與魯公争衡。至縱心所欲②，皆寓正筆而不踰矩，所謂出新意於法度之中，寄妙理於豪放之外。知此迺悟涪公云：『余書不可學，學者輒筆愞而無勁氣。』似非虚語也。」因復出坡公所書《寒食詩》二帖，方之，在顔、楊兩間，蘇、黄爲入域之賢爾③。嗚呼！古人不可作，所得見者書蹟爲最真。今吾左山商公掇拾於二十載後④，剔去纖妍而留精偉，復始終條理，俾金聲玉振以集大成，是又智者之事，諒非禪中有眼者，疇克辨此邪？第恨不得時時觀覽，以盡古今之變⑤，會歸其極耳，然歸裝翩翩，已復稛載矣。至元二十年四月六日，書于所寓壽宫之道室。

【校】

①「大」，抄本、薈要本、四庫本作「伏」，非。

②「縱」，抄本同元刊明補本；薈要本、四庫本作「從」，亦可通。按：從、縱，古今字。縱心所欲，本作從心所欲，語本《論語·爲政》：「七十而從心所欲，不踰矩。」

③「黄」，元刊明補本、抄本作「當」，據薈要本、四庫本改。

④「十」，元刊明補本、抄本作「千」，據薈要本、四庫本改。

⑤「第」，薈要本、四庫本同元刊明補本；抄本作「弟」，亦通。後依此不悉出校記。「觀覽」，元刊明補本、抄本作「聽瑩」，非；四庫本作「聽教」；據薈要本改。

上巳日林氏花圃會飲序

四序言譏，氣有慘舒，不無哀樂從違之間。維暮春元巳，物華濸豔，極夫舒樂者也。故昔之人迓續維新，祓不祥於川流之上，其來遠矣。然例以三日爲節，緣不克與己會者，蓋尋常焉。

今歲人和氣稔，適與己契，又可重也。不揆援永和之舊例，嗣舞雩之清音①，徵賢合友，禊飲林氏花圃，尋盟而至者凡一十二人。於是登野彴，酹清波，折柳攀楊②，秉蘭即宴③，歌絲間發，羽觴交獻。不數行，四座紛然，迭爲賓主。酒既酣，秋澗老人繼以柳圈新唱，詠四者之來并，喜三樂之同集，揚觶侑賓④，傾冠倒佩，不知其不可也。已而，客有稱於坐者，曰：「昔會稽諸賢禊集雖雅，未免因述梗懷，俯仰今昔，動終期歸盡之感⑤。今吾與子一攄底滯，增暢老懷，顧知己而無雜賓，聆歌聲而免詩苦，以此方彼，疑若可繼，樂有所踰也。是不可以不志。」明日，弟忱輩來解酲，首賦佳篇，乃以其序屬予。余亦以會鮮離多，樂之不易再也，筆泚餘酣，率爾而作。

時至元二十四年歲在丁亥甲午日也，謹序。

【校】

①「雩」，弘治本、《中州名賢文表》同元刊明補本；薈要本、四庫本作「雪」，形似而誤。

②「攀楊」，元刊明補本、弘治本、《中州名賢文表》作「脱窮」，非；四庫本作「板楊」，聲近而誤；據薈要本改。

③「秉蘭即宴」，弘治本、《中州名賢文表》同元刊明補本；薈要本、四庫本作「袖蘭採藥」。

④「侑」，元刊明補本作「娱」；《中州名賢文表》闕；據弘治本、薈要本、四庫本改。
⑤「歸盡」，弘治本、《中州名賢文表》同元刊明補本；薈要本、四庫本作「盡歸」，倒。

編年紀事序

史書浩博，殆若山然①，用之不盡，取之不竭，弟掇之者不易區別②，編記之書有不得不作者③。然務博者或詳其不必書，從簡者至略其所當取，斯蓋漫然中無所主故也。大抵觀史者，須當見其一代興衰之自，要本不出君與相好尚治忽而已。如賢否之用舍，治亂之所由生，刑政之寬虐，民情之所從易，安危之機，截若影響④，此理之必然也。是皆吾儒法之而爲明時治平之具者，得不詳且備歟？若筆之而無所用，則上下數千載之事績，特斷爛朝報耳⑤。

廿一年，余解印西歸，休焉而無所事，日纘相務爲業，編年者尤不可斯須而去手。遂與韓生弘因其舊編⑥，增而廣之，事備於前，統明於舊。若夫世主之御天接統，輔相之登庸宅揆，前後繫屬，一不敢闕。所謂該天運之盛衰者⑦，則思過半矣。明年冬，既斷手，生曰：「增輯之意，不可不序諸篇端。」吁！吾年向耄⑧，前日所進，今日不覺其忘。小子其秘之，于以備吾家藥籠中用可也。時則二十四年丁亥歲夏仲日序。

【校】

①「若」，元刊明補本、弘治本、四庫本、《中州名賢文表》作「藥」，據薈要本改。

②「弟」，弘治本、《中州名賢文表》同元刊明補本；薈要本、四庫本作「第」，亦可通。後依此不悉出校記。

③「得」，抄本、四庫本、《中州名賢文表》同元刊明補本；薈要本作「第」，涉上而誤。

④「截」，抄本、《中州名賢文表》同元刊明補本；薈要本、四庫本作「捷」。

⑤「朝」，抄本、薈要本、《中州名賢文表》同元刊明補本；四庫本作「翰」，形似而誤。

⑥「弘」，抄本、薈要本、《中州名賢文表》同元刊明補本；四庫本作「宏」，當爲諱字。

⑦「天」，元刊明補本、抄本、《中州名賢文表》作「夫」，形似而誤；據薈要本、四庫本改。

⑧「向」，抄本、薈要本、《中州名賢文表》同元刊明補本；四庫本作「尚」，形似而誤。

王氏易學集説序

先君思淵子昔掾民部時①，尚書張公諱正倫，字公理。日引一叟連榻坐②，與之問辯甚款。察之，蓋講《易》經旨也。每參署已，輒抱牘傍侍，張公曰：「汝亦樂聞斯乎？」曰：「唯。」自是，日熟所聞，遂潛玩焉，造次顛沛，樂之而不釋也。

北渡後，遇玉華王先生，復得窺其門牆而覃思焉。既而有問答理亂之説，玉華子訢然曰：「推是而進，何憂乎不造夫突奥也[3]？然專静之功不可以不至，藏往知來，寔本於此，吾子其志之！」既而府居，屏遠人事[4]，取歷代諸儒所傳，探微賾妙[5]，日一卦爲業。真積既久，静見之心遂大以肆，曰：「吾老矣，非述何以見於後，示子孫以大受也？」乃組節羣言[6]，使如出一手，辭約而意貫，諸家之善蓋無餘藴矣。

嗚呼！《易》之爲書，三聖人憂世而作也。其道有四，互爲之用。然身外無可論之道，道外無可談之理，天理人事不出乎日用行己之間而已。是書之集，四者具列[7]，要以近人情爲本，使學者切身以求用，易知而不雜。其於《易》道，庶彬彬然有煒矣。不肖今亦向耄，先世庭訓墜佚無緒[8]，大懼夫不學而衰也。乃沉潛是編，冠脩述之意於篇首，仍題曰《王氏易學集説》，使後之來者知先君學道立世，其博文約禮有如此者[9]。小子惲復續所得以綴于後，蓋先君所未見也，庶幾五十家之説左右逢原矣[10]。

至元二十五年戊子春二月一百五日序。

【校】

①「時」，抄本同元刊明補本；薈要本、四庫本脱。

②「日」，抄本、薈要本同元刊明補本；四庫本作「曰」，形似而誤。

③「突」，抄本、薈要本同元刊明補本；四庫本作「深」，妄改。

④「府」，元刊明補本、抄本作「府」，薈要本、四庫本作「居」。

⑤「賾」，元刊明補本、抄本作「頣」，形似而誤；薈要本作「頷」，形似而誤；據四庫本改。

⑥「組」，抄本同元刊明補本；薈要本、四庫本作「紐」，形似而誤。

⑦「具」，抄本、薈要本同元刊明補本；四庫本作「其」，形似而誤。

⑧「佚」，元刊明補本作「侇」，訛字；抄本作「泆」；薈要本、四庫本作「失」，亦可通；徑改。

⑨「禮」，元刊明補本、抄本作「理」，據薈要本、四庫本改。按：博文約禮，語本《論語·雍也》：「君子博學於文，約之以禮。」

⑩「逢」，薈要本同元刊明補本；抄本、四庫本作「逄」，俗用。

送信生士達北行序

勾吴之分，豫章之野，有神物焉，雄雯陰縵，世不多得。佩而服之，可以檢非常而走光怪；礪而用之，可以決浮雲而開白日。當其鋒鍔翳昧沉鬱於幽圄之下①，然衝霄之氣不自達於斗間，雖有精鑑博識之士，安得佩服提攜，檢非常而神利用者哉？君子之仕也，上需志於達，而後可以見於用，用則先其材之云何，而後其時之利與否也。逢乎辰而匪其才，何克應事幾而成吾務？負其才而艱厥時，吾固知攸往而終有所濟矣。故伊尹不以其時而有間於所行，孟軻氏不爲齊梁不吾與而必意於速去，何則？天之所畀於我者如是②，我烏敢自棄，不力其在我者焉？奚暇計其可否，俟彼有待，而後我爲之應哉？

士達少問學於予，嘗以政試於諸生間，唯士達知所以對，當時已異夫姿之敏、志之遠到也。厥後揚歷州郡③，果在夫受直罔怠其事者之列④。及例歸河東，又見夫居養有得，器藏諸身，與時消息者，蓋素所蓄積耳⑤。斯舉也，又非底滯於下，求達於上，方試用於公卿之間也。顧時與仕，吾無所慮矣，然理有所當燭者，試以吾嘗從事於斯者告之。夫仕宦雖或巧拙，而其間有容力不容力者。彼自然之來，吾順受而安之，是則力之所不必也⑥。吾分既爾，吾行足爲，即其所受而充其義之所至，是則力之不可不勉而前也。所勉者何？用晦而明，以訥爲辯⑦，竭誠心於所事，見實用於當行，察其機而發人之幾，通吾滯以達人之滯⑧，不以資之微卑爲嫌，不以與之依附爲得，盤桓居貞，以俟夫君子之大受，何患乎聲名之不昭、事業之不顯而著也？

於其往也，故書以爲贈。

【校】

①「鬱」，抄本同元刊明補本；薈要本、四庫本作「静」。

②「畀」，元刊明補本作「卑」，據抄本、薈要本、四庫本改。

③「揚」，抄本同元刊明補本；薈要本、四庫本作「敭」，亦通。

④「夫」，抄本同元刊明補本；薈要本、四庫本作「大」，形似而誤。

⑤「蓄積」，抄本同元刊明補本；薈要本、四庫本作「積蓄」，亦可通。

⑥「不」，抄本同元刊明補本；薈要本、四庫本作「可」，非。

⑦「辯」，抄本同元刊明補本；薈要本作「辨」，亦可通；四庫本作「辨」，亦可通。後依此不悉出校記。

⑧「滯」，抄本同元刊明補本；薈要本、四庫本作「事」。

禮部尚書趙公文集序

至元丙子夏五月，予考試河南，道出臨汝，館望崧樓者再宿①，歷覽後圃，總爲塵迹②。所謂汝海虛舟者，於蒼煙老樹間歸然獨存。因得防禦趙公亭記於壁間，倚杖披讀者久之，令人想見承平官府之盛，惜公遺文不多見也。

後七年，予自齊還衛，日與公孫維弘杖屨倘佯③，言笑者無時。一日，出《耐辱集》一編示予曰：「此先祖通奉君之遺藁也。」予請而讀之者數日，得辭賦、古律詩及雜著、樂府等篇若干首。其氣渾以厚，其格精以深，不雕飾，不表褮，遇事遣興，因意達辭，略無幽憂憔悴、尖新蘄險之語。信乎太平君子假樂有餘而神明與祐者也！維弘遂以集序見屬，予曰：「以遺山先生之論之詳，此固以爲之足矣④。然士君子之學，文章德業名爲兩塗⑤，其實一致，有以事業而垂世，有以文章而名家者。《傳》曰：『我欲載之空言，不如見諸行事之深切著明也。』吾儕孰不欲得時行道，使利澤施於人，名聲昭於代？蓋有幸不幸，遇不遇者焉。如仕宦利達，復擅文雅，以事業盛而揜其所謂文者，從其重焉可也。

若文彩絺紩，竟不得以片善及物者，其或曰『若何克爲一文士而已？』此真爲妄人，尚何知兩塗一致之理者哉？」既爲其序，且寓夫子之所感云。

先生諱思文⑥，字庭玉，明昌五年進士，官至通奉大夫、禮部尚書。初，河朔雲擾，公流離兵間，挺身歸國，遂爲德陵所知，故其仕宦通顯，而爲兩朝名德、一世之龍門者云。

至元戊子秋八月朔旦謹序。

【校】

①「館望崧樓者再宿」，抄本、《中州名賢文表》同元刊明補本；薈要本、四庫本作「館望崧樓下經宿」。

②「總爲塵迹」，抄本、《中州名賢文表》同元刊明補本；薈要本、四庫本作「縱求陳迹」，非。

③「維弘杖屨倘佯」，抄本、《中州名賢文表》同元刊明補本；薈要本作「維弘杖屨徜徉」；四庫本作「維宏杖履徜徉」。按：作「宏」，「弘」之諱字。杖屨，同杖履。徜徉，亦作倘佯。後依此不悉出校記。

④「以」，抄本、《中州名賢文表》同元刊明補本；薈要本、四庫本作「已」，亦可通。

⑤「塗」，元刊明補本、抄本、《中州名賢文表》作「涂」，俗用；薈要本作「途」，亦可通；據四庫本改。

⑥「思」，抄本、《中州名賢文表》同元刊明補本；薈要本、四庫本作「斯」。

宫禽小譜序

三百篇之作，風人多引物以比事，或託物以發興。其氣類情性，學者不可不識也，是謂致知格物之道。

十一年，江左平，宫籞禽玩畢達京師。戊寅夏，予待制在京師，獲覩諸禽于會同館之西位者凡一十七種①，誠有可愛而當識者。厥後珍禽奇獸陸貢川輸，歲相望於道。彼隸鳥官，入上林，集萬年之芳枝，蒙天顔之一盼②，振羽和鳴，固有喙同而如瘖者矣。其爲物，不可爲不遇也。因念九州風氣各殊，其所產常異有無亦然，非遍游歷覽，有終老而不識其狀與其物之情者，況來自閩廣之遠乎？伏見近年求訪嘉士，車徵幣聘，歲亦不絶。其或抱負器業，谷耕巖隱，偶不及時賢之論者，未免阨窮遺逸，反不若斯鳥之採擇薦進，光耀如此之幸且遇也。至元廿五年戊子秋八月壬戌，偶逢江外鳥使，因追作《宫羽小譜》，叙其所覩而識者。今列于後：

秦吉了，狀如大鸜鵒③，毛羽青黑色，閃閃有光。翅兩稍皆白翎④，耳與人肖，耽腦上，相答及，喙、距皆黄色。聲雄烈，善作人語。

蘋茄兒，形狀毛色一與白鸚鵡同，養者云「性極乖戾」。

尖尖帽，灰緑色，形如燕許，頂毛上銳下豐⑤，高約一寸，故名。

百舌兒，狀如鴿略同，毛羽蒼白花色。江南三月間盛作聲，今四月尚未鳴，蓋北方地寒故也。

白頭翁，狀如鳩，色純白，喙、距皆青，頂毛宂細，蓬蓬然上起，故名。

柳鶯，純緑色，甚嬌可愛，性靈如黄鶯，其狀差小。

切倉子，一名鐵觜兒，毛純赤褐色，狀如雀，鳴聲啁啾。調之，能頂負紙殼介胄人騎像於一欄内⑥，分兩陣，作衝繫狀，甚馴狎也。

相思兒，灰赤色，狀小如雀⑦。

白鸚鵡一，其大如梟。

玄鶴二，比常鶴差慘⑧，極清癯。

金絲雞，毛褐色，上有蒼班細文⑨，疊積如雉鷹，尾翅末秀翠金雙團花，絶類孔翠。聞他鳥鳴，皆能效之。

水老鴉，形高大如鵚，體班爛⑩，修首如卵形，喙尖長。蜿蜒俛仰⑪，絶與蛇類，爪掌則鴨也，疑烏鬼即此也。

花鷺鷥，褐色中白毛紛然間出，長喙，趾青緑，比雞差小⑫，又名白嘌⑬。

小鸕鷀，純白色，黑喙，青足，但其頸骨狀曲，折爲一曲。

料哥，形毛全是鸜鵒，其光彩濯濯然。丹喙，人耳，作梔黄色，耳後有黄眉兩抹，上連於腦。能作人語，喜則兩耳開聳。

烏雞，骨與肉皆黑，其蒼者亦然。

【校】

①「覩」，抄本、薈要本同元刊明補本；四庫本作「都」，聲近而誤。

②「盼」，元刊明補本、抄本、四庫本作「眄」，俗用；據薈要本改。

③「鸜」，抄本、薈要本同元刊明補本；四庫本作「鸚」，形似而誤。

④「稍」，抄本、四庫本同元刊明補本；薈要本作「梢」，亦可通。

⑤「頂毛」，抄本同元刊明補本；薈要本、四庫本作「毛頂」，倒。

⑥「於」，抄本同元刊明補本；薈要本、四庫本作「放」，形似而誤。

⑦「小如」，抄本同元刊明補本；薈要本、四庫本作「如小」，倒。

⑧「慘」，抄本同元刊明補本；薈要本、四庫本作「操」。

⑨「班」，抄本同元刊明補本；薈要本、四庫本作「斑」，亦可通。後依此不悉出校記。
⑩「班爛」，抄本同元刊明補本；薈要本、四庫本作「斑斕」，亦可通。
⑪「俛」，抄本、薈要本同元刊明補本；四庫本作「俯」，亦可通。後依此不悉出校記。
⑫「小」，抄本、薈要本同元刊明補本；四庫本脱。
⑬「白」，抄本同元刊明補本；薈要本、四庫本作「曰」，形似而誤。

送薛參軍北行序

承宣供億，莫司屬爲切，然户鮮而居衝，俗嚚而不知教，制於上而梗於下，誠有所特難者焉。又恒人之情，視難易爲行，不乘初以取其名，即旁緣以徼利，苟安依阿，護養資歷，愒日以俟代而已。

丹陽薛君彦暉，由藩府掾從事於斯者四十餘月。爲人外簡樸而内廉能，供王事，理民訟①，直而有方。雖當急遽，二者並行而不相遺，自始逮更，猶一日然。其邁迹尋常，立於能者之行，卓矣！惜乎心儘公而罔間於易難，用有餘而不違於風化！因念令使於亟行，化安於永久，苟使民知義方，其趨事赴功，有不待致期而然者。儻教有所未至，俗有所未醇，能者日鮮，不能者日衆，而供庶事②，理政務，固不得一日曠，弟恐物情治宜，兩有不自盡者。此昔人以化爲先，而令次之。師帥者，又化令之本也。安得惟良如薛君者百有餘輩，俾用焉而顓靖嘉，治焉而有餘裕？我不以徒法爲政，彼不復顧難易爲心，事雖衝而亦辨③，俗雖嚚而可醇④，方之亟便，特緩夫前後之間。然能使物情紓而政本固，官有儀而民不輕，民不輕則吾之令行，將見如流水之源矣。不然，使韓、范復出，職思其屬，處簿書米鹽間，雖終日無倦，亦且有所顧矣。

薛君行，來辭，飲之酒，再拜以送。言爲懇，因書此以贈，庶幾條治宜者聞之，亦將有所頷焉。廿五年戊子冬十月晦序。

【校】

①「理」，元刊明補本作「埋」，形似而誤；據抄本、薈要本、四庫本改。

②「庶」，抄本同元刊明補本；薈要本、四庫本作「歷」。

③「辨」，抄本同元刊明補本；薈要本作「辦」，亦可通；四庫本作「辯」，亦可通。後依此不悉出校記。

④「醇」，元刊明補本、抄本作「諄」，據薈要本、四庫本改。

贈日者張翺序

陰陽家者流，秦漢已來，如五行、堪輿、建除、叢辰、曆學、天人、太一等家①，其目雖多，及臨事占決，各開户牖，吉凶得失，互皆不同，故漢人顓以五行主之②。予因究其理而爲之説曰：

夫太極判而五行具，五行具而萬物生。一物而一五行也，纔有所闕，物不得爲之物矣。静而體，動而用，剛柔迭制而吉凶生焉，矧二氣良能以不測爲神？人於其間亦一物也，吾何以逭其爲術也？天人之際，有未易知者，得之深者其理明，索之淺者其説近。又世道下衰，人不安分，以狂妄横于中，徼倖鶩于外，貪者以苟得爲心，狷者以速達爲念。詢其命，曰：「吾此去可亨。」相其時，曰：「吾今年可動。」彼知其然，即順情悦主③，售其術而已。我審彼訣，竟沾沾自喜，圖一豁隕穫爲愜，是天理兩滅而人欲肆矣。

嗚呼，風俗之移人也如是，可勝嘆哉！有張生翺者，姿甚高，業是而志篤，語直而不隱，觸數知變。若夫誇嚴苟售其術而已者④，挾是游行州郡，億焉而多中，故士子往往與之顧接，在翺固亦榮矣。雖然，吾將進翺於學，鑪其粗而造於精，資之深而遺其淺，不爲世俗所移，不以虛高務悦，習其所已知⑤，知其所未至。其要安在？道其在於是矣。能此，將見聲光四白，義置百錢，坐來衆問，不愈於行而求其售乎？

翺曰：「唯，有是哉！然行襆已具，敢扳康節之例⑥，願先學於四方，可乎？」於是書以爲贈。

【校】

①「曆」，抄本、薈要本同元刊明補本；四庫本作「歷」。「太一」，抄本同元刊明補本；薈要本、四庫本作「太乙」。

②「顓」，抄本同元刊明補本；薈要本、四庫本作「類」，形似而誤。「家」，抄本同元刊明補本；薈要本、四庫本作「書」。

③「主」，抄本同元刊明補本；薈要本闕；四庫本作「意」。

④「嚴」，抄本、四庫本同元刊明補本；薈要本作「誕」，亦可通。

⑤「知」，抄本同元刊明補本；薈要本、四庫本作「能」。

⑥「扳」，元刊明補本、抄本作「板」，據薈要本、四庫本改。

星丸漏詩序

司録判官趙寓到任之明年，置星丸木漏於衛之汲門上，仍繪采爲圖①，攜之來謁，再拜，請題辭于後。

予以爲政有緩而似亟，事有微而實著者，更漏是也。雖因象制器，特挈壺氏一士之職也。然天地朝昏，我則司之，官民勤息，我則警之，上而日月運行於三百六十度之中，外而二氣渾淪磅礴於三十七萬里之表，使不出於五尺之𡾊②、百有餘丸之數，非格物善政者，其能之乎？予繇官平陽，亦嘗創此，其攷述測驗③，知爲匪易。今司録，小秩也，首此爲務，舉行廢典，其儀物有足觀者，是欲勤政率先、因器警民者矣。然年少氣鋭，當筮仕之初④，能推廣是心，始終罔間，則張希顔以夜漏分明等數事得稱爲好官員者⑤，恐他日不難至矣。

至元二十五年戊子夏六月入伏三日題。

【校】

①「采」，抄本、《中州名賢文表》同元刊明補本；薈要本作「綵」，亦通；四庫本作「彩」，亦通。後依此不悉出校記。

②「幈」，抄本、《中州名賢文表》同元刊明補本；薈要本、四庫本作「帡」，俗用。

③「其攷」，抄本、薈要本、《中州名賢文表》同元刊明補本；四庫本作「以考」。

④「篵」，抄本、薈要本、四庫本同元刊明補本；《中州名賢文表》作「從」。

⑤「分」，抄本、薈要本、四庫本同元刊明補本；《中州名賢文表》作「嚴」。

淇奧唱和詩序①

心有所思，思而有所言，託物以永其言者，莫詩若也。曲山周君尹南樂終，更將歸西山舊隱，以吾故，遂稅駕淇南②，鐏酒談笑，杖履游從，日夕不少間。既老日閑③，心無所運用④，感物興懷，情有弗能已者，即作爲歌詩以示同志。顧不揆，乃相與賡唱迭和⑤，纍積日久⑥，遂成卷束，總得詩大小凡若干首。曲山慮其散亂遺逸，欲命劉生琛第而爲帙，且告予以爲何如。予曰：「彼王公大人、羈旅草野之士，遇其志得意滿與夫幽憤無聊，見於詞章者多矣。然未免有豪宕夸毗之意，幽憂憔悴之狀。吾輩不過道閑適，安命分，遺興寄，詠性情而已，又非欲示諸它人⑦，俾後之來者萬一視所履而踐厥迹，安知不有撞破煙樓者乎？」已而，客有謂：「吾等不以有用爲心而廢日力於此，爲可惜也。」予應之曰：「不然。是將俾予守兔園之册耶，削汗簡之青耶，抑欲續太玄之經耶？」客笑而不答。於是乎書，以爲《淇奥唱和詩序》。

【校】

①「奥」，四庫本同元刊明補本；抄本、薈要本作「澳」，亦可通。

②「遂」，抄本同元刊明補本，薈要本、四庫本作「道」。「淇南」，元刊明補本闕；薈要本作「淇澳」；四庫本脱；據抄本改。

③「閑」，元刊明補本作「閉」，形似而誤；薈要本、四庫本作「閒」，亦可通；據抄本改。

④「所」，抄本、薈要本同元刊明補本；四庫本脱。

⑤「賡」，抄本同元刊明補本；薈要本、四庫本作「更」，亦可通。

⑥「纍」，薈要本同元刊明補本；四庫本作「參」，形似而誤；據抄本改。按：纍，俗作絫；作「參」者，蓋絫之形誤。

⑦「它」，抄本、薈要本同元刊明補本；四庫本作「他」，亦可通。後依此不悉出校記。

老子衍義序

壬辰冬，予應聘至都。既館壽宮，嗣教玄逸張公與一杖者相陪來謁，須眉皓白，氣貌魁偉，敦兮其若樸。聽其言，沖沖然殆有所深藴，隨見所賦詩，顧非澹泊忘言者。尋西還求辭，方知君爲重陽宫主玄學師也①。既而，其徒執《老子》書請見，稽首再拜，爲致師求序取重之懇，避席拱立，需命而退，因勉爲説云：

天下所謂聖人者，以其理之所在，治從而出焉，舍是何所望於著書立言者哉？然聖道溥博，該貫羣倫，其爲用也，爲天地立極，爲世主明道。要不過以静制躁，以簡御繁，以真黜僞，以樸還淳，以正息妄，以公去私，以理勝慾，以法防亂而已。惜也老聃氏潛輝柱下，不出於文、武、周、召之時。當王道中微、禮壞樂崩、仁殘義缺之後，萬僞並作，猝莫能觀。其復思遠駕流沙②，高出物表，抉天機，體玄化，吐辭爲經，過爲音憰憒激③，自成一家之言，庶幾廓清澆僞，再造堪輿之意歟④？雖然，矯枉者必過其正，迨夫末流，仁智異見，户牖各開，曲暢旁通，肆爲駕説，養生者以久親爲心⑤，尚玄者以清談爲樂。宜乎《晉史》譏王政之虧，知幾點河公之注。今王丈蜀產皓首玄學⑥，獨能拔出衆流；間索正歧⑦，根於治平者爲多。無乃見幾而作，由儒而逃墨者邪？

固特樂而序云⑧。

【校】

①「宮」，抄本、《中州名賢文表》同元刊明補本；薈要本、四庫本作「公」，聲近而誤。

②「流沙」，抄本、《中州名賢文表》同元刊明補本；薈要本、四庫本作「沙流」，倒。

③「過爲音憍」，抄本同元刊明補本；薈要本作「過爲音懦」；四庫本闕；《中州名賢文表》作「過爲奇憍」。

④「意」，抄本、《中州名賢文表》同元刊明補本；薈要本、四庫本作「謂」。

⑤「親」，抄本、薈要本、四庫本同元刊明補本；《中州名賢文表》作「視」。

⑥「丈」，抄本、《中州名賢文表》同元刊明補本；薈要本、四庫本作「文」。

⑦「歧」，抄本、《中州名賢文表》同元刊明補本；薈要本、四庫本作「政」。

⑧「固」，抄本、《中州名賢文表》同元刊明補本；薈要本、四庫本作「因」。

玉淵潭讌集詩序

都城西郊，佛官真館，勝概盤鬱，其間有潭「玉淵」，蓋丁氏故池也。柳堤環抱，景氣瀟爽，嵐煙瑞靄①，霑漬襟袂。方秋，是焉横陳，都人游觀，誠爲佳麗。財賦總管王侯明之尚義好客，高出時彦，甲午秋孟，置酒潭上，邀翰林諸公爲一日之娱，既而雨，不克成懽。是月晦，復折簡來召，用尋前盟也。簪舄既集，風日清美，紅幢翠蓋，間見層出，天光雲錦，澹灩尊席，沙鷗容與於波間，幽禽和鳴於林際，若有以知野老之忘機，代清唱而侑觴也。酒肴饜飫②，賓主胥樂，煩襟滯慮，頓然一醒，清適夷曠，綽有餘思。然賞心樂事，良難四并，雅會清吟，烏可多得？信口吐詞，不計工拙，諸公走筆賡和，咸有所得。殆山陰禊事之脩，幽情暢叙；笑金谷羽觴之罰，酒數何多！第以率爾居前，殊愧其粃糠也。

八月哉生明序③。

【校】

①「靄」，抄本、薈要本同元刊明補本；四庫本作「藹」。

②「肴」，抄本、薈要本同元刊明補本；四庫本作「有」。

③「哉」，元刊明補本、抄本作「載」，據薈要本、四庫本改。

易解序

《易》之爲書①，廣大精微，範圍乾度，經紀世道，以一理而含萬變，辭雖有盡，理則無窮。故説之者吹萬不同，仁智各異，要以脩辭通變，近人情，關世教爲切。練師李公嘗爲予言②，監丞張君在河南爲衣冠清流，多藏書，得前代以《易》名家者數十種③，早治其學，精占筮術。比歸，以藝能得官，如支離覆逆、建除叢辰等伎有不屑爲者。於是廣詢博究，師心自斷，集《易解》十卷，于以抉聖心而明素志。駙馬高唐郡王天資英明，雅好經術，一覽，偉其述作勤至，發題篇端，有正大純雅，本乎仁義，與經旨不殊，其於世教大有補益。命藩府板行，賜觀中外者無慮數百餘帙，用廣發越，以表其志尚。義山來屬，俾序其事。

予謂古之君子立言垂世，必藉王公大人爲之主張，方能信其説而傳不朽，如曲臺《禮經》由獻王而明遺制，毛公《詩傳》得河間而置學官④。今張君遭遇賢王，得成其美，將見與大雅不羣之英異世而同談者矣。至於淵源之傳授，辭理之深奥，讀者自當知之，又何俟見賣兔而設喻⑤，遇俑人氏而致問者邪？

元貞二年冬十一月謹題。

【校】

①「之」，元刊明補本作「文」，據抄本、薈要本、四庫本改。

②「爲」，抄本同元刊明補本；薈要本、四庫本作「謂」，亦可通。後依此不悉出校記。

③「十」，抄本同元刊明補本；薈要本、四庫本作「千」，形似而誤。

④「官」，抄本同元刊明補本；薈要本、四庫本作「宫」，亦可通。

⑤「兔」，抄本、薈要本同元刊明補本；四庫本作「鬼」，形似而誤。

天德柴氏悦親圖詩卷序

昔四子問孝於孔宣父，雖因材而篤，所答各異，不過使親無所憂，怡順顏情爲難。鄒孟氏復探源推本，論臻其極，曰：「此身能誠，則親爲之悦矣。」意者，謂儻違於理，雖奉承之至，温清之勤①，日養三牲②，猶爲不孝；如其愛敬交至，氣和色愉，則菽水乃盡其歡矣。在孔孟時，去古未遠，垂教警俗亦復如是，況天理斲喪，人欲横流於千載之後哉？

天德柴氏上世爲邢臺堯山人，後遷絳之曲沃。遠祖有軍功，以鐵券賜其家。祖諱堅，金季仕至將仕郎、裕州葉縣尹③。生子懋，字秀實，以世故，復徙居于豐。治家接物，廉慎有法，推其贏餘，尚義好施，鄉里以善士稱。今壽登八秩，有二配。邢氏壽七十有四，生四子：長曰伯璵，次仲謙、仲玉、仲祥。伯璵天性孝友，善治生。與人交，誠慤有終始，慈祥愷悌見於顏間。清淡不樂仕進，惟致養二親、友愛諸弟爲務，至一門之内，上下安宜，和樂且耽。憲司廉實聞于朝，榮加旌異。

嗚呼！世之貪狠無賴，不顧父母之養，且貽親憂，與夫所争僅毫髮比，更相娼嫉，視同氣爲寇讎者，聞柴氏之風，亦知其愧赧矣？雪堂禪師雖處方外，素樂君臣父子之懿，喜從吾徒遊，以鄉里盛事，乃繪諸圖畫，形容其歲時家庭拜慶之歡，將求館閣名卿見之歌詠，以序引爲請。

予爲説以勉之曰：「方今孝治光隆，仁風德教，洋溢海宇，臣民感格，理勢應爾。然雲朔之俗，素號雄勁，以氣義相許，今論其孝友之行，固當以柴氏爲稱首。復能如孟氏所論，誠之於身，詩人所詠『不匱永錫』者而致力焉，將見化儕類而美暢彝倫，觀人風者簉名於史籍矣④。」以是爲贊倡之始云。

【校】

①「清」，抄本、四庫本同元刊明補本；薈要本作「凊」，亦可通。按：凊，《集韻》七正切，通清。

②「三」，元刊明補本作「二」，據抄本、薈要本、四庫本改。

③「葉」，元刊明補本作「菜」，訛字；薈要本作「莘」，非；四庫本作「萃」，非；據抄本改。按：金置裕州，屬南京路，轄裕州、葉縣、舞陽三縣。

④「人」，抄本、四庫本同元刊明補本；薈要本脱。

清香詩會序

道不同謀，咫尺兩間，渺隔千里；心有所會，上下八方，溥同一雲。法性三藏弘教佛智大師、江浙總統沙羅巴者①，聞予名而喜之，不知於渠何所取也。

一日，介應奉曹顯祖來約，以清香閑適②，與同一會。於是開禪室，敞賓席，蒲團烏机③，列坐其次，佳釀數行，意甚怡悦。主人出寶薰娛客④，温鑪回春，楮煤凝雪，窗日含暉，岫雲借潤。先之以青桂，繼之以緑洋，糅以熟結，加之都梁，棧融沉爇，氣鬱膏煎，黄雲作毯，碧霧濛筵，吟珮未染，鼻觀先參，或袖籠而斂瑞，或心融而氣宣。於是健詩脾，卻蒸濕，燕飲助其清勝，志慮以之沖粹，不知佛齊勃泥婆律、大食、真臘、占城之相去幾何⑤，通爲一洞天也。

衆客稽首向師曰：「今夕何夕，餘膏賸馥，沾丐如是？有不可思議者。第恐造物者訝其多取而饜飫也。」師曰：「庸何傷！且吾之爲香者衆，而心香爲最。曰戒香、定香、慧香、解脱香、解脱知見香，是爲五分香，天之所賦於我者如是而馨。解脱知見爲妙用之極，即《詩》所謂『天生蒸民，有物有則，民之秉彝，好是懿德』也⑥，貴夫能復其初而爲物之靈也。願此香雲徧滿空界，作爲無量佛事，以奉五老香供且合三百五十歲之壽祺，傅初菴七十五⑦，雷苦齋七十三，閻静軒六十三，王秋澗七十一，賈評事七十。而爲無盡藏說法，不亦可乎⑧？」

於是衆賓讚嘆曰：「昔遠師以廬阜清勝，即於東林結社，絕塵清寂之士不期而至者甚衆。諸人依遠遊止⑨，獨淵明、范甯召而不赴，豈非有不屑者哉？以今論之，衆之殺雜⑩，一也；心有所局，二也；香色執着，似累于中⑪，三也。何若師心境雙清，賓主兩忘，不知我之爲香、香之爲我也，而以心香爲主也？」師曰：「有是哉！」遂相與一盧胡而別⑫。

大德元年三月吉日謹序。

【校】

①「沙羅巴」，抄本、四庫本同元刊明補本；薈要本作「錫喇卜」。

②「清」，元刊明補本、抄本作「深」，據薈要本、四庫本改。

③「机」，抄本同元刊明補本；薈要本、四庫本作「几」，亦可通。

④「賓」，抄本、薈要本同元刊明補本；四庫本作「實」，形似而誤。

⑤「之」，元刊明補本、抄本、四庫本作「而」，據薈要本改。

⑥「詩」，抄本、薈要本同元刊明補本；四庫本作「諸」，非。
⑦「傳」，元刊明補本模糊不清；據抄本、薈要本改；四庫本作「傳」，形似而誤。
⑧「亦」，元刊明補本、抄本作「以」，據薈要本、四庫本改。
⑨「依」，抄本同元刊明補本；薈要本、四庫本作「於」。
⑩「衆之」，抄本、薈要本同元刊明補本；四庫本脱。
⑪「于」，抄本、薈要本同元刊明補本；四庫本作「乎」，亦可通。
⑫「盧胡」，抄本同元刊明補本；薈要本、四庫本作「胡盧」，亦通。

送丁主簿南還序

古人以良能並稱，欲以善而將其能也。不然，豈惟敗事，亦且有害於而身，此必然理也。

丁生元諒主穀城簿之明年，以事抵衛來謁，有頃，避席而言曰：「弊縣僻在漢南，事雖簡，山甿獷户氣甚鄙悍①，思有以教迪之。於是請書其廟學、殿堂、門廡等額，乃曰歸當辦茲一事，先此之作，用碇余初志耳。」遂授書，沾沾而去。後七年冬十月，復見吾于京師曰：「嚮云而廟而學者，今已落成，且有加於前。」及出馮雪崖所撰學記，讀未竟，不覺慨嘆曰：「一簿力之專，乃致如是，非有志能然乎？兼雪崖②，吾熟其爲人，慎許可，記中件右③，恐匪徒言。雖然，年少氣鋭，乘勢作事，似或不難。至於知喜其事而不虞其終④，顧其近而不思其遠，無後悔者鮮矣，况能保已成之功而享有無窮之辭乎？又嘗聞士之當官，公心多而取名薄者，設有過舉，往往人恕而紛解⑤。汝今此來，遇非常之恩，千百人不一二值，其爲幸不幸，誠不敢必，所當念者，此心不使有一毫之私可也。丁生其勉哉！如以吾言可取，念之戒之，將見悔尤日寡，良能並著，何患乎禄秩之不吾至也？」

既行來辭，書以爲贈。是歲癸巳仲冬五日序。

【校】

①「甿」，元刊明補本、抄本作「吡」，據薈要本、四庫本改。

②「兼」，抄本作「馮」；薈要本、四庫本脱。

③「右」，抄本、四庫本同元刊明補本；薈要本作「繫」。

④「終」，抄本同元刊明補本；薈要本、四庫本作「中」。

⑤「恕」，抄本同元刊明補本；薈要本、四庫本作「怒」，形似而誤。

兑齋曹先生文集序

北渡後，斯文命脈主盟而不絶者，賴遺老數公而已。夤緣蒙元、李諸公與進，親承指授，惟貽溪兑齋未之見也。及調官平陽，私竊喜幸，雖不獲瞻拜履綦，而遺文得遂觀覽。逮識公仲子輗，首爲詢及，謝以纂録未就，然徵文獻、論家世而私淑諸人者，固已昭昭矣①。先生父清軒公資豪邁，以文學起家，受知榮國高公，雷、李諸賢交游甚款。先生接迹詞林，幼知力學，早擢巍科。既而與遺山同掾東曹，機務倥傯間商訂文字②，未嘗少輒③，至以正脈與之，其奬藉如此。後居汾晉，閉户讀書，屏去外物，嚅嚌道真。及與諸生講學，一以伊洛爲宗，衆翕然從之，文風爲一變。

後二十年，予在翰林，前長葛薄子輶持遺編來謁，屬予序其端，方得伏讀者再四，不去手者累日，因爲之説曰：「文章，天下公器，造物者不私所畀。然非淵源有自，講習有素，力爲之任者，未易與議。若先生之作，其析理知言，擇之精，語之詳，渾涵經旨，深尚體之工，刋落陳言，極自得之趣，而又抑揚有法，豐約得所，可謂常而知變，醇而不雜者也。所可惜者，古文雜詩僅三百首。蓋先生年方不惑，暝廢於家，又爲人慎許可，片言隻字不輕付人。嚮使展盡底蘊，大開文竇④，極其所到，肆波瀾而侈光豔，則與元、李、麻、劉並驅爲不難矣。異時版本一出，學者争先快覩，俾中和之氣沖融粹盎⑤，裕四體而適獨坐，如太羹玄酒，寄至味於淡泊者，庶幾知先生之所尚云⑥。不肖衰老，懶於筆研，敢直言所聞見而知者，以塞其請焉。」

大德二年人日謹序。

【校】

①「已」，抄本同元刊明補本；薈要本、四庫本作「以」，亦可通。按：以，通已。作「以」者，蓋「已」之聲誤。後依此不悉出校記。

②「間」，抄本同元刊明補本；薈要本、四庫本作「聞」，形似而誤。

③「輒」，抄本同元刊明補本；薈要本、四庫本作「輙」。

④「竇」，抄本、四庫本同元刊明補本；薈要本作「寶」。

⑤「沖」，元刊明補本、抄本作「中」，俗用；據薈要本、四庫本改。

⑥「知」，抄本、薈要本同元刊明補本；四庫本脱。

王惲全集彙校卷第四十三

序

紫山先生易直解序

紫山胡公年未强仕，應奉翰林，潔居官舍者幾十載，致力讀書，究明義理，期於遠大，取《易》卦辭徧書屋壁①。時不肖忝在言列，過而見焉，詢其故，曰：「吾朝夕洗心，將範模四聖人，庶幾言行適宜而寡尤悔焉，非特説夫言奇而法也。」識者已以通材有用許之。

爾後郎地官②，佐省幕，總尹大郡，提憲外臺，平生藴藉見諸施設，其至公正大之論，卓異特達之舉，固不可枚數。要之伸吾志，行吾道，不阿合取容於時，不俯仰勉從於衆，可行即行，不可即止③。又其晚節脱屣軒冕④，笑傲林泉，進退兩間，知命隨時，從容中道。蓋棺論定，皆曰：「紫山，曠達英邁士也。」稽驗疇昔⑤，諗其得於《易》者爲多，初不知其有所著述。公没之三載，嗣子伯馳攜所著《易解》懇題其端。公與僕自弱冠定交，氣義契合，互爲知己，今雖衰懶，撫其遺書，忍無一言發越潛輝？夫《易》，聖人憂世書也。純粹精深，通貫三才，理包萬彙，其用必須見於開物成務之實⑥。然通其變必當達其辭，達其辭欲見諸用者，不於先覺躬行踐履之實迹而取法焉，未見能造其窔奧也。昔宋名儒劉斯立作《學易堂記》，但序日用常行事，而曰：「余學《易》矣⑦。」論者以爲得體。況紫山踐履工夫⑧，形諸事業，復推己所得，纂而成書，啓迪後人，可謂得聖賢忠恕之道矣。學者復能考公平昔操履⑨，得其端倪，以之尋繹隱賾奧妙之旨，則思過半矣。

大德二年冬十月八日謹序。

【校】

①「偏」，弘治本、《中州名賢文表》同元刊明補本；薈要本、四庫本作「編」，涉下字而聲誤。

②「後」，弘治本、《中州名賢文表》同元刊明補本；薈要本、四庫本脱。「郎」，弘治本、《中州名賢文表》同元刊明補本；薈要本、四庫本作「即」，形似而誤。

③「可行即行，不可即止」，弘治本、《中州名賢文表》同元刊明補本；薈要本、四庫本作「可行則行，不可行則止」。

④「又」，弘治本、《中州名賢文表》同元刊明補本；薈要本、四庫本脱。
⑤「驗」，抄本、《中州名賢文表》同元刊明補本；薈要本、四庫本作「余」，非。
⑥「必」，抄本、薈要本、四庫本同元刊明補本；《中州名賢文表》作「心」，形似而誤。
⑦「余」，抄本、薈要本、四庫本同元刊明補本；《中州名賢文表》作「金」，形似而誤。
⑧「工」，抄本、薈要本、四庫本同元刊明補本；《中州名賢文表》作「功」，亦可通。
⑨「者」，抄本、《中州名賢文表》同元刊明補本；薈要本、四庫本作「首」，形似而誤。後依此不悉出校記。

總管范君和林遠行圖詩序

燕趙自昔多豪邁慷慨之士①，雖時移俗易，不復於古②，而海山沉雄，通貫斗極，鍾靈孕秀③，間亦見其人焉。

和林乃國家興王地，有峻嶺曰抗海荅班④，大川曰也可莫瀾⑤，表帶盤礴，據上遊而建瓴中夏，控右臂而扼西域，盤盤鬱鬱，爲朔土一都會。然去京師數千里，地連廣漠，氣肅玄冥。中土人聞話彼間風景，毛髮森竪，已不勝其凛然矣，況行役於其間哉？

至元丙戌，詔皇孫晉王於其地建藩開府，鎮護諸部⑥，燕人范君徽卿早以湯液供奉。

徽卿爲人，讀書尚義，以功名自憙，識達時務，臨機果決，非特以方伎進也。凡侍行者三往返焉，所謂沙漠寥迴，風雪寒沍，險阻艱辛備嘗之矣。其志益厲，氣益振，曾無退縮顧避之私。今人暫適數百里間者，輒有離别可憐之容，抱被入直省署，彷徨顧妻子⑦，語刺刺不能休⑧，較以徽卿之事，非豪邁慷慨者乎！宜遂雅志，掇美仕而收功於藥籠者，不止邯鄲故步也。友生尚藥長段鼎臣，壯夫爲人，擊節嘆賞之不足，復持所繪《遠行圖》，將求名公歌詠，庸彰其名譽，屬序其端。予謂徽卿志行固可振衰激懦，爲臣子忠勤之勸。復欲形諸歌詠，庶有聞風而興起者焉。

大德二年十二月臘日序。

【校】

①「昔」，抄本同元刊明補本；薈要本、四庫本作「古」。

②「於」，抄本同元刊明補本；薈要本、四庫本作「千」，非。

③「鍾」，抄本、薈要本同元刊明補本；四庫本作「鐘」，形似而誤。

④「抗海荅班」，抄本同元刊明補本；薈要本作「杭愛達巴」；四庫本作「哈喇達巴」。

⑤「也可莫瀾」，抄本同元刊明補本；薈要本、四庫本作「伊克穆稜」。

⑥「部」，抄本同元刊明補本；薈要本、四庫本作「郡」。

⑦「彷徨」，抄本同元刊明補本；薈要本作「徬徨」，亦可通；四庫本作「傍徨」，亦可通。後依此不悉出校記。

⑧「剌剌」，元刊明補本、抄本作「𠜂剌」，非；薈要本作「刺剌」，形似而誤；四庫本作「頰剌」，非；徑改。按：𠜂，剌之俗字。剌，當爲剌之形誤。

易齋詩序

予往歲需命延芳東淀，識供奉姚君於稠人中，儀觀秀偉，襟量伉朗，及聽其談論，灑灑有斷決，固疑其非建除流也。舜卿，河東人，少博學，越法家爲顓門①，嘗從事憲司，以平反稱用。

薦來京師，當涂者將處之秋官司平②。既而，侍從官有以善占筮聞者。一日，緹騎到門，以所詢上對，多徵驗，中事幾，由是待詔金馬③，日承恩睞者蓋有年于兹。四方稽疑問計者，須以正理示之④，曰：「人事順，蓍蔡不吾戾也。」皆知所止而去。然舜卿資耿介，負才氣，思效用於明時者爲切，顧是覆逆有不屑爲者，足迹亦未嘗及權貴門牆求展其所藴。賢士夫歆其志尚如此，樂與之遊從。嚴範泉嘗題所居曰「易齋」，率賦詩，極口幽贊。近持嚴翰相過，屬題其端，且曰：「序吾平生，闕下十年⑤，幸詳之，過此非所知也。」予告之曰：「昔劉斯立記學易堂，但筆其宿昔日用常行之事⑥，洗心工夫不一言及，論者謂得體。蓋《易》之爲書，聖人之世爲盡人事作也⑦。吾用既明，道固在其中矣。嗚呼！舜卿胷中自然之理、善學不言之妙，與斯立其亦同然者乎？」

元貞乙未冬十月望日序。

【校】

①「越」，抄本同元刊明補本；薈要本、四庫本作「起」，非。「顯」，弘治本同元刊明補本；薈要本、四庫本作「專」，亦可通。後依此不悉出校記。

②「涂」，抄本同元刊明補本；薈要本、四庫本作「塗」，亦通。

③「金馬」，抄本同元刊明補本；薈要本、四庫本作「金門」，既衍且脱。按：薈要本、四庫本當先衍「金馬」爲「金馬門」，繼又脱「馬」字。

④「須」，抄本同元刊明補本；薈要本、四庫本作「胥」，聲近而誤。

⑤「闕」，抄本同元刊明補本；薈要本、四庫本作「閣」。

⑥「宿」，抄本同元刊明補本；薈要本、四庫本作「夙」，亦可通。

⑦「盡」，元刊明補本、抄本作「書」，據薈要本、四庫本改。

洪洞縣王舜卿敬親堂詩卷序

昔賢論孝子之事親也，務爲敬愛交至，恐其恃愛而怠慢生，故父子異宅而處。復慮孝愛簡而弗洽，迺有問搔癢痛之節①，所以廣其敬愛也。然宣尼語孝之大經，以不敬其親謂之悖禮，徒能養而禮法不足，又深警於言游。蓋明孝之用，固有愛、敬之别，究其本體，主一無適，與親之重、事之大，復何以加於敬乎？

予官晉府者五年，得純孝之士曰王君舜卿。舜卿世居洪洞縣東陽里，自曾祖惠、祖誠、祖母張氏，繼享遐齡，子孫俱以善事聞。舜卿夙承家範，復知讀書勵行，增益其情文之不足者。奉其父伯玉君，恪供子職，謹身節用，惟恐甘旨之有闕也，氣和色愉，所期致志之樂也，孺慕情至，洞洞屬屬，如不勝而有所失。由是取信於朋類，傳美於鄉閭，僉曰：「舜卿，誠孝人也。」予嘗過其廬，扁曰「敬親」，庸表順德。後廿餘載，予在翰林，其友人中省東曹掾郭文卿相過而請曰：「舜卿自經翰學先生題品後，信道愈篤，家居教授，克終孝養，有司辟舉，辭皆不應。邑大夫洎士之能文辭者咸歌贊之，然未免爲一鄉士也。

不肖交最款，將求詩什於朝士，庶播其清譽。幸念疇昔，賜以序文。」

予謂文卿曰：「河東，三聖人所都；平陽，寔放勳所理。其至德之所感格，深澤之所涵濡②，至今尚有存者。晉卿乃晉産之良，孝行既超乎流輩，隱居復求其志尚，自可追遺風而厲衰俗矣。昔唐董召南隱居行義，昌黎先生作詩發其潛德；宋徐仲車力學至孝，紫陽朱公特書卓行。二子之名因之昭晰。顧予衰老，其言豈能爲人重輕哉？」文卿曰：「士志獲伸於知己，後生借重於先進，此理之必然。況嘗趨下風而接清光者乎？不然，幽隱之士烏能名於後世邪？」予曰：「有是哉！」於是乎書。

大德二年戊戌歲重陽前二日序。

【校】

①「癢」，元刊明補本作「庠」，抄本、薈要本、四庫本作「癢」。

②「所」，元刊明補本、抄本、薈要本脱；據四庫本補。

雪堂上人集類諸名公雅製序

雪堂上人禪悦餘暇①，樂從賢士夫遊。諸公亦賞其爽朗不凡，略去藩籬，與同形迹，以道義定交，文雅相接。故凡有營建游謁，或懇爲紀述，或贈之詩引，三十年間，累至數百篇。非好之篤，求之切，安能致多如是耶？

迺自諗曰：「綾標玉軸②，藏之篋笥；銀鉤翠琰，列諸廊廡。焚香煮茗，玩味者有時；拂拭塵埃，披讀者有數。不若纂爲一編，刊之板木③，用廣其傳。」遂詣秋澗翁以序引爲請。予詰之曰：「夫浮屠氏一生死④，外形骸，百年斯世，電露起滅，事業功名一歸虛寂而後已。今吾輩既以不朽計，實其空無，復欲申衍微義，其説何居？」

師曰：「在吾教法中，凡嚮善積行，述贊偈爲之證據。今某踵雁塔之故例，續千佛之名經，集羣英，裒衆美⑤，期欲布恒河、沙界等須彌盧，共傳爲無盡藏。不求詞林大居士爲表暴其端倪，鼓舞其宿緒，是猶以明月之璧、夜光之珠無因而暗投，可乎？」予曰：「有是哉！昔文暢、參寥子愛仰昌黎、東坡名德，屢造門牆，二公以墨名儒行，特與其進⑥，至贈之序贊，雄深雅健，與時俱新，膾炙人口，由是後世知有二僧之名。雪堂其亦文暢、參寥子之流與？」

至於行業風義，讀其文，頌其詩，自當知之，茲不復云。

【校】

①「悦」，抄本、四庫本同元刊明補本；薈要本作「説」，亦可通。

②「綾」，抄本同元刊明補本；薈要本、四庫本作「緩」，形似而誤。

③「板」，抄本同元刊明補本；薈要本、四庫本作「版」，亦可通。

④「浮屠」，抄本同元刊明補本；薈要本、四庫本作「浮圖」，亦可通。後依此不悉出校記。

⑤「裒」，抄本同元刊明補本；薈要本、四庫本作「聚」，亦可通。

⑥「特」，抄本同元刊明補本；薈要本、四庫本作「時」，形似而誤。

樂籍曹氏詩引

樂籍曹錦秀緩度清歌，一日來爲余壽。因詢之曰：「汝以故家人物，才色靚麗①，風韻閑雅，知名京華，爲豪貴招致，遑妙藝而佐清歡，日弗暇及，不知何取於予而得此哉？」

曰：「妾雖不慧，請解之②。無猥以薄技陳述古今興亡、閨門勸戒，必探窮所載，記傳詩詠③，掇採端倪，曲盡意趣。久之，頗有感悟，欲爲效顰。願乞一言，爲發越俾妾姓名，得見於當代名公才士題品之末，庶幾接大雅之高風。一時增價，飲靈芝之瑞露；七竅生香，不同落花飛絮委迹於塵泥間耳。先生寧無意乎？」

曰：「予少有志於時，中年多故。每感事興懷，登高作賦，以攄其底蘊，由是頗以文字知名④。今老矣，百念灰冷，有瞑目澄心，燕坐焚香而已。惟集賢、翰林諸名勝擅文雅而足才情，念芳温而餘蘊藉者⑤，肩相摩而踵相接也。琢肝腎而製錦綺，因咳唾而成珠璣，模寫鶯花之狀⑥，形容月露之情，只在揮毫之頃耳。彼往求而得之，如杜秋娘之善謳金縷，薛校書之秀發娥眉，元相國、杜樊川皆贈寄詩什，語意清新，膾炙人口，自可因之以傳不朽，尚何俟粃糠之辭簸揚於前哉？」

曰：「請即書此語，令妾持之以爲先容，扣蓬萊、瀛洲之境而問津焉⑦，不亦可乎？」

【校】

①「靚」，抄本同元刊明補本；薈要本、四庫本作「艷」，亦可通。

②「請」，元刊明補本、抄本作「頗」，據薈要本、四庫本改。

③「詩詠」，抄本同元刊明補本；薈要本、四庫本作「詠詩」。
④「字」，抄本、四庫本同元刊明補本；薈要本作「學」。
⑤「温」，抄本同元刊明補本；薈要本、四庫本作「魂」。
⑥「模」，抄本同元刊明補本；薈要本、四庫本作「摸」，亦可通。
⑦「扣」，抄本、薈要本同元刊明補本；四庫本作「叩」，亦可通。按：扣、叩，多可通。後依此不悉出校記。

磁州采芹亭後序

采芹亭者，前州倅劉藻之所建也①。予自壯年宦游河朔間，每過滏陽更遽②，必趨拜楊公而去。

一日，先生率予謁州之廟學，指其廢而未理者，曰：「此郡庠也，此頖池也，此頖之采芹故址也。承平時，學校之盛，視數州爲冠。吾雖耄，要當修完，庶復舊觀，據當時所存者雖一瓦一石，俾保之勿壞。」既而，先生下世。壬辰冬，予復過滏陽，所謂芹亭者巍然如翬飛翼跂，宛浮波面。荷香藻影，曉風涼露，士子游息，徜徉其上，沾濡芬霏，歌詠思樂，殆有登瀛之快。已而，翰屬曹生因求書其事。楊公疇昔之言不覺蹶然於中，雖罔及施勞，使來者是心不匱，寔先生有以錫之，我其可不念哉？

先生名威，字震亨，承安人。姿剛直，有文章議論，少嘗以蕃兵爲儒將，有功西夏。建元初年，中書嘗召爲詳定官。已而言事，以星變勸大臣，宜解機務以避賢路，不然，且有大咎。不聽，遂拂衣南歸，教授鄉里，壽八十終於家。逮至元五年，襄陽破，吕文焕出降。五月，北覲過磁，先生贈之詩云：「連陰六十日，平地一尺水。今朝與明日，淋瀝尚未止。此者天垂戒，其中有至理。降將吕太尉，飯畢行欲起。偶爾得會面，舍館接汝爾③。自言鎮襄陽，於此今五紀。爲惜萬人命，此來非爲己。聖主錫深恩④，高爵還故里。一飯尚有報，盡忠從此始。余謂我國家，萬方同一軌。得之與不得⑤，東南一隅耳。向使君不來，宋歷能有幾？人生苟富貴，直筆一張紙。見説李陵生，不如張巡死。」吕爲之斂衽而去。撫卷懷賢，豈勝感嘆？若能取孟亭例，祀先生於學宮，俾死而不忘。

儲宮祝香回，洒汗而書。

【校】

①「藻」，抄本同元刊明補本；薈要本、四庫本作「漢」。

②「更」，抄本同元刊明補本；薈要本闕；四庫本脱。

③「汝爾」，抄本同元刊明補本；薈要本、四庫本作「爾汝」，倒。
④「主」，抄本同元刊明補本；薈要本、四庫本作「王」，非。
⑤「與」，抄本同元刊明補本；薈要本、四庫本作「無」，形似而誤。

雪庭裕公和尚語録序

至元丙子夏，予考試河南。由汝抵洛，崧前勝概，盡在目中，只欠少林一遊耳。東行，擬取道轘轅，庶饜宿願，竟以事奪，不果。耿耿在抱，至神遊洞閣，雨花繽紛①，恍與真遇②。

今年甲午冬，萬壽主僧圓讓偕少林惠山來謁，因及山中物色，與向夢不少異，相顧一笑，乃有是邪？遂袖出一編曰：「先師雪庭語録也。」仍合爪前請曰：「公山林清興雖未稱遂，幸題辭篇端以爲佗日張本③，寧無意乎？」予以事與心會，似非偶然者，按所具騰説以應懇求。

雪庭初參萬松秀公，萬松得法雪巖上人，縱横理窟，深入佛海。至於游戲翰墨，與閑閑、屏山二居士互相贊歎，爲方外師友，其器業概可知已。師參禮閲十寒暑，獨能秀拔叢林，得根據爲奥④，遂出世，主奉福精藍。繼應少林敦請，招提禪剎，號中天名勝。板蕩後，增崇起廢，頓還舊觀，緇徒具瞻，蓊若海會。於是款龍庭而振舉宗風，敞五林而弘闡家教，因緣會合，傾動一時，以無礙妙辯，現當機應，身處統堂第一位者，蓋有年於兹。從是而觀，自非克荷佛乘，大異倫類，機鋒峻整，迥出物表者，能如是乎？今舌本已浄⑤，真如迹空，學其法者能鑽研故紙，即心印所在，求向上一着，恐不待夜雪横腰而悟面壁西來之意，蓋有之矣，吾未之識也。

是歲仲冬開局前三日書。

【校】

①「雨」，抄本、薈要本同元刊明補本；四庫本作「兩」，形似而誤。

②「悅」，抄本同元刊明補本；薈要本、四庫本作「悦」，形似而誤。

③「佗」，抄本同元刊明補本；薈要本、四庫本作「他」，亦可通。

④「據」，元刊明補本、抄本作「踞」，據薈要本、四庫本改。

⑤「舌」，抄本同元刊明補本；薈要本、四庫本作「古」。「浄」，抄本、四庫本同元刊明補本；薈要本作「盡」。

孝節王氏詩卷序

《傳》稱：「夫有再娶之義，婦無二適之文。」蓋天地之常經，人倫之大綱也。然風霜别草木之性，衰俗表幽貞之節，求之于今，王氏其人也。

父振，北渡後嘗爲州權司。年耄無嗣，納州將劉六郎爲門倩，得一子，甫半歲而壻亡。既而，父以女年盛且無母氏①，議復館甥於室。女聞之，跽父前而言曰：「家貧無嗣，世之常事。婦人再醮，奈名教何②？有誓死而已。」父壯其志，遂寢。無幾，異母弟用國俗，欲行續媲，王氏出好言，置叔於姑前，以人倫正理折之曰：「寧守節而死，不失節而生。且夫者，天也，天不可逃，行違神明，天則罰之。」即欲自戕，賴左右救而免，叔亦感義烈而止。時劉帥歿已久，世業扶疏，諸子分居。其姑秦氏亦無子，孤影煢煢，空闈索處。王氏善組紃，以供日需，提挈子傑，歸養秦氏，以極孝恭。教其子，至通習儒吏，致卓有所立。於是風動鄉閭，義激行路，耆舊士夫交章舉保，蒙旌表門闕③，曰「孝節王氏之里」。

嗚呼，光顯哉！及秦亡，顧劉氏三代浮殯淺土，子孫游宦，力不暇及。遂獨營墓田，經理葬具④，凡溝合者十餘龕。鄉人來觀，無不驚歎曰：「丈夫兒有不能辨者，何賢孝如此！」王氏處寡四十寒暑，言笑未嘗露齒，素髮盈簪，氣貌幽閑，所謂老而益堅者也。鄉里偉其徽美。

一日，子傑來請文，因泚筆而序之，庶幾備采管彤、區明風烈者演《柏舟》之義云⑤。

【校】

①「盛」，抄本同元刊明補本；薈要本、四庫本作「甚艾」，非。

②「何」，抄本同元刊明補本；薈要本、四庫本作「乎」，非。

③「闕」，抄本同元刊明補本；薈要本、四庫本作「間」。

④「經」，抄本同元刊明補本；薈要本、四庫本作「總」。

⑤「義」，抄本同元刊明補本；薈要本、四庫本作「誓」。

雪庭裕和尚詩集序①

禪以奧爲說，詩以志爲言。僧之以詩鳴者，見於晚唐，盛於前宋。前賢評論固匪一致，不出才清氣勝，發蔬筍之餘芳，辭簡義深，調葛藤之奧語。就本法言之，以心傳心，推離還源，在用之恒寂而已，尚何文字之有？然出世演法者，儆悟群迷，不容忘言，假借聲光，發雷音之先奮。爾雪庭裕公和尚，蓋亦出世演法，以詩見志者也。其徒集師詩詠及雜體等篇爲三卷，凡若□十首。嗣法□瀼洎落髮惠山來求予敘引，以光師之志行。雪庭，予素昧平生，然嘗聞諸友人陳節齋談，師器局磊落，公才吏用，見諸行事，其在方外，實爲不凡。今觀其詩，有以見當機應物，信手拈來，吹花作霧，至於憂時利衆，登壇懸判，往往出言意之表者，可謂混儒、墨爲一家，擅叢林之手段，企慕高風，追攀遠韻，有山堂惠休之趣者矣。至元甲子冬十月廿七日，秋澗老人序。

【校】

①「雪庭裕和尚詩集序」，抄本同元刊明補本；薈要本、四庫本是文脱。元刊明補本闕文甚多，致不可句讀，均據抄本補，不另出校記。

嘉善録序

刑者，成也，一成而不變①，民之生死、俗之慘舒係焉。故君子悉其聰明，致其忠愛而盡心焉。在唐虞三代之際，風俗淳，教化備，已有輕重適宜、欽恤哀矜之感②，況肺石雪冤、棘林夜哭之後哉？此《疑獄》、《折獄》等集所由作也。

大都路總管府推官李君威卿少習《城旦書》，以儒術飾吏事。復取經史子集，下逮百家之説，凡關於刑憲者，撮其機要，纂而從類。先之以歷代法令輕重沿革，著明其體，繼之以聽斷節目之詳，彰施其用，凡三十二門，名曰《嘉善録》。一日，攜示秋澗翁，懇題其端。予雖衰耄，胷中耿耿尚在，士有好學而兼善者，乃喜聞而樂道之。

自政教陵遲，獄辭繁閧，事至持難，手有未易措者。故職任推理，衆爲抵諱。然協中輔治之具，雖聖人視之爲切務者，孜孜焉存心而盡意，可謂超出於流俗之表矣。況有致知之資，居可行之職，當推鞫審決之際，屬類比事，稽古準今，融會貫通？俾時有稱平不冤之譽，爲不難矣。昔宋祥符間，有獄官張慶者，以矜慎自持，其囚徒飲食、湯藥、卧具必加精潔。其後子孫奕葉，登第顯宦于朝，論者謂慶平昔重卹獄事陰德致然。況殫精覃思③，盡心於五罰五用者哉？

威卿尚勉行其所學，善推其所得，而愛物兼善之澤，詎可量邪？

【校】

①「一」，元刊明補本闕；據抄本、薈要本、四庫本補。

②「欽恤哀矜」，抄本同元刊明補本；薈要本、四庫本作「矜恤哀敬」。

③「殫」，元刊明補本、抄本作「延」，據薈要本、四庫本改。

西巖趙君文集序

西巖趙君系出遼勳臣開府公，後遭時多故，家業中衰。西巖崛起畎畝，從龍山呂先生學。

金自南渡後，詩學爲盛，其格律精嚴，辭語清壯，度越前宋，直以唐人爲指歸。逮壬辰北渡，斯文命脈不絶如綫，賴元、李、杜、曹、麻、劉諸公爲之主張，學者知所適從。惟虎巖、龍山二公挺英邁不凡之材，挾邁往凌雲之氣，用所學所得，偃然以風雅自居，視李協律、趙渭南伯仲間也①。雅爲中書令耶律公賓禮，至令其子雙溪從之問學，由是趙、吕之學自爲燕薊一派。西巖受業，適丁兹時，探究其淵源，沉浸乎醲郁，加以立志堅篤，講肄不倦，宜紹傳遺緒②，最爲知名士。捐館後十五年，子天民攜所著述《西巖集》見示③，求引其端，乃爲之説曰：

文章，天下之公器，與造化者争衡，爲之甚難，故得其正傳者亦不多見。豈非天之降才不易，而人之器識亦有限量邪？惟就其材地，所至學問，能就以自得有用爲主，儘名家而傳不朽。若必曰須撑霆裂月、碎破陣敵、穿穴險固者方可爲之④，則後生晚學不復敢下筆矣。如西巖之氣淳而學古，材清而辭麗，自足以攄平生之底藴，爲後進之規模。異時有大辭伯出，如王臨川、元新興，纂李唐之《英華》，續《中州》之元氣，序文章之宗派者，則於是集恐亦有所取焉⑤。

【校】

①「李」，元刊明補本作「孝」，抄本作「吕」；據薈要本、四庫本改。

②「紹」，抄本同元刊明補本；薈要本、四庫本脱。

③「著」，元刊明補本、抄本脱；據薈要本、四庫本補。

④「穴」，抄本同元刊明補本；薈要本、四庫本作「穴」，形似而誤。
⑤「恐亦有所取」，抄本同元刊明補本；薈要本作「亦有所取」，脱；四庫本作「亦有取」，脱。

遺安郭先生文集引

關輔，天下形勝地，有終南、太華、洪河、涇、渭爲之襟帶。姬周之所積累，漢唐之所經營，雖時異事改，彼忠厚雄傑之餘風，山川英靈之萃秀，而在於人也，意其必有瑰奇文雅之士生乎其間。僕嘗思一遊，求其人，與之縱奇觀，歷遺迹，羡河山之良是①，嘆興亡之無窮，豁達芥蔕以忘吾憂②。痦寐平生，未遂斯願。

至元乙亥冬，猥判晉幕，夤緣迎謁，抵華陰東歸，殊悵然也。爾後每自秦雍來者，必爲訪問，雖得其髣髴，而士之隱見③，初不知也。大德庚子春，方謝事不出，有客扣門剥啄，自稱奉先郭良弼喦甫，攜示先世《遺安先生文集》，請引其端。細爲披讀，蓋信道篤，燭理明，攻詩文爲顓門之業者也，豈非向所謂瑰奇文雅之士乎？雖未西遊其山川，人物已在吾目中矣。奈何衰老，懶於論載。請益勤，乃勉爲之説曰：

文章雖推衍六經，宗述諸子，特言語之工而有理者爾④。然必需道義培植其根本，問學貯蓄其穰茹，有淵源精尚其辭體，爲之不輟，務至於圓熟，以自得有用爲主，浮豔陳爛是去，方能造乎中和醇正之域，而無剽切撈攘、滅裂荒唐之弊。故爲之甚難，名家者亦不多見。惟周卿先生天資沖粹，内守峻潔，自幼力學，爲健舉子，中年流離，不易所業。故德望彌高，文學益富，致遠近尊禮。又少日，以外孫行接際蘭泉先生，所交麻、段、孟、李諸公皆秦晉名士。其資之深、學之博與夫淵源講習，可謂有素矣。故詩文温醇典雅，曲盡己意，能道所欲言，平淡而有涵蓄，雍容而不迫切，類其行己，藹然仁義道德之餘。孔子曰：「有德者必有言。」信乎，其有言也！所可惜者，連蹇場屋，不遂一第，侍謀省幕，道弗大行。然化乎今者⑤，不必傳於後；晦其始者⑥，其終必顯。曰顯與晦，必時之待，揚雄氏所謂「五百年必得其人」。然寥寥四海，豈無知音者？恐表聖之言⑦，乃爲通論，况有賢子孫爲之揚顯者哉？

今文治蔚興，學者日衆，異時板本一出，有序關右之宗派，究蘭泉之命脈者，則於是集知所崇尚矣。

【校】

①「河山」，抄本、《中州名賢文表》同元刊明補本；薈要本、四庫本作「山河」。

②「芥」，元刊明補本、抄本作「界」，據薈要本、四庫本、《中州名賢文表》改。

③「隱」，抄本、《中州名賢文表》同元刊明補本；薈要本、四庫本作「聽」，涉下字而誤。

④「爾」，抄本、《中州名賢文表》同元刊明補本；薈要本、四庫本作「乎」，非。

⑤「然化乎今者」，抄本、《中州名賢文表》同元刊明補本；薈要本作「然□於今者」；四庫本作「然信於今者」。

⑥「其」，抄本、薈要本、《中州名賢文表》同元刊明補本；四庫本作「於」。

⑦「表聖」，抄本、薈要本、四庫本同元刊明補本；《中州名賢文表》作「瑰奇」。

翁三山史詠序

自伯魚趨庭，宣父訓以學《詩》，俾興起志意，通達事理，造夫大學閫域。由是後之學者有以取法，知所適從。

伊川先生嘗欲體詩，叙童子切務，令朝夕諷誦，發其意趣①，蓋遵遺旨也。六經之外，其次莫如史。然載籍浩博，初學者欲遽涉獵，譬如筭沙海上，成功何年？故前世有《帝王鏡略》、《小學史斷》、《蒙求箋要》等編，皆誘之易以覽誦，速收見效。今慶元路總判三山翁侯元臣復擴充前人規模②，取《通鑑》編年事迹顯著者，綴聯五言絶句二千餘篇。

其歷代之隆替，君臣之得失，粲然具列。辭直而不晦，言簡而意足，使初學者讀之易曉而難忘，庸他日融會通貫之漸。

或曰：「牽合章句，破碎全史，不幾於篆刻雕蟲之弊乎？」予曰：「不然。聖賢進修，學有大小，傳有後先，子夏所謂『譬諸草木③，區以別者』爲得之矣。況翁侯是作，特爲童蒙所設。就其所成就而論，可謂祖聖訓，述賢傳，擴己志，惠後學，好古博雅者矣。」

大德四年月日謹序。

【校】

①「趨」，抄本同元刊明補本；薈要本、四庫本作「趣」，亦可通。後依此不悉出校記。

②「擴充」，元刊明補本、抄本作「廣克」，形似而誤；薈要本、四庫本作「擴充」，徑改。

③「諸」，抄本同元刊明補本；薈要本、四庫本作「之」，非。

燕山王氏慶弄璋詩引

史館檢閱王生子憲①，自其先世以篤行至孝培植根本，子孫奉承，家致屋潤，復能尚義好禮，爲名公賢士夫稱道。都城人物浩繁，由是王氏以孝義知名。子憲幼蒙訓誨，卓有所立，以良家子選侍閤門②，擢直玉堂，謹愿文雅出色，同輩有光。故家所不足者，嗣續爲念。大德庚子夏，佳氣充閭，璋裳呈瑞③，犀錢玉果，已浴蘭湯，綵筆柘弓，載臨晬旦。以予在院中最爲耆舊，來乞名。乃取先世積善而不近名，種德而不求報，命之曰餘慶。先儒有云：「善惡之報，至子孫而後定。」又云：「賢者必有後。」王氏其有子也宜矣！謝庭春好，羡玉樹之臨風④；竇桂枝榮，望讀書而有日。徐卿二子，少陵有歌；嗣深晬日，涪翁伸頌。凡與往來者皆宜作詩，用展光賀。

【校】

①「檢」，抄本同元刊明補本；薈要本、四庫本作「簡」，聲近而誤。

②「閤」，抄本同元刊明補本；薈要本、四庫本作「閭」，形似而誤。

③「裳」，抄本同元刊明補本；薈要本闕；四庫本作「輝」。

④「玉樹」，元刊明補本、抄本作「樹玉」，倒；據薈要本、四庫本改。

贈李達之詩序

李達，字達之，汴梁人，世將家。既長，遊燕，遂占籍焉。爲人慷慨樂易，好閑便静，以相術行於時，然不以藝自矜，與僧西雲相善講主和。一日，以領宗門事爲問，切語其徒曰：「汝師不數日遠行，尚欲何爲？」不浹旬而逝。又同術者指一井工有坎阸斃，不出來日，達曰：「否，坎阸則無，將縊而死。」果然。南宫程總尹以除日訪之[①]，曰：「喜只在此夕[②]。」口未落而除下。其應驗若爾。僧龕禪榻，曾不惜朝鏡之磋跎，醉袖笻杖，嘗歷遍春煙之巷陌，世味宦情，兩皆泊如。其兄顯道，以偏師戍瓜步，殊光顯也，書屢招不赴。或疑焉，達曰：「兄安，余無所希覬[③]，何往？」其安貧守分如是者。有屋數間，在崇仁東市門，田五頃，近潞水澮臺里，歲得租粟，自餬其口云。

【校】

①「日」，元刊明補本、抄本、薈要本作「目」，形似而誤；據四庫本改。

②「此夕」，抄本同元刊明補本；薈要本作「今日」；四庫本作「此日」。

③「覬」，抄本同元刊明補本；薈要本、四庫本作「冀」，聲近而誤。

義齋先生四書家訓題辭

義齋先生姓石氏，諱鵬，字雲卿。父璧，自五臺東徙唐封，家焉。世傳儒業，中戊戌選，終保定路勸農使。

先生早以文行師範一方。至元丙子，用辭科，魁多士。資純篤，恬於世味，惟閉户讀書，務爲無所不窺，《四書》、《小學》尤所致力，集其所得，遂至成書。沉潛玩味者有年，反復更易，初不去手。易簀際，屬其子承義等曰：「吾平昔精力盡在是書，藏之家塾，詒訓子孫，吾世其庶幾乎！」承宗奉遺命，以叙引來請。僕憶提憲燕南時，按行屬縣，與先生有一日之雅。今雖衰耄，忍靳一言①，庸慰存没。

夫《四書》所載，性命道德之懿，修齊治平之方，道統所由傳授，學者所以修習，推明天理，維持世教，如水、火、菽、粟，日用而不可闕。伊洛名公，後宋諸儒，集解纂疏，論之詳矣。近年，上而公卿大夫②，下而一邑一郡之士，例皆講讀，僉謂「精詣理極，不可加尚」。先生復能沉浸濃郁，含英咀華，發先儒之未及，附己意之所見，自爲一家之説，其學與志可謂勤而知所務矣。蓋士生斯世，不可虛拘，出則行道濟時，隱則立言垂後。況性命之理，仁義之端，非由外鑠，皆性分之所固有，職業之所當爲，盡其在我者而已，初無先後淺深之間。故子貢曰：「文武之道未墜於地，在人賢者，識其大者。」子夏亦云：「君子之道，孰先傳焉？孰後倦焉？」是則先生著述之本意也。若秪以篤信好學、修辭明志遺訓子孫，啓迪後學，折中聖賢③，則義齋之名亦當傳聞於後。於是乎書。

大德辛丑歲孟夏吉日題。

【校】

①「斳」，弘治本同元刊明補本；薈要本、四庫本作「蘄」，非。

②「上」，薈要本、四庫本同元刊明補本；弘治本作「月」，非。

③「中」，弘治本同元刊明補本；薈要本、四庫本作「衷」，亦可通。

義齋先生小學家訓序

義齋先生補注《小學》書，藏之家塾，未嘗示人。治命其子承宗曰：「當擕謁秋澗翰學，庶明吾志。」先生既没，鄉邑士人楊飛卿將板行焉。承宗致遺命，懇求序引。僕向游宦趙北，與先生夤緣，私覿款洽則未也。用是追念疇昔，敢攄臆見。

昔晦庵朱文公既集注《四書》，俾大學之道體用本末昭然顯著。復慮童蒙之士弗知趨向次第，不能入德義之門①，造治平之域，復述此書，俾爲師者知所以教，弟子知所以學。雖曰《小學》，其文辭雜出於聖經賢傳、百家之書，言微行懿，顧先師宿儒究竟踐履，有終身不能盡者。近年科舉不行，士趨實學，曰師弟子云者，專務講明，收功致效。舊有標注，未極詳備，今先生之注究其淵源，辭旨之奥與夫品節度數之詳，隨其繁簡而具載焉。純直明坦，俾初學者觀之，易於省解，如陟高而得梯階，濟深而遇舟楫。其急先務，應時求，不爲無補。

先生諱鵬，字雲卿，自號義齋，保之唐縣人。隱居求志，潛心著書，不求褒襮。吾聞積善勤學，報施不及其身，而發越於後者必大，則是書之出，先生之志之學光昭於時也審矣②。

【校】

①「德」，抄本同元刊明補本；薈要本、四庫本作「道」，涉下而妄改。

②「昭」，抄本同元刊明補本；薈要本、四庫本作「明」，涉上字而誤。

西溪趙君畫隱小序

予既冠，受館於漕使周侯，因與門下士趙君子玉游。久之，熟其爲人，資清雅而有幹局，心機巧而善繪事。

其初，家藏營丘遺墨，朝夕愛玩，不去其手，遂有所得。繼遇東丘畫工沈氏指授筆法。又嘗西遊太行，窮巖岫之深峻，觀雲煙之變化①，當其情得意會，留連忘歸，動經旬月。由是，於仁智妙趣，得其動静之理。及操觚染翰②，覺心手洒洒無留思。嘗爲廉右相、董承旨及僕作《廉泉》、《野莊》、《秋澗》等圖，景氣瀟爽③，雲煙清潤，筆簡而意足。其寄興雲霞，放情林壑，有「淡墨寫出無聲詩」之譽。或譏「懷材抱技，不沽價以求售」，曰：「人物者，天地之幻化；圖畫者，又人物之幻影。彼功名烜赫、富貴薰天者，倏忽之頃已歸磨滅，况韋布之士欲取聲華於虚幻之餘，不幾於惑歟？然所以孜孜於此者，特遣興適懷，寫吾胷中之丘壑爾。」聞者爲知言。

大德辛丑夏，邂逅都城，爲予臨楊息軒《緑野探梅圖》，髣髴三昧不傳之妙。復懇於予曰：「僕老矣，技進止此。幸惠顧，序述平生，傳遺子孫。」乃語之曰：「昔曹霸樂藝而忘貧窮④，郭熙頭白餘筆力，少陵、山谷爲賦《丹青引》、《秋山歌》，攀附驥尾，名垂不朽。顧僕何人，敢望於二公哉？趙君，趙君，其奈爾何！」子玉曰：「不然。前賢後賢，其揆一也；古往今來，各其時也。顧在中朝聞望⑤，老於文學者，孰出公右？言念夙昔，能無情乎？」既不獲已，乃援毫而識之。

趙氏系出柳城宦族。當天兵南下，父通福以義勇附太師國王帳下，從定河朔，屢立戰功，壽終定武漕使。周侯以葭莩故，表其勞績，蒙先朝收録二子，仍復其家。仲列名侍從，後歷蔚、完、利等州州尹⑥。次曰澄，即子玉也，受中山三司使，晦迹管庫餘三十年，無毫髮點汙。蓋其胷次脱洒，不爲物欲所累故也。五子，秉仁、秉温緣父好尚，亦馳譽丹青云。

是歲秋七月上旬二日，秋澗翁謹述。

【校】

①「觀」，抄本同元刊明補本；薈要本、四庫本作「視」。

②「及」，抄本同元刊明補本；薈要本、四庫本作「又」，非。

③「瀟」，抄本同元刊明補本；薈要本、四庫本作「蕭」，亦可通。

④「窮」，抄本同元刊明補本；薈要本、四庫本作「賤」。

⑤「聞」，元刊明補本、抄本作「問」，據薈要本、四庫本改。

⑥「蔚」，抄本同元刊明補本；薈要本、四庫本作「尉」，俗用。

崇真萬壽宮都監馮君祈晴詩序

大都辛丑夏仲暑，雨大作，霖霪不輟①，至五旬之久。泥塗坎埳②，車馬不通，潢潦瀰漫③，浸貫川澤，小民咨怨，農夫告病。崇真萬壽宮都監石泉馮君乃謀於道衆曰：「吾輩奉正一法，以祈禳爲業，覩其如是，雖不吾以，安可坐視而弗救耶？」於是致齋潔，肅儀物，籲告穹蒼，飛檄諸部，懇以七日爲開霽之度。及期，果六丁斂虐，曦馭騰光，士庶獲覩天日晴明之快，免昏墊陷溺之苦。於是羽客儒流咸作詩贊揚④，湖廣儒學提舉戴月澗以序引見屬。戴交久情款，有不能已者，乃題數語，姑塞其請。

予嘗讀《洪範九疇》，觀天人相感之際，隨所召禎祥災沴應之。吁，可畏也！故三代君臣遇災知懼，固曰「修己敬天」爲務，而禱謝禋禜⑤、盡諸人事者，自不容己。逮漢静應張公以神道設教，體含清虚，用周慈憫，爲國家祈天永命，爲黎庶祓除不祥，由是祈禳祭醮自爲一家之學，傳授科式符籙具在也。然得其人，則法靈而著效，苟非其人，道不虚行。《傳》曰「至誠感神」，又曰「至誠動金石」，道雖殊途，其致則一。若石泉馮君之祈晴有驗，其亦持守誠敬，祭醮精嚴，善於弘衍宗風者哉！諸君作詩稱美，不亦宜乎！其年秋七月廿三日，秋澗翁漫書。

窮閻飄泛逝川東，千里嘉禾一雨空。傅傅羽林槍壘底⑥，林林萬木水光中。慘舒何待鞭奇石，禱籲端能格上穹。千古盟威神力在，崇真壇下振高風。

【校】

①「霖」，抄本同元刊明補本；薈要本、四庫本作「霑」，非。

②「埳」，抄本同元刊明補本；薈要本、四庫本作「陷」，亦可通。

③「瀰」，抄本同元刊明補本；薈要本、四庫本作「漲」，非。

④「贊」，抄本、薈要本同元刊明補本；四庫本作「讚」，亦可通。按：作「讚」者，蓋涉上字而偏旁類化。

⑤「禜」，元刊明補本、抄本作「榮」，形似而誤；據薈要本、四庫本改。

⑥「傅傅羽林槍壘底」，抄本、薈要本作「摟摟羽林槍壘底」；四庫本作「摟摟複翎雲影外」。

紫山胡公哀挽詩卷小序①

挽章者，哀傾逝而寓夫所感之辭也。予於紫山，既哀之，而復有以惜焉。紫山起諸生，進擢館閣，揚歷省臺，官至三品，壽幾七秩，順受委正，略無慊媿②，於何嗟惜？所惜者材超卓而不凡，氣正大而有養③，可以挺公論而勵衰俗，激清風而作士氣。一旦天柱峯摧④，少微彩晦，士林憔悴，失所景仰，不知乾坤純粹之精，山川英秀之藴，幾世幾年，氤氳感會，復生斯人？此《黄鳥》之詩、《薤露》之歌，有不容已者。忝與紫山三世交遊，氣合情款，故其子典簿特屢徵鄙作，既序夫《易解》，復記其祠堂。今夕以斯文爲念，孝心追遠，誠宜嘉尚。顧筆力衰薾，奚能發潛德之幽光，倡作者之端緒？然眷懷疇昔，重以陳太常北山之請，敢攄平生所得於公而可深惜者冠之篇首云。大德辛丑歲秋仲哉生明⑤，秋澗書。

【校】

①「紫山胡公哀挽詩卷小序」至「恕齋詩卷序」三文，四庫本、抄本同元刊明補本；薈要本移於卷四一「汲郡圖志序」

下。

②「媿」，抄本同元刊明補本；薈要本、四庫本作「愧」，亦可通。按：作「愧」者，偏旁類化。

③「有養」，抄本同元刊明補本；薈要本作「勿替」；四庫本作「不替」。

④「一旦」，元刊明補本作「□旦」；薈要本作「□日」；四庫本作「邇日」；據抄本補。

⑤「哉」，元刊明補本、弘治本、抄本作「載」；據薈要本、四庫本改。

朝儀備録叙

至元辛未歲，大内肇建，始議講行朝會禮儀，蓋所以尊嚴宸極，辨上下而示等威也。然事出草創，不過會集故老，參考典故，審其可行者而用之。其後遇有大典禮，准例爲式，祗取嚴辦。一時執事者各司品節，其禮之全體，亦不能究其詳而通貫焉。逮侍儀舍人周之翰供職，乃纂述物色儀制之品，班次度數之則，曰朝賀、曰策立、曰開讀，皆具已行而可驗。復圖注以致其詳，皇儀縟典，粲然明白，目之曰《朝儀備録》。攜示秋澗翁①，求考辨焉②，乃告之曰：

汝外祖文康公羽儀先朝，粉飾皇猷，號禮文稱首。汝父松壑侍儀，初事綿蕝，獲預選習。今汝從事於兹又復有年，其見聞之久，講習之熟，可謂專門學矣。況禮之大經本乎天理之自然③，節文儀則出人情而折衷④，不容强知妄擬，措私意於其間。雖聖人不過祖述既往，隨時去取，故孔子曰：「周因於殷，禮所損益，可知也。」其所以行之者，極乎敬慎而已。故曰：「其在宗廟朝廷便便，言唯謹爾。」則是書纂述，非惟備豫考按，即事可行，若有集國禮而編會要者，亦將有所取焉。

大德辛丑歲立春前五日，秋澗退叟題。

【校】

①「示」，抄本同元刊明補本；薈要本、四庫本作「于」，形似而誤。

②「考」，抄本、四庫本同元刊明補本；薈要本作「攷」，亦可通。後依此不悉出校記。

③「經」，抄本同元刊明補本；薈要本、四庫本作「綱」，涉上字而誤。按：禮之大經，語本《左傳·昭公十五年》：「禮，王之大經也。」《史記·太史公自序》亦言：「夫春生夏長，秋收冬藏，此天道之大經也。」

④「出」，抄本同元刊明補本；薈要本、四庫本作「由」。

恕齋詩卷序

郎中李侯正卿，其先世佐金祖開國，子孫衍慶，傳嗣侯爵。易代後，軒裳蟬嫣①，猶爲燕雲鉅族。

正卿資明豪，疏財樂善。有子二人，俱教之讀書，勉勵資藉之者惟恐不及，與古人「愛其子，教以義方」之説吻合。衣冠修整，僕馬鮮明，喜交游，遇事慷慨，與物無凝滯，蓋有志於富貴利達者也。人爽約以負之，量廓然而能容；或非禮以相干，但理遣而不校。尚恐其守之不堅，行之不力，乃榜其宴息之所曰「恕齋」。又爲未盡也，質之於秋澗翁，將求諸名流題詠②，庸勉其不逮。乃告之曰：

夫人之生，稟精五行，有情有性。仁、義、禮、智，主之於中③，所謂性也；喜、怒、哀、樂、愛、惡、欲，感之於外，所謂情也。聖賢存養撙節④，求合乎中而已。其恕云者，既盡夫存養之功，復推而爲應物接人之道。故曰「推己以及物」、「己所不欲，勿施於人」，蓋由内以達乎外。自漢以來，不能體認聖賢求諸己意思，遂以恕爲寬容之稱。雖范忠宣之賢，亦有「恕己恕人」之説，是徇外以遺内也，何不揣其本而齊其末哉？今夫己之善推以及人，其不善弗加諸彼，則物之應於我者皆善，自無出悖來違之戾，尚何寬貸容恕之有？今正卿既識其用，復能明其體，由末以達其本，日就月將，緝熙光明，則違道不遠矣。雖然，比之貪冒無厭，黷於貨財，較班資之崇卑，計利害之得失，不至傾陷攘奪而不止者，爲之猶賢乎已。

某年月日，秋澗翁叙。

【校】

①「嫣」，抄本、薈要本同元刊明補本；四庫本作「聯」，亦可通。

②「流」，元刊明補本、抄本、四庫本作「勝」，據薈要本改。

③「主」，抄本同元刊明補本；薈要本、四庫本作「生」，非。

④「撙」，抄本、薈要本同元刊明補本；四庫本作「樽」，亦可通。

王惲全集彙校卷第四十四

辨説

日用

講究義理，其用有三：體認明白，臨事能施爲出①，一也；道義傳受，必託於言辭筆頭發明出來，二也；其或諸生請益，發藥啓迪，化若時雨，三也。

至若都曾經歷，只爲目前不曾專心理會②，又不能記誦，乍了若無，使此心茫然，如道傍空舍，諸物得去來住持，不敢認爲己有；又學既不固，及人説着，才方省記③，終了自無所得。

前賢力學，須先除去此病。攻苦食淡，不爲一毫外物移動，屏墮氣，收放心，一主於敬，不雜觀，不過分。此或未畢，輒復它務，纔作復輟，今日已過，而有明日，管得無時。

定志帥氣，如下硬寨，確乎有不可拔之勢④，一物一事不輕放過，窮理盡性，至於命而後已。性與命只是一个理而已⑤。若有所得，即極力存養，晝見之於行事，夜驗之於夢寐，使真積之功日新一日，不使頃刻間斷。不恤乎時之利不利，不閟乎人之知不知⑥，將所樂自喜，專以推崇天爵爲至。古之學者無不盡其極者，恐不外是。不然，困而不學，生而爲斯民之下；不知所以學，老而爲乾没之人，良可哀也。

此皆予之錮疾，遂書以自訂，非敢示諸他人。

【校】

①「施爲出」，抄本、四庫本同元刊明補本；薈要本作「做出來」。

②「目」，元刊明補本、抄本作「自」，據薈要本、四庫本改。

③「才方」，抄本同元刊明補本；薈要本、四庫本作「方才」，亦可通。

④「確」，元刊明補本、抄本作「確」，形似而誤；薈要本作「確」，訛字；據四庫本改。

⑤「个」，抄本、薈要本同元刊明補本；四庫本作「個」，亦可通。

⑥「閟」，元刊明補本、抄本作「閟」，薈要本、四庫本作「問」。

書太極圖後

嘗觀宋一代道統傳授，獨推濂溪元公爲首，及究其功用，有涣然冰釋者。蓋先生始明太極陰陽、五行性命之說，以開萬世沉迷之惑明，一出於中天故也。

夫太極者何？曰「有物混成，先天地生，以一而含三者也」，老氏所謂「一生二，二生三，三生萬物」者是已。爲太極判而有天地，乾坤既位，然後萬物育焉。故理可見，而道由是而生。道者，循其理之路也。其性之與命，尤坦然明白。性者，理之所從出；理也者，只是純一四端而已，固無有不善。命者，氣之所從來；氣也者，變化錯糅，有清濁厚薄、參差不齊之間。曰賢愚，曰壽夭，曰貴賤，曰富貧①，一隨所遇而稟之者，更無旁入曲生之理。

濂溪先生以前，只爲先儒不曾尋出氣、質、性來，雖有混然上、中、下三品之說，終是不無窒礙②。學者又不致思，或求而不可得者，往往溺於邪說，未免隨人作計③，以至迷惑，忘而不返④，可哀也哉。若先生之圖之說，其有功於聖門，惠夫後之學者，可謂大且深矣。抑使輪回宿習、荒誕不可致詰之說一掃而無餘⑤，此所以尊居圖首，爲道統之宗也。若以作一箇分陰分陽之圖説了⑥，是齊其末而不揣其本也。

【校】

①「富貧」，抄本同元刊明補本；薈要本作「貧富」，倒；四庫本作「富貴」，涉上字而誤。

②「無」，抄本同元刊明補本；薈要本、四庫本作「可」，非。

③「計」，抄本同元刊明補本；薈要本、四庫本作「記」，聲近而誤。

④「忘」，抄本同元刊明補本；薈要本、四庫本作「空」，非。

⑤「抑」，抄本同元刊明補本；薈要本作「亦」；四庫本作「其」。

⑥「箇」，抄本同元刊明補本；薈要本作「个」，亦可通；四庫本作「個」，亦可通。後依此不悉出校記。

體認

從古至今①，止是這些人情，止是這些事理，聖人裁量備具，六經罔有不盡②。後之學者學此也，既能通曉厥理③，正心行己④，臨事之際觸類相應，以較其己之相合與否⑤。若事務之來，既不能體認前言往行以酬酢其變，此與不曾學者何異⑥？是最吾儕大病。

既不能踐迹，將何以造其室乎？亟當思體認之方，從何而入可也。戊子夏四月十一日晨起偶書，小子其志之。

【校】

①「從」，抄本同元刊明補本；薈要本、四庫本作「自」。

②「裁量備具，六經罔有不盡」，抄本同元刊明補本；薈要本、四庫本作「裁量備盡，六經罔有不具」，倒。

③「厥」，抄本同元刊明補本；薈要本、四庫本作「窮」，非。

④「心」，元刊明補本、抄本作「要」，據薈要本、四庫本改。

⑤「相」，元刊明補本作「貝」；抄本作「其」；據薈要本、四庫本改。

⑥「能」，抄本同元刊明補本；薈要本、四庫本脱。「以酬酢其變，此」，抄本同元刊明補本；薈要本作「以酬酢其能變化」，既衍且脱；四庫本作「以酬酢而應變，此」，非。

氣志

人志不定，只是氣爲之亂。氣既亂，卻爲動靜無常，於中互相奪爾。若安命順處，不以我之所當得而易其彼之所不當有者，人無日而不自得也。如是，則何患志之不安、理之不明、氣之不充者哉？或曰：「所當得者何？」即天之所命於我者是也。不當得者，即天之未嘗付於我者①。此君子之所以亟當知也，故曰知命②，不然則謂之不受命，不受命是謂之逆天③。故孔子責子貢「而貨殖焉」者是也。

【校】

①「於」，抄本同元刊明補本；薈要本、四庫本作「與」，亦可通。按：作「與」者，蓋「於」之聲誤。

②「故」，抄本同元刊明補本；薈要本、四庫本作「或」，非。

③「謂之」，元刊明補本、抄本作「之謂」，據薈要本、四庫本改。

天人爵

天爵志清，明而壽；人爵氣濁，亂而夭。或天或人，能壽而不亂者，唯素有所養者能之①。曰養者何？至公無私而已。

【校】

①「素有」，弘治本同元刊明補本；薈要本、四庫本作「有素」，倒。

孤立

人生天地間，立甚孤，特賴有四端在我，然後乃有所倚，如伊尹之恬於放甲，西伯之安於羑里，周公之坦於東征，孔子之泰於厄陳，武侯之必於復漢。蓋倚是理爲用，而後大有所立者焉。故《傳》曰：「君子獨立而不懼。」其是之謂乎？不然，一身心之微，其何以禦不測無窮之變乎？戊子夏五月甲午，積雨開霽，晨起書於露堂西序。

孟莊不相及

予嘗疑孟與莊皆同時間人。終無一言一事相及者，恐是蒙莊閉户著書，罕與世接，迨身後，其書方出。適讀陳氏《輯語》，陳名應童，字景雲，三山人。大意略同，説：「當時無人宗他①，只是於僻處自説②。然亦止是楊、朱之學，但楊氏説得大了，故孟子極力排之。」

戊子重九前一日書。

【校】

①「他」，元刊明補本、抄本作「它」，據薈要本、四庫本改。

②「僻」，抄本同元刊明補本；薈要本、四庫本作「無」，非。按：《朱子語類》卷一二五：「曰：『莊子當時也，無人宗之，他只在僻處自説。然亦止是楊朱之學，但楊氏説得大了，故孟子力排之。』」

自得

誌者，發其心於内，故納諸壙中以告化者①；碑者，表其德於外，故植諸神道以鑑來者。又曰：「誌者，紀其心之迹也②；碣者③，揭其事之著也。」

【校】

①「中」，元刊明補本、抄本作「印」，據薈要本、四庫本改。

②「紀」，抄本同元刊明補本；薈要本、四庫本作「記」，亦可通。

③「碣」，元刊明補本、抄本、薈要本作「碣」，四庫本作「碑」。

朋友

朋友列於五典，其所以爲重者，志同而義在也，故粲然有文以相接，驩然有恩以相愛。不然，其與走者類聚而同遊，飛者羣分而並集①，蓋幾希矣。詩人以《伐木》廢，特表夫友道之缺，深有旨哉。

【校】

①「並」，抄本同元刊明補本；薈要本、四庫本作「共」。

五常

五常之道，仁爲體而四者爲用。義與智，陽中而含陰；禮與信，即陰之一定者也。曰陽中而陰，蓋運動離合，有吉有凶者焉故也。

陰陽之道

《易》曰：「一陰一陽之謂道。」《九峯》曰：「陰陽以氣言。道者，陰陽之理。」余曰：「理者，氣之所以明，所以幽，所以生，所以殺，所以舒，所以慘；所以爲君子，所以爲小人；世之所以治，世之所以亂。」戊子冬十一月十八日戍鼓作①，燈下偶書。

【校】

①「戍」，元刊明補本作「成」，形似而誤；薈要本作「戌」，形似而誤；據抄本、四庫本改。

讀孟子或問

《四書·或問》獨鄒書多設疑詰難，何也？孟軻氏終是去聖人一間，辯論之際，其言英氣發露，不無激切輕重之異。故文公於此頗詳，講明折衷，要使不詭於理，先後一揆而後已。何則？温公，大賢也，猶有《疑孟》等篇，況《解》之云乎？此晦翁惓惓於是，亦臨川翼之之意也。入伏後三日課讀此書《或問》偶書①，晚學小子題。

【校】

①「或」，抄本同元刊明補本；薈要本、四庫本作「偶」，涉下而誤。

恩多怨深

此余平日事也。或者曰：「君，土命人①。生物者土也，物既長，不得不克制其土，自然理也。」此陰陽家論，似亦有理。然不若以人事評之，謂如我以禮待人，人不見答，未免有所不平，不平之彼則乃有怨意②。我當夷其不平，以恕心待之，寧人負我。

【校】

①「土」，抄本同元刊明補本；薈要本、四庫本作「上」，形似而誤。

②「之」，元刊明補本、抄本作「則」，據薈要本、四庫本改。

雜著①

聖人之道如長江大河，人人得以飲之。然飲之者有多有寡，爲江河者不能使之一一均同其量，任其自然而已。不然，恐造物者亦太勞矣。余謂師授學者以道，亦當如是。既以自警，且示韓、陳二生。八月二日偶書。

【校】

①「著」，抄本同元刊明補本；薈要本、四庫本作「記」。

分絶

伊川先生云：「常思天下君臣、父子、兄弟、夫婦①，有多少不盡分處。況今所爲親戚、故舊、昆弟、友朋四者②，天理當然之分，廢將無遺，可哀也哉。秪是計較於我善惡、有無相益爲事，與之離合耳。」静言思之，物則既蔽，近於飛走，人既與非類相雜處，幾何不傷而夷也③？可不慎言謹行，凡事點檢④，以先周身之防而存遠大之用也⑤？至元戊子歲臘日書。

【校】

①「常」，抄本同元刊明補本；薈要本、四庫本作「嘗」，聲近而誤。按：詳見《二程遺書》卷一。

②「爲」，抄本同元刊明補本；薈要本、四庫本脱。「友朋」，抄本同元刊明補本；薈要本、四庫本作「朋友」，倒。「四者」，抄本同元刊明補本；薈要本、四庫本作「夫四者」。

③「而」，抄本、薈要本同元刊明補本；四庫本作「於」，非。

④「點檢」，抄本、四庫本同元刊明補本；薈要本作「檢點」，亦可通。

⑤「用也」，元刊明補本闕，薈要本作「□」，脱；四庫本作「謀哉」；據抄本補。

無音

萬物受氣於天。音者，情之所由發也，以政有得失，而音有乖和。雖極亂極困，未有情不宣而音不作者，如幽厲之世，雅雖遏密①，變則不無也②。至於當有絶無，豈困而不暇作，伏而不敢出？其或善不足以法，惡不足以戒，亦若天變之無所見乎？三者必有一居於此矣，於是感而書之。

【校】

①「雅雖遏密」，抄本作「雅固遏密」；薈要本作「雖因遏密」；四庫本作「正音遏密」。

②「不無」，抄本、薈要本同元刊明補本；四庫本作「不能無」，衍。

得失

人之得失一係夫命之通塞①。若得則既不當過恩于其所舉②，揣其己才如何耳；失則又不當致怨于其所沮，亦當量己命之如何耳。若恩有歸，是人憐其不才而私之也；怨其沮③，是我妄爲言而不安其命分也，何益哉？己丑歲夏六月，客退，偶書以自儆。

【校】

①「夫」，抄本同元刊明補本；薈要本、四庫本作「乎」。

②「得則既」，抄本同元刊明補本；薈要本、四庫本作「既得則」，倒。

③「其」，抄本同元刊明補本；薈要本、四庫本作「是」，涉下而誤。

黄鳥三良説

觀坡《和陶三良》詩①，反復詠味②，似責三良之不當死也。當時從死穆公者百七十七人，蓋康公從先君亂命，迫而納之也，三良之不死，得乎？若專責康公可也，分謗三良，豈忠恕之道哉？只以坡之議論英偉，辭氣縱横，讀之者愛其如此③，故不覺白璧之有微瑕也。若晦翁之《詩説》，可謂盡之矣。

【校】

①「陶」，抄本同元刊明補本；薈要本、四庫本作「同」，非。

②「復」，抄本同元刊明補本；薈要本、四庫本作「覆」，亦可通。

③「其」，抄本同元刊明補本；薈要本、四庫本作「無」，非。

文辭先後

文之作，其來不一，有意先而辭後者①，有辭先而就意者。意先而就辭者易，辭先而就意者難。意先辭後，辭順而理足；辭先意後，語離而理乖。此必然理也，學者最當知之。

【校】

①「辭後」，抄本同元刊明補本；薈要本、四庫本作「就辭」。

讀淮南子

《淮南鴻寶》書出大山等徒，所述在《藝文》，言掇百家之緒餘耳。特變其文而爲小大異同之論，然自得者鮮矣，讀之者不無所益。至於陰陽造化之機，治道興衰之理，正有吾六經與信史昭在①。又親於其身②，爲不善者雖著書立言，君子有所不道。予所以讀之者，取其事實可訓③，及漢文近古三代之氣有凝而未散者。至元丙戌歲十月二十三日題。

【校】

①「昭」，抄本同元刊明補本；薈要本、四庫本作「具」。

②「於」，抄本同元刊明補本；薈要本、四庫本作「以」。

③「實」，抄本同元刊明補本；薈要本、四庫本作「有」。

雜著

鸜鵒食蝗

秋七月，螟生牧野南。無幾，有鸜鵒自西北踰山來，方六七里間，林木皆滿。遂下啄螟，食且盡，乃作陣飛去。予考漢《五行志》，貪人尸禄，猶螟害穀，故感而生蝗。夫鸜鵒，北方之鳥也，其嘴距有搏啄之利，又數多如是，意在位者不肖，將有因貪抵法而敗者，不然何食之既邪？紀之，驗他日之異。時至元五年歲戊辰也①。

【校】

①「時」，抄本、四庫本同元刊明補本；薈要本脱。

魚歎

至元九年春三月①，余自燕南還，前次淇右。逆旅主人條桑徹土，束藁作炬。詢其故，曰：「此取魚之具也。」既而，主人置條圜淺水中，外以石擁之。夜向寂，風息波平，炬火起岸側，羣儵趨明，争集其中，回旋往復②，千週百匝，視其條爲罟之大綱，一不敢出越而游去。主人俯掇如拾地芥焉③。王子喟然歎曰④：「班生有言，『山林之士，往而不能返，朝廷之士，入而不能出。』士乎，士乎，冒昧行險，趨利而不知止者，曾何異於斯乎？」是歲重九前三日，寓平陽牙城官舍之待旦軒，坐聽秋霖，耿不能寐，追思所見，作《魚歎》云。

【校】

①「年」，元刊明補本作「季」，形似而誤；據抄本、薈要本、四庫本改。

②「往」，抄本同元刊明補本；薈要本、四庫本作「然」，非。

③「拾」，元刊明補本闕；抄本作「掇」；據薈要本、四庫本補。

④「嘆」，元刊明補本、抄本、薈要本作「嘆」；四庫本作「歎」。

非分說

甚矣，非分之不可求，猶鴆毒之不可懷也！鴆毒之殺人，世知避忌；非分之存心，其禍有不可測者。有人於此小智有材①，行險僥倖，以濟其慾。一旦濡首染指，攫取公餗，是知厥指之可染，不知首領之不可保也②；奇貨之可居，不知奇禍之不可脫也③。既而以敗聞，抑柳子云「立身一敗，萬事瓦裂」者，其是之謂乎？夫鳥，俛而啄④，仰而四顧，猶懼夫物之爲己害也。可以人而不如鳥乎？今日方食，聞府吏籍其家。案上一杯藜藿⑤，重於五鼎七牢矣⑥。至元戊辰夏五月重午前三日遺安坐書⑦。

【校】

①「智」，元刊明補本、抄本、薈要本闕，據四庫本補。

②「不」，抄本同元刊明補本；薈要本、四庫本作「亦」，非。

③「奇」，抄本同元刊明補本；薈要本、四庫本作「其」，亦通。

④「俛」，抄本、薈要本同元刊明補本；四庫本作「俯」，亦可通。

⑤「藉」，抄本同元刊明補本；薈要本、四庫本作「籍」。

⑥「於」，抄本同元刊明補本；薈要本、四庫本作「以」，非。

⑦「重午」，抄本同元刊明補本；薈要本、四庫本作「重五」，亦通。「堂」，抄本、薈要本、四庫本作「堂」，亦可通。

鏡箴

王子醉，墮馬傷額。既愈，日引鏡自照，色黳如凝鬱者旬餘①，因愀然曰：「昔樂正子春下堂足傷，追悔不踰閾者累月。蓋聖人以毀傷髮膚爲深戒，必全而歸之爲至孝，矧陷身非義②，一敗瓦裂之酷哉？是以墨子悲其絲染，馬遷痛其刑餘，柳州悼其躁進也。惟其居易俟命，不行險，毋苟得，從容中道，乃爲合理，吾知免夫。至於游居食寢，則體安而氣平。不然，事變之來，少有蹉跌，又何翅髮膚之毀傷、物議之輕重者耶？嗚呼！小子孺，其戒之慎之！」於是乎書。時至元辛未冬十一月十有三日也。

【校】

①「黳」，抄本同元刊明補本；薈要本、四庫本作「黶」，亦可通。

②「非」，抄本同元刊明補本；薈要本、四庫本作「不」，亦可通。

簪導玉飾辨

統軍府從事李良貴上計來燕，過予，出示華玉一方，長寸許，廣如之，狀類方勝。然其文章昭回，刻卧蠶中間，髣髴粟粒隱起，上作蟠螭，鬪首左顧，前足去左，其下穴方孔甚邃。玉色皦潤，殆凝脂然①。余曰：「魏晉已下無有也②。」李曰：「然。此陽夏壙中物也。」

余時方讀《禮》書，而此物適會，因攷其制，蓋大冠横笄之首飾也。古者笄長尺二寸，諸侯以玉，大夫、士用象。其爲神明之器③，斷無疑矣。何以知其然？《禮》云：「瓦不成沬，木不成斲」、「有鐘磬而無簨簴④」、「其曰明器，神明之也。」故闕其足之左⑤。

於乎⑥，魏晉去秦漢未遠，兹物也，視之猶可仿像一時禮文之盛⑦。古人嘆「三代吾不得而見之，得見漢魏，斯可矣」，蓋文獻之傳尚足徵於當時者耳。於是乎書。

【校】

①「凝」，元刊明補本、抄本作「疑」，半脱；據薈要本、四庫本改。

②「魏晉已下」，抄本同元刊明補本；薈要本、四庫本作「晉魏以下」，倒。

③「其」，抄本、薈要本同元刊明補本；四庫本脱。

④「鐘」，元刊明補本、抄本作「鍾」，據薈要本、四庫本改。

⑤「闕」，抄本作「闕」；薈要本、四庫本作「開」。

⑥「於乎」，抄本同元刊明補本；薈要本、四庫本作「嗚呼」，亦可通。

⑦「仿像」，抄本同元刊明補本；薈要本、四庫本作「彷像」，亦可通。

興平閣本説

古今名臣畫像皆曰興平閣本。興平，京兆縣名，而曰閣本，予初不解其旨。近襄陵吉仲和過予，覩壁間李衛公、東坡等像：「此正興平縣學所臨者。嘗聞諸進士武功張徽君美云：『金大定間，某人自秘書郎出宰兹邑，悉取平日竊模秘府真像而圖形焉。故有閣本之目云。』」

崇德堂説①

余貌不揚，寫之者未得盡肖。建賈君一貌，而見者皆以爲余，且曰：「仲器爲人，不止技稱。其於奉親事嫂，以孝友聞鄉閭②，殊侃侃也。」既而求名其堂，且叙其世家。賈系出襄陵，今汾東有塚巋然。曰賈相者，乃遠祖也。從傍居民同族氏者尚百餘家，有圭田三百畝，耕穫者主其年之守祀，終而始焉，奉爲故事，甚恪。考夫傳記，蓋賈豫州逵之壟耳。豫州在魏晉以鉅儒名卿顯宜其世祀，至于今而弗絶也③。今觀仲器，氣質温粹，孝友純至，似非丹青馳譽者，豈豫州之澤淵流而未央邪？故以崇德榜之，且用篤其所已至，勉其所未盡者焉。至元丙子清明前三日題。

【校】

①「説」，弘治本同元刊明補本；薈要本、四庫本作「記」。

②「間」，弘治本同元刊明補本；薈要本、四庫本作「閒」。

③「于」，弘治本同元刊明補本；薈要本、四庫本作「乎」，亦可通。

讀唐徐有功事蹟

周革唐命，豔后煽處，任威刑而絶異議，遂起麗景等制獄，縱周、來之徒誣搆陷置，膏流節解之禍莫有捄止①。大者以剪夷宗子希旨，下者以告密上變徼功，鬼樸滿朝②，中外股慄。時有功以司理之微，秉公恕之心，扞折兇鋒，守死不撓，至辯明冤抑，竟賴全宥者甚衆。

嗚呼，仁哉！公固知上含容孤直，庸示公道，然人慾肆裂之際③，天理有不可泯滅者。彼中橋突犯清蹕，釋之辯漢文於慎罰之初④；威衛誤斫陵柏，仁傑諍高宗於受諫之日。以勢以時，司刑爲尤難。及拜西臺，至頓顙流涕，有鹿挺懸庖之請，何感動自悼若此？豈體存正大，明哲保身之方非權無以濟之邪？

【校】

①「止」，抄本同元刊明補本；薈要本、四庫本作「之」，聲近而誤。

②「樸」，抄本同元刊明補本；薈要本作「扑」；四庫本作「撲」。

③「慾」，抄本、薈要本同元刊明補本；四庫本作「恣」，涉下字而誤。

④「漢文於」，元刊明補本、抄本作「於漢文」，倒；據薈要本、四庫本改。

紀異

至元十三年夏六月，王按察立夫同在汴梁試院中，告予云①：「前年冬十月，益都路總管子也孫䚟以髀瘡卒於官②。初，病卧踰浹旬③，遽召左右，具儀從及鷹犬櫜鞬者列堂下④，徐曰：『吾今日晌午逝矣。』家人問何往，曰：『將赴達官某人府。』言畢，據銀椅而終。達官者，故監真定路郡沃魯外五赤也⑤。蓋公自微時薦擢于朝，以致顯達，皆公力云。俄有樂安縣吏來云⑥：『日晡時⑦，三十里外遇公，騶馳甚盛⑧。從者呼某至馬前，喻之曰：「汝歸，當告吾家，若車徒西還，凡過水，當以金錢投之。」』初不知公捐館矣。翼日⑨，又有自濟南來者，亦見公獵道左而面如平生然。」

明年丁丑夏四月，與公之子某會燕，以向所聞審焉⑩，不少異。因念余向在省署，識公於稠人中，軀幹魁偉，望之一雄傑也。立夫云：「公爲人忠謹誠慤⑪，歷事三朝，多爲上所倚注。世爲燕之香河人，壽五十有幾。」

又聞吏部尚書太原高公亦臨終區處後事，神志灑灑不少亂，問：「騎從具階下否？」曰：「具。」如期而逝。嘗聞聰明正直者生有所自來，殁有所自去，如傅説上爲列星⑫，韓柱國死作閻羅⑬，信有據而然也。因併筆以紀其異。

【校】

①「云」，抄本同元刊明補本；薈要本、四庫本作「曰」。

②「子也孫觧」，元刊明補本、抄本作「于也孫觧」，形似而誤；薈要本作「子伊蘇岱」；四庫本作「子也孫觧」；徑改。

③「病卧」，抄本同元刊明補本；薈要本、四庫本作「卧病」。

④「儀從」抄本同元刊明補本；薈要本作「儀仗」；四庫本作「議仗」，聲近而誤。「櫜」，元刊明補本、抄本、四庫本作「橐」，據薈要本改。

⑤「沃魯外五赤」，抄本、四庫本同元刊明補本；薈要本作「威喇翁古察」。

⑥「縣」，抄本同元刊明補本；薈要本、四庫本作「孫」，形似而誤。

⑦「晡」，抄本、四庫本同元刊明補本；薈要本作「脯」，形似而誤。

⑧「馳」，元刊明補本、抄本、薈要本作「騎」，據四庫本改。

⑨「翼」，抄本同元刊明補本；薈要本、四庫本作「翌」，亦可通。

⑩「焉」，抄本同元刊明補本；薈要本、四庫本作「之」。

⑪「懿」，抄本、四庫本同元刊明補本；薈要本作「懿」，非。

⑫「傅」，元刊明補本、薈要本作「傳」；抄本、四庫本作「傅」。

⑬「作閤」，元刊明補本作「作閆」，非；抄本、薈要本、四庫本作「爲閤」，亦可通；徑改。

讀魏相傳

《周書》有云：「論道經邦，燮理陰陽。」道者何？以正心誠意爲體，仁義禮樂乃其具耳。以此出治，陰陽自和，萬物咸得其理，舍是非復有調元之術也。今觀相之燮理，至區區建議，舉四人各主一時，使衣服、禮物、朝祭百事，一切法而行之。時至，明言所職庶政玉燭之祥，何不思之甚也。嗚呼！西漢去三代殊邇①，相於中興爲有聲。其經綸器業，惜乎不出乎正心誠意之大學，而牽於五行附會之小數②，豈見道未明，權衡機務之心有所偏溺哉③？

【校】

①「邇」，抄本同元刊明補本；薈要本、四庫本作「近」，亦可通。

②「行」，抄本同元刊明補本；薈要本、四庫本作「音」，非。

③「權衡機務」，抄本同元刊明補本；薈要本、四庫本作「機務權衡」。

御書銀盒事

客有云：「道陵朝二近侍以功名利達由天命人事，因私相論詰①，甲曰天，乙曰人。上聞之，取銀盒，中批曰：『可去者某宮。』遂授乙者，使赴尚書省。既出，衄血大作，不克往。適與甲會，以君命不可緩，即就付焉，其人拜官而去。」由是而觀，雖云君、相造命，不知造物使之然耳。近一名士甚爲聖上所重，當軸者力薦，以爲同列，將謂旦夕輔政。及上聞，喜甚②，奏而除之③，既而病卒。因記客談，併書其事。

【校】

①「詰」，元刊明補本、抄本作「誥」，據薈要本、四庫本改。

②「甚」，元刊明補本、抄本、四庫本作「其」，據薈要本改。

③「除」，元刊明補本、抄本作「徐」，形似而誤；據薈要本、四庫本改。

紀肉芝等事

天興初，荆王府弟中庭産肉芝一株①，高可五寸許，色紅鮮可愛。既而，枝葉流津濡地，視之皆成血，臭不可聞，剷去復出者再。遇夜，房榻間有物作聲，伏其中燭之，羣狐滿牀。逐捕②，失所在。未幾，曹王訛可出質，王妃蕭氏向予談其事。妃，尚書貢之孫，今爲黄冠師，居衛。

【校】

①「弟」，抄本同元刊明補本；薈要本、四庫本作「第」，亦可通。

②「逐」，抄本同元刊明補本；薈要本、四庫本作「遂」，形似而誤。

先友牛講議國瑞

牛天祥，字國瑞，澤州陵川人。通天文、武經、占筮、風角等書，正大間嘗爲恒山公府議事官，兵後居衛東白皋渡①。既而，著軍前中書省詳議。辛亥秋八月，應東諸侯聘，客死聊城，壽五十有七，葬汲縣郭村東鄉清水。

【校】

①「皋」，元刊明補本作「皇」，據抄本、薈要本、四庫本改。

鎮州風俗

鎮人以七月六日爲七夕節，蓋其避王鎔被害之日也，迄今四百餘歲①，俗以爲常，何恩德感人心也如是？五代稱鎔據五州②，當時四鄰交争併起，惟鎮之人士褒衣博帶③，遊嬉燕樂，安王氏之無事。彼懷思不忘，愈久而愈著者④，豈非是歟？則知文忠公筆削，真實録矣。至元己卯十二月六日⑤，按部次新市縣，五夜燈下書。

【校】

①「被害之日也，迄今四」，元刊明補本作「□□□日□□□□」；薈要本、四庫本脱；據抄本補。

②「五代稱鎔」，元刊明補本、薈要本、四庫本闕，據抄本補。

③「褒衣博」，元刊明補本、薈要本、四庫本闕，據抄本補。

④「久而愈著」，元刊明補本、薈要本、四庫本闕，據抄本補。

⑤「元」、「十二」元刊明補本、薈要本、四庫本闕，據抄本補。

僮喻

官真定時五月夏至日作

秋澗翁自幼讀書，疏於生事，處則知涉古今、攷治道，以仕驗平時所得於日用間①，庶伸微志。故從壯歲忝就力列②，舉家仰食廩禄，未省飢凍切身者二十有餘年矣。雖然，纔閑即無以資生。顧貧乃士之常，不敢略有他鶩以覬苟得③，非惟不解④，亦且耻出諸口。

汝等轉藉翁庇，各蓄妻抱子，日嬉温飽，奔走承侍外，心則無所苦也。汝翁且自己卯秋移官燕南，忽復四祀⑤，以理將去⑥。乃有維揚之命，夤緣投獻，遂致杜止⑦。重敍一官，良爲匪易，其倖與否，汝等朝夕所親覩也。及南還滹上，復需後命，今又數月矣。適饑旱相仍，食艱口衆，事勢牽率，有進退維谷者。况汝翁行年五十有七，自惟疏拙，與時齟齬，加之筋力衰耗，百念灰冷，静退之心日往來於其懷，嘗謂：「秩，天秩也，不肖者無久當之理；禄，天禄也，衰老者無恒竊之方。躬田力穡，本吾家素業；税駕壟畝，固分所宜然。」行止有命，又非吾之所敢必也，此淵明所以有心形相役、口腹交病之嘆。盻盻一稔，斂裳霄逝⑧，切嘗慨有感焉。今日炊釜晨冷⑨，庖人告乏，計口而食，月得粟五釜可足。時斗直鑼餘二千，是旬月所縻，須六萬三千錢耳，其賓客之奉、慶弔之禮、鹽醢菫茹、薪爨芻抹⑩、僦舍之費不在焉。諺所謂「百指無糲飱，食倒黄流灘」，諒非虚語。

噫！官時來，則爲筆耕之潤，又非所恒，幾何不相胥而困也？今日夏至，聞東郊穫麥，天倉廓開。捃拾遺秉，不爲無益，汝等其往哉毋忽，且令汝知田功之艱，一餔之不輕獲也。暮歸得新麥斗餘，僮奴輩既飯放啜，頓失菜色，爲一快也。又念位雖下，近伐冰之家尚爾窘迫，在閭閻細民，不合釜而坐餒者幾希矣。因援翰作《僮喻》，會有餘，思不足，爲暴殄之戒，且廣訓儉之遺意云。

【校】

①「以仕」，元刊明補本闕；薈要本、四庫本作「以自」；據抄本補。

②「就力列」，元刊明補本作「□□列」；薈要本、四庫本作「沾恩例」；據抄本補。

③「鶩」，抄本同元刊明補本；薈要本、四庫本作「務」，俗用。

④「解」，抄本同元刊明補本；薈要本、四庫本作「爲」。

⑤「祀」，抄本、四庫本同元刊明補本；薈要本作「禩」，亦可通。

⑥「理」，抄本同元刊明補本；薈要本、四庫本作「禮」。

⑦「杫」，抄本同元刊明補本；薈要本、四庫本作「扯」。
⑧「霄」，抄本同元刊明補本；薈要本、四庫本作「宵」，聲近而誤。
⑨「釜」，元刊明補本、抄本作「煙」，據薈要本、四庫本改。
⑩「秣」，元刊明補本、抄本作「抹」，據薈要本、四庫本改。

魃妖

余行陽穀道中①，農人有以魃言者。余告之曰：「周宣王詩云：『旱魃爲虐。』是魃非今見，從古有之，此蓋旱魃之氣感人變所娠而成耳②。《神異經》云：『魃生南方，肉體長二三尺，目在頂上，走行如風。見之處赤地千里，執而投之溷中即死，旱氣乃消。』又云：『魃字從鬼。』鬼魅之物所生，非唯南方也。且古者，娠婦不使食邪味、聽淫聲、覩惡色，恐逐所感而化。余故曰：『變元娠而成妖耳③。』」

【校】

①「余」，抄本同元刊明補本；薈要本、四庫本作「今」。

②「魃」，元刊明補本、抄本作「妖」，據薈要本、四庫本改。
③「元」，抄本同元刊明補本；薈要本、四庫本作「所」。

哀辭後

衛自壬子歲迄今，邑中子弟不三十而夭者凡八人。如程翰、季武、王範□□□輩皆儁秀有望，翩翩而佳者也。

吁！百蛇墮地，一或能龍，既玉汝之，輒復奪之，不知造物者果何意也。余故以咄咄怪事爲言。然以理揆之，雖一家之凶變，亦斯人有自致者。嘗記一士人問於先君子曰：「粵惟金初已來，衛之文秀者極罕；間有之，多秀而不實。」先君曰：「衛地濵河沙薄，豈其氣疏弱故也？若使水環州南，或城居水西，氣或可盛。」時不肖尚稚，聞之，不存諸心，又弗請問其所以，故雅意所在，每念之而不明了①。以今觀之，其言固爲有徵。何則？如東平，汶出府南；阿邑，濟經縣東，且以東、阿較之，在金一代，由進士而位卿相者幾二十人②，鄆則不須論也。然「魯無君子，斯焉取斯③」，使衛師有經，儒人問學而知義，則薄者可厚，愚者可明，夭者可壽也。此雖以人事臆度④，若有補於世教⑤，聞之者庶不惑於邪妄之説云。

至元戊子秋八月八日書。

【校】

①「不」，抄本同元刊明補本；薈要本、四庫本作「不能」，衍。

②「由」，抄本同元刊明補本；薈要本、四庫本作「内」，非。「十」，抄本同元刊明補本；薈要本、四庫本作「千」，形似而誤。

③「斯」，抄本、薈要本同元刊明補本；四庫本脱。

④「臆」，抄本同元刊明補本；薈要本、四庫本作「意」，亦可通。

⑤「有」，抄本同元刊明補本；薈要本、四庫本作「有以」。

盧氏墳石泣

大都玉馬坊耿氏石獅猛水出如霧，予時爲御史，目覩其事。山陽長流村盧氏墳石表水出如泣者連日。耿、盧二人皆出微賤而遽當台鉉，此驟得不祥之極也。蓋善惡以類應，故陰沴將至，兆見於石如此，余因曰①：「此石泣也。」二人尋皆被誅。然泣者非憫之也，悲乎不知其量也！吁！

【校】

①「余」，抄本作「予」，同；薈要本、四庫本作「等」，非。

龍墮農民王家

至元二十年癸未夏六月中大雨，河西鄉農家王氏甫夕黑霧四塞，中庭、窗户間寒凛不可勝。視之，有蒼龍蜿蜒，在氣中起而復墮者再。時王氏女已笄，下堂趨室，驚而絶於地，救乃甦①，問所見，亦同。欻霆震霧散，失所在。明日，視其地，鱗鬣印泥尚宛然也。王氏世居水上，其下潭渦殊深黑可畏。

【校】

①「甦」，抄本、薈要本同元刊明補本；四庫本作「蘇」，亦可通。後依此不悉出校記。

雜著

太宗英文皇帝天容睟表，一類釋迦真像，仁厚有餘，言辭極寡，服御儉素，不尚華飾。委任大臣，略無疑貳，性頗樂飲，及御下聽政，不易常度。當時政歸臺閣，朝野懽娱，前後十年號稱廓廓無事。臣向過平陰縣，聞校尉陳某所談如此。陳早年蓋先朝控鶴近侍者云。前宋時，有日者肆相國寺東，一日而識四相，謂韓魏公、范文正公、王沂公、張齊賢也。自後術不一售，竟窮悴而死。近年畫師覃人孫某奉詔追寫太祖聖武皇帝與睿宗景襄皇帝御容，及奉進，上顧其惟肖，至泣下沾衿①，宣賜甚渥。孫歸，及家而歿。二人術雖不同，其於發藏泄秘則一也。《傳》曰：「人之患莫大知人之機。」况神明不測者乎？戊子秋，目疾後書②。

【校】

①「衿」，抄本同元刊明補本；薈要本、四庫本作「襟」，亦可通。

②「目」，抄本同元刊明補本；薈要本、四庫本作「日」，形似而誤。

鶻歎

昔有漁於河濵者，見一鶻搏一禽於沙渚間①，禽逸而鶻不起。良久，漁者往視，鶻已死矣。彼念之曰：「鶻之鷙擊②，性也。一舉而坐空拳，遂憤而斃，有志士之烈焉。夫士懷才負氣，求用於世，倘時不我合，人不我知，則納履而去之。豈若小人之求之也，不以無耻爲耻，專以患失爲事，千思百計③，阿匼取容④，雖僇辱在前而不顧，期於必得，老死而後已，豈不貽伊鷙之忸哉？」余聞其說，甚有合於吾平日之所行者，遂著之篇，以見微意云。戊子歲重九後一日書。此係石盞正之説。

【校】

①「一鶻」，抄本同元刊明補本；薈要本、四庫本作「二鶻」，非。

②「擊」，抄本同元刊明補本，薈要本、四庫本作「急」，

③「計」，抄本、薈要本同元刊明補本；四庫本作「訃」，形似而誤。

④「匼」，抄本同元刊明補本；薈要本、四庫本作「合」，非。

齒射

竇竇，翟姓①，内鄉農家子②，史侯都督江漢時散卒也。爲人疊齒，多力，挽弓幾六鈞，發無不中。少嘗射隼③，並貫于木，竇登而取之，木折與墮，碎其臂骨，治無法，肘已下斷去。自是馳獵，以齒控弦括羽④，左手托月滿逐獸，皆應聲而斃。史侯異之，上達，後授校秩。振古以能射名家者多，未聞以齒而決者。然付之翼者即兩其足，與之角者必去其齒，蓋懼其全而過爲物害也。又唐李客師善射好獵，每出，鳥鵲逐之翔噪⑤，時人呼爲「鳥賊」，亦惡其物之多取也。今翟一手尚爾，斷其右，殆爲天所劓乎？弟忱説如此，故書。

【校】

①「翟」，弘治本同元刊明補本；薈要本、四庫本作「瞿」，下同。

②「子」，弘治本同元刊明補本；薈要本、四庫本作「子也」，衍。

③「隼」，弘治本、薈要本同元刊明補本；四庫本作「準」，形似而誤。

④「弦」，弘治本、薈要本同元刊明補本；四庫本作「絃」，亦可通。

⑤「鳥」，弘治本、薈要本同元刊明補本；四庫本作「烏」，形似而誤。按：詳見《册府元龜》卷八五五《李客師傳》。後依此不悉出校記。

畫虎

先君嘗告某曰：「王氏在前金時家魚行里，曾祖府君氣方嚴，於土障畫一虎，甚獰，意者取陳力就列故也。」後八十餘年，當至元己丑，偶於樹塞復圖此獸①，追念前言，有常警懼者。《書》云：「德明惟明，德威惟畏。」今雖頓還舊觀，其於惟畏惟明②，萬不一逮爾。又諺曰：「生子如狼，猶恐如尫。」曾祖之意豈復在此邪③？小子其志之。

【校】

①「塞」，弘治本、四庫本同元刊明補本；薈要本作「寨」，形似而誤。

②「於」，弘治本同元刊明補本；薈要本、四庫本作「以」，聲近而誤。

③「祖」，元刊明補本、弘治本、薈要本脱；據四庫本補。

先子善書①

【校】

①本篇元刊明補本、弘治本、薈要本有目無辭；四庫本脱。據目録來看，《先子善書》後還當有《燭歎》一文，然元刊明補本、弘治本、薈要本俱闕；四庫本脱。

蛀説①

可以辟之者，乃命僮道求鱔，得大小四尾，從其法而用焉。明日，開户視之，机案書帙拭如也。嗚呼！物類之相感也如此②，何其驗且速哉！余因推其蛀之所致，蓋木斬不時，非經雨露浸漬之久，又任其滋而棟焉，濕與氣相鬬，故生。噫！蛀者，木所産也，而爲木之賊；政者，民治之具也，而爲民之蠹。若上焉者，治之而昧其方；下焉者，忽之而不知畏。故害無小大，有吾無如彼何者。能一旦修其政，得其法，固雖四凶之方命圮族、群弟之流言畔國，從容可辦，曾不知其艱也。

至元廿三年丙戌歲秋八月廿五日夜，適良醖在壺，欣然引大白者再，命童子執燭，記予之作。

【校】

①本文題目及前半部分内容，元刊明補本、薈要本俱闕；四庫本全篇脱。

②「也」，弘治本同元刊明補本；薈要本脱。

紀夢

二十四年八月乙丑夜①，夢予遠行，過一城市。當莊嶽間，一達官解鞍卓歇②，過焉呼予，回視之，蓋參政飛卿也。寒暄外，高曰：「别雖久，食頃不忘也。」予曰：「彼此彼此③。」握手間，予乃曰：「聞吾友參政以來多有施爲。」高曰：「傳者妄矣。參政者，參知雜劇，見做不行，何施爲之有？」予答曰：「渠於此見打野呵兒④，胡爲做不行也？」遂寤，聞夜漏踰四鼓矣。古人云：「至友神交於沖漠間。」殆謂是歟？次日聞吾友南來，論其氣類與同，亦夢應也，因書此以贈。吾三人者相會及此，當捧腹，大爲一盧胡也。

【校】

①「乙丑」，抄本同元刊明補本，薈要本、四庫本作「己丑」。

②「卓」，抄本同元刊明補本；薈要本、四庫本作「作」，非。

③「彼」，薈要本、四庫本同元刊明補本；抄本作「披」，形似而誤。

④「呵」，抄本同元刊明補本；薈要本、四庫本作「呼」，非。

紀夢

二十五年春二月十七日夜，夢朝帝於端門内彤臺上①，聖上椅坐東北，惲於臺西南角俯伏。上問條支國事，惲對以「其國甚遠，出犀牛革，爲甲甚良，號曰『黄犀甲』」，上喜甚。因寤。明日檢《通典・六》，條支國去陽關二萬二千一百里，在葱嶺之西。城居山上，周四十餘里，下臨西海，水環其南。後漢和帝時乃通，地暑濕，宜稻，産五穀果菜。出犎牛②，孔雀大，卵如甕，有桃拔、師子、犀牛③。桃拔一名符拔，似鹿，長毛，一角，或爲天鹿。師子似大蟲，正黄有鬣音髯耏音端，尾端者毛大如斗，《爾雅》云④：「狻猊是也。」

【校】

①「帝」，抄本同元刊明補本；薈要本、四庫本作「上」。

②「犎牛」，抄本同元刊明補本；薈要本、四庫本作「幫牛」，形似而誤。

③「師子」，抄本同元刊明補本；薈要本、四庫本作「獅子」，亦可通。

④「云」，抄本同元刊明補本；薈要本、四庫本脱。

紀夢

至元戊子八月十三日夜，送真定姬仲實上路，就枕熟睡。夢在一雪後亭榭，尚書夢符、宣慰信雲甫、御史王子淵三人來訪，坐間話及向在東平時遊燕等事。夢符衣一素練衫，當膺畫名士像，自遺山已下數人。余即題詩机上①，云：「不惜千金買束絹，丹青難寫是精神。」因大噱曰：「此衫甚佳，但到處是；長負一軸諸公②，行神也。」遂蹴踏砌雪而覺。乃自占其夢，復作一聯云：「恐是隆江方大用，故將賢彦貯胸中。」

【校】

①「机」，元刊明補本、弘治本作「杋」，形似而誤；薈要本、四庫本作「機」，妄改；徑改。

②「長負」，弘治本同元刊明補本；薈要本、四庫本作「負長」。

詩夢

十一月七日，與兒子輩祓除回，就枕熟睡。近四鼓，夢與姜君文卿會歷下亭。酒半酣，姜歌《鷓鴣曲》壽予，聲甚歡亮。已而，以遺山新舊《樂府》爲問，余曰：「舊作極佳。晚年覺詞逸意宕，似返傷正氣。」姜以爲然。予因賦詩以贈。既覺，頗記其一二，因足成之①。其詩曰：「畫戟清香敞燕居②，分明夢裏到庭除。恩醴故里懸車後，錦爛秋鷹斂翮初。細棹舼船浮酒海，暫停銀管合纍珠。賞音千古遺山曲，堅意高歌要壽予。」既而，後夢至一大城府③，遇老人邀予入王氏邸肆。其主即曰：「汝非王秋澗邪？」予曰：「然。」因口占二句，云：「此生難道無餘幸，海上人争識姓名。」仍詢曰：「此何處？」曰：「茲贛州也④，地在洞庭湖南七百餘里。」予曰：「東坡《八詠》何在？」曰：「石刻去此又三百里外。」其老人又推予賤庚，曰：「誰謂中州無人乎？」未及問其行藏而寤。時二十五年戊子歲也。

【校】

①「足」，抄本同元刊明補本；薈要本、四庫本作「作」，非。

②「杳」，抄本同元刊明補本；薈要本、四庫本作「香」，妄改。

③「後」，抄本同元刊明補本；薈要本、四庫本作「復」。

④「贛」，元刊明補本、抄本作「戇」，據薈要本、四庫本改。

十一月十二日夜夢

四鼓時，夢入一重修大佛閣，有鉅蛇長約三丈，自閣壁西北而下。僧徒以杖擊之，不中。内一僧揮鍤，中，斷爲三段。予稍前視之，其蛇首似獸，有雙角若羚羊者，膏血淋漓，赫赫然尚能舉動。次夜復夢人以羽矢一大房，若今之鞬者，挂于中門。

記夢中題人手卷①

娶爲無後，有子而嗣有餘；老爲致養，子孝而養不闕②。其嗜慾或有所未免，而年已及於耄③，而於三者，吾子將何擇焉？擲筆而覺。因卧④，笑曰：「夫子自道也。」於是起而書以爲儆。至元二十六年歲在己丑春二月二十一日辛未夜也，予時年六十三，明日會亡友中丞王君葬於正尚里。

【校】

①「記」，抄本同元刊明補本；薈要本、四庫本作「紀」，亦可通。

②「闕」，抄本同元刊明補本；薈要本、四庫本作「嗣」，非。

③「於」，抄本同元刊明補本；薈要本闕；四庫本作「夫」。

④「因」，抄本同元刊明補本；薈要本闕；四庫本作「遂」。

夢解

予平日夢頗異，自今年夏多夢疾厄凶喪。或纏綿墟墓，間及故交久歿者，與之宴遊談笑①。如西溪贊拜殿授王中丞需騎而作，且知其彼死時，又不省在寤寐中爾。覺，意甚惡之，因自解曰：「此無他，乃一身陰陽消長之漸也。」

醫家有云：「男子四十，陰氣自半。」況行近八八之數乎②？雖然，氣有盛衰，人不能皆然。若有餘，尤當惜養，不至耗竭可也③。陽爲舒爲暢，陰爲慘爲悽，慘多而舒少，故神才交而魄爲之勝矣。調此二者奈何，有絶嗜慾，少思慮，檢行己，安傃分④，息形神而植定力，旦則以此理坐進，夕則以夢相驗，一或有差⑤，立爲除治，其病庶少瘳矣。昔夫子向衰，稱「不復見周公於夢」，只是老克自持，不願乎其外之意也。若不量力，不安分，凡百營爲返勝於昔，將見有不任我勞，從中躍出，辭而去之者矣，可不畏慎也哉？故曰：「知之者强，不知者老。」其是之謂乎？作《夢解》。

【校】

①「宴」，抄本、薈要本同元刊明補本；四庫本作「晏」，亦可通。後依此不悉出校記。

②「況」，抄本同元刊明補本；薈要本作「沈」，非；四庫本作「沉」，非。「近」，抄本同元刊明補本；薈要本、四庫本作「成」，涉上字而誤。

③「至」，抄本同元刊明補本；薈要本、四庫本作「致」，亦可通。後依此不悉出校記。

④「傃」，抄本同元刊明補本；薈要本、四庫本作「素」，俗用。

⑤「有」，抄本同元刊明補本；薈要本、四庫本作「自」，非。

紀風異

余年十七八，往蘇門讀書，至古城東十里外，有旋風自西南截泉水北來，望之，圍圓約六七里大①，其高入天②。聲勢如甲馬迅馳，黑氣蓬勃③，吹拔草樹，飛卷半空。余走不及避，乃瞑目倚棠樹悚立。須臾，覺寒凜氣斂束而過，別無它故。今日偶讀《筆談》，見元豐間武城縣旋風殺傷人甚衆，因念予幼多災阨④，追想往事，有可怖者，故書以爲來者之警。壬辰秋申月廿七日記⑤。

【校】

①「圍」，抄本同元刊明補本；薈要本、四庫本作「圜」，非。

②「天」，抄本同元刊明補本；薈要本、四庫本作「大」，涉上字而形誤。

③「氣」，抄本同元刊明補本；薈要本、四庫本作「風」，涉下而妄改。

④「阨」，抄本同元刊明補本；薈要本、四庫本作「厄」，亦可通。

⑤「廿」，元刊明補本作「巳」；薈要本、四庫本脱。據抄本改。

喪記

古之人以送終爲大事，故即是而察禮者多矣，如孔氏將葬①，燕人來觀；滕文居廬，弔者大悦。今觀雷、白二家祔葬，甚有關於風化而出於常人之表者。一則衰絰纍然，多從古制；二則寢苫枕塊②，卒哭後，日飯蔬食；三則不徇俗，而用三家③；四則穿治壙石，製爲壁藏，土周於棺，略不施甓；五則直壙下窆，同穴異棺，乃北其首；六則墓記從實，略無虚飾。至於容色之慼④，擗踴之數⑤，又見夫固所自盡之道，以致會葬者皆歎息有得而去。因念唐爲衣冠盛代，至祭不焚冥錢⑥，唯顔魯公、張司業家。又伊川先生居洛下，治喪不用浮屠法。雖風動一時，止一二家化之。予行年五十有九，宦游四方，其於慶弔固云不少⑦，然由德風而偃者，所見亦姚、許與是三家而已⑧。嗚呼，甚哉禮之難復，俗之不易化也如是！述《喪記》以寓予感⑨。雷則祔其母夫人侯氏，白則葬其父頤樂先生云。

【校】

①「多矣如孔」，元刊明補本闕；薈要本、四庫本作「重之也孔」；據抄本補。

②「塊」，元刊明補本、抄本作「魂」，形似而誤；據薈要本、四庫本改。

③「三」，元刊明補本、抄本作「二」，據薈要本、四庫本改。

④「感」，抄本同元刊明補本；薈要本、四庫本作「戚」，亦可通。

⑤「躃踴」，元刊明補本、抄本作「僻踴」，形似而誤；薈要本、四庫本作「躃踴」，亦可通；徑改。按：擗踴，亦作擗踊、躃踊、甓踴。作「躃踴」者，蓋涉下字而偏旁類化。「僻」，蓋亦「擗」之形誤。

⑥「至」，抄本同元刊明補本；薈要本、四庫本作「之」，聲近而誤。「焚」，抄本同元刊明補本；薈要本、四庫本作「用」。

⑦「於」，抄本同元刊明補本；薈要本、四庫本脱。

⑧「三」，抄本同元刊明補本；薈要本、四庫本作「二」，非。
⑨「記」，元刊明補本、抄本作「紀」，據薈要本、四庫本改。

紀夢

至元十七年春，某官真定，夢先祖敦武府君親告某曰：「今濟源縣宋宰相陳堯叟碑文内王其姓者，即王氏遠祖也，汝其識之。」廿年正月，在燕與懷州劉節使相會，問及陳相石刻，云：「濟源見有陳堯叟讀書堂故碑，但不知有無王姓者。」筆之以志異日求訪。

紀夢

至元十九年八月二日夜分後①，夢行通衢，見大井中一異狀人跨青色鉅蛇，躍出地，長約丈餘，身廣闊，與尾等修，鱗濯濯可數，若將前迎而復去。余俯視井中，水波皆成五彩丹色，殊煥爛也。内中至井湑與所經②，遺水濡濕，尚淋漓然③。余逐蛇前行，相去數步外，因取碎甓擲之者再。既而，余入一團焦避之，蛇復來集，其首已化爲馬，又有數異馬飛舞，環余而立，初甚惕息④，至此，無復怖矣。尋登一紫閣，少頃，從閣之西道木陛下降，乃寤。

【校】

①「夜分後」，抄本同元刊明補本；薈要本、四庫本作「夜於醉後」。

②「内」，抄本、薈要本、四庫本作「由」。

③「然」，抄本同元刊明補本；薈要本、四庫本脱。

④「息」，抄本同元刊明補本；薈要本、四庫本作「然」。

月異

庚辰歲十一月十一日長至日，日出三丈許，月現東北丑位間，去日約百餘丈。其上數丈，陰魄團團①，略無虧欠。至寅方，移時乃滅。因念月與玄象經緯空際，太陽既出，自掩而不見。今太陰於陽生之朝晝見，與日並光，又未嘗月出東北方者。吁，亦異哉！

【校】

①「團團」，抄本、薈要本同元刊明補本；四庫本作「團團」，形似而誤。

劍戒哀梁子也

梁奉議仲常與予聯事於憲司者凡四年①。十九年冬，同在京師，乃告予曰：「僕有一劍，頗古而犀利，自落吾手，每臨靜夜，屢聆悲鳴，比復作聲，錚然也。且聞百鍊之精，或嘗試人者則鳴，世傳以爲劍戒。」予疑焉，曰②：「此金孽也，非戒也。」既而梁以事南還陳留，到家四日而卒。吁，亦異哉！因念張華授干將而告凶，鄭逵得吼劍而怪至。夫金鏞木鐸，中隱大聲，若無因而自鳴③，則爲不祥之金。梁以劍異告予，至其死時僅四十九日，得不爲劍之孽乎？梁諱秉常，燕人④，性機警，持事峭急寡讓⑤。得年五十有三，金尚書梁肅裔孫，見所藏世譜云。至元廿年歲在癸未端月十有一日，王惲書。

【校】

①「常」，抄本同元刊明補本；薈要本、四庫本作「嘗」，非。

②「曰」，元刊明補本作「白」；薈要本、四庫本作「自」，形似而誤；據抄本改。

③「若」，抄本、四庫本同元刊明補本；薈要本闕。

④「燕」，抄本同元刊明補本；薈要本、四庫本作「熟」，涉上字而妄改。

⑤「峭」，抄本同元刊明補本；薈要本、四庫本作「瑣」，形似而誤。

鹿庵先生卒日

至元三十年癸巳冬十二月廿二日①，鹿庵先生壽九十二歲，無疾而終②。先是，公静坐間，忽張目仰視屋廬曰：「我於此居得箇月旬日間爾③。」及薨，適滿其數。氣比絶，呼家人令具鞍馬，曰：「可與兄去矣。」隨有大星隕於寢室東山，其光芒炬然。曰兄者，蓋同母兄文勉先生也，愛民榜進士第，嘗爲某縣令，終恒山幕官。明年二月，其壻李惟賓葬東平府須城縣。三十一年四月五日，李野齋説如此④。

【校】

①「廿二」，抄本同元刊明補本；薈要本、四庫本作「廿三」。

②「疾」，抄本同元刊明補本；薈要本、四庫本作「病」。

③「於」，抄本同元刊明補本，薈要本、四庫本作「以」，「間爾」，抄本同元刊明補本，薈要本、四庫本作「爾間」，

④「李野齋」，抄本同元刊明補本；薈要本作「□山齋」；四庫本作「山齋」。

家府遺事①

先君思淵子通天文，又善風角。辛亥夏六月，憲宗即位。明年壬子秋，先子以事至相下。九月初，客鶴壁友人趙監摧家。一日夙興，見東北方有紫氣極光大，衝貫上下，如千石之囷。時磁人杜伯縝侍側②，指示之。杜曰：「此何祥也？」曰：「天子氣也。」杜曰：「今新君御世，其應無疑。」曰：「非也，十年後當别有大聖人起，非復今日也。渠切記無忘，第老夫不得見耳。」至元十五年③，予過滏陽，與杜相會，話間偶出元書片紙相付，且歎其先輩學術之精有如是也。

【校】

①「家府」，抄本、四庫本同元刊明補本；薈要本作「家府君」，衍。

②「杜伯縝」，抄本同元刊明補本；薈要本、四庫本作「杜伯鎮」。

③「五」，抄本同元刊明補本；薈要本、四庫本作「三」。

國朝奉使

大元太宗朝奉使宣撫王公，諱楫，字巨川①，豳人。有文武才略，金季舉進士，不第。以武弁降太祖聖武皇帝，即授宣撫使，佩金虎符②，時年三十。至太宗朝丁酉歲，假御史大夫，持節使宋議和。雖往返十年，有皇其華，風義言言，竟從我議③。不幸使軺北還，前次荆南，疽發背，卒年六十□④，時癸卯秋也。道號「紫巖翁」，有文集并《使宋録》藏於家。

元貞改號六月十日，偶過其家，孫元德因出示公秘閣畫像，介胄弓劍，姿颯爽，蓋儒將之偉者。元德風彩甚肖其祖。及觀楊紫陽、楊西庵、吕大鵬、張徽、商左山祭文、畫贊、題跋等篇，又説公比卒前數日，夢一青衣童子傳玉溪東館主人來召⑤，既抵其處，宮觀甚麗。止公俟門屏間，少頃⑥，出報曰：「公旬日後當主是館。」吁，亦異哉！又觀馬雲卿所畫人様，吴粧五星，迺奇筆也。其金、水二女形皆散髮。金主殺，故杖劍⑦。水持筆者，或謂水官主録過。木捧蟠桃。火四臂⑧，上擎飆輪散火，下操弧矢當前，一大星旁射。土則扶虬杖而已。

【校】

①「巨川」，抄本、薈要本同元刊明補本「□□」；四庫本作「字□□」；據《元史》卷一五三本傳補。

②「佩」，抄本同元刊明補本；薈要本、四庫本作「珮」，亦可通。

③「議」，抄本同元刊明補本；薈要本、四庫本作「義」，亦可通。

④「□」，抄本同元刊明補本；薈要本、四庫本作「一」。

⑤「玉」，元刊明補本、抄本作「王」，據薈要本、四庫本改。

⑥「頃」，抄本同元刊明補本；薈要本、四庫本作「間」。

⑦「杖」，抄本、四庫本同元刊明補本；薈要本作「仗」。

⑧「火四臂」，抄本同元刊明補本；薈要本、四庫本作「四臂火」。

六帖説

白樂天作類書，名《六帖》。《通典·選舉門》載唐制曰：「開元中，舉行課試之法。帖經者，以所習經掩其兩端，中間惟開一行，裁紙爲帖，凡帖三字，隨時增損，可否不一。或得四、得五，得六者爲通。」此六帖之名所從起也。《六帖》云者，取中帖之數以名其書[①]，期於必遂中選也[②]。

【校】

①「名」，抄本同元刊明補本；薈要本、四庫本作「書」，涉下而誤。

②「遂」，抄本同元刊明補本；薈要本、四庫本作「在」。

金制

金人立國，作制頗詳，雖服御飲膳，皆有法以維之。然化敝則奢麗，奢則嬌，嬌則弱，弱則萎薾而不振[1]，恐亦取亡國之一端也。今日因餟粥糁不可對齒，偶思穆若卷如之事，爲感而筆之。

【校】

①「萎」，抄本同元刊明補本；薈要本、四庫本作「委」，俗用。

冠冕始制

或者以金人盤領上服與西域素積尖冒皆出本俗[1]。余以謂盤領，漢之曲領；尖冒，古弁之制也。今晨讀《戴禮·冠義》，得鄭氏「冠禮起早晚」之説，稱周公對成王云：「古人冒覆而勾領。」謂三皇時以冒覆頭，勾領繞頸，皆以羽皮爲之，至黄帝則有冕弁。又云：「帝造火食旃冕，而用布帛代其羽皮[2]。」乃知二物皆三皇已來之遺物也。又如山東民家至今亦以長幅皂繒蒙纏首髻，西域人用絡絺纏繞其首[3]，及食齒人冠絳氈以冒頂鬘者[4]，其亦本於此歟？嗚呼！禮失於中而求諸野[5]，富哉言乎！

【校】

①「素」，抄本同元刊明補本；薈要本、四庫本作「數」，聲近而誤。

②「其」，抄本同元刊明補本；薈要本、四庫本作「爲」，非。

③「絺綌」，抄本同元刊明補本；薈要本、四庫本作「綌絺」，亦可通。

④「鬉」，抄本同元刊明補本；薈要本、四庫本作「鬙」，亦可通。

⑤「諸」，元刊明補本、抄本作「之」，據薈要本、四庫本改。後依此不悉出校記。

裴中立不引韓愈共事

昔裴晉公授鉞平淮①，辟韓愈爲司馬，自以度爲己知，然終不引愈共天下事。至作田横墓文，微露其憤②，時貞元十一載，公年始踰壯矣。予嘗思而不得其所以，今乃悟，此何異魏公之抑蘇軾也？大抵才盛學博之士，加以年少，未免有軒昂莫降之志，卒之臨大事，成大業，有不當如是者。乃知二公厚而惜之③，非畏而忌之也④。欲使澄治客氣，明夫大學之道，懿蓄其文德以就夫晚成之器耳⑤。嗚呼！君子愛人以德，復有重於此者乎？戊子歲冬十一月朔晨起偶書。

【校】

①「鉞」，抄本同元刊明補本；薈要本、四庫本作「越」，聲近而誤。

②「憒」，抄本同元刊明補本；薈要本、四庫本作「意」。

③「惜」，抄本同元刊明補本；薈要本、四庫本作「恤」。

④「畏」，抄本同元刊明補本；薈要本、四庫本作「長」。

⑤「夫」，抄本同元刊明補本；薈要本、四庫本脱。

賤生於無用説

萬物盈於兩間，未有一物而不爲世用者，況人乎？人之爲物，得氣之全而靈之最者也。苟自棄自暴，不爲世之所用，非惟返不及物，而賤之所由生也。彼牛溲馬勃、敗鼓之皮，物類之極賤者也，然一旦與用適宜，顧惟毫末，可以愈奇疾、應時需，即與玉札、丹砂、赤箭、青芝並芳而同貴①，貴生於有所用故也②。彼衣敝緼袍，並夫華簪盛服之士，貴賤固有間矣，其所以秉有靈彝，物備於我者則不殊也。故爲士者烏可惡其居貧處賤③，戚戚然世之不我用也？要當明德志學，思求其致用之方可也。世之所謂學者多矣，有有爲之學，有無用之學。窮經洞理，粹我言議，俾明夫大學之道者，此有用之學也；如分章摘句，泥遠古而不通今，攻治異端，昧天理而畔於道，是皆無益之學也④。士乎，士乎，於焉而不擇其有用而致力乎無用⑤，及其志與年邁，悲嘆窮廬，尤其世之不我用，亦足惑矣⑥。衍《賤生無用説》。

【校】

①「同」，抄本同元刊明補本；薈要本作「並」；四庫本作「竝」。

②「貴生於有所用故也」，抄本同元刊明補本；薈要本、四庫本作「貴在同於有用故也」。

③「烏」，抄本同元刊明補本；薈要本、四庫本作「惡」，涉下而誤。

④「是」，抄本同元刊明補本；薈要本、四庫本作「若是」，衍。

⑤「乎」，抄本同元刊明補本；薈要本、四庫本作「於」，亦可通。

⑥「足」，抄本同元刊明補本；薈要本、四庫本作「已」。

庭芝評郝奉使文

李庭芝見郝奉使文字，謂陳月觀曰：「陵川固才高學博，但出入韓文，未甚熟耳。」余嘗度之，韓文世所重者，其要非一。今李之於郝所以云云者，豈以韓豐而不踰一辭①，約而不失一字，郝之返是者極多？不然，是擇焉不精，明理未至，雜以非聖之言故也②。

【校】

①「豈」，元刊明補本、抄本作「正」，據薈要本、四庫本改。

②「之言」，抄本同元刊明補本；薈要本、四庫本作「此有」，非。

崔公厲鬼事迹

故榮禄大夫、平章政事、御史中丞、領侍儀司崔公遺言曰①：「人秉四大假合而爲生，踐履五常而爲用。有偏於學佛者②，溺於儒書者，各執其一偏，所以學者兩不得其全。雖聖人性命之學備載方册③，而學者多以尋行數墨爲務④，及其遇一事⑤，決一疑，皆不能自省。」

愚於七月上旬腦後病瘡，初不以爲意，會車駕幸大都，跋涉從行，瘡益舉發。廿三日，問醫者麻監丞，曰：「此爲腦疽，其源發自五臟。急之不可，緩之不可，當以漸治之⑥。」自是日詣麻行館求治⑦。後至白海，而瘡勢益大，形疲力瘁，心神不寧。以此自思，蓋無他，故病之所作也⑧。然所恨者居無良醫，行不能扈從。一日，近侍官伯勝等以愚病聞，奉旨留麻監丞於白海治之。拜命日，赧汗浹背，伏思平昔略無報國殊勳，致感今日聖恩如此，由是覺瘡疾頗回。然於夢寐間，每爲厲鬼所憑。

竊謂生死是苦樂，我心既定，何從不可？八月二日，從其醫針者三處，覺心舒意暢，神志帖然。然視天地之氣，月白風清，霜露溶溶，萬物各得其所，而吾之清氣，其静者混然同於表裏⑨。方就寢，而厲鬼又見於夢，且曰：「世間多少難了難行之事相惱百端⑩，向之治功皆不復見，而疼痛比前尤加。」夢中恍惚而覺，坐而思之，非厲也，以我所見不定⑪，得乘其便耳。若吾身獲安，即與天地萬物混融，同一和氣，彼厲鬼安能浼我哉？且天下之事不可不辨於早，人之生死不可不識於先，我既能悟此，白日黑夜自有定數，彼厲鬼何預⑫？

因記其夢，以俟知者詳焉。時大德二年八月五日也。

【校】

①「遺」，抄本同元刊明補本；薈要本、四庫本作「道」，形似而誤。

②「偏」，抄本同元刊明補本；薈要本、四庫本作「溺」，涉下而誤。

③「冊」，抄本同元刊明補本；薈要本、四庫本作「策」，亦可通。

④「墨」，元刊明補本、抄本作「黑」，據薈要本、四庫本改。

⑤「遇」，抄本同元刊明補本；薈要本、四庫本作「寓」，聲近而誤。

⑥「治」，抄本、薈要本同元刊明補本；四庫本作「洽」，形似而誤。

⑦「日」，抄本、四庫本同元刊明補本；薈要本作「日劇」，衍。

⑧「蓋無他，故病之所作也」，抄本同元刊明補本；薈要本、四庫本作「蓋無以知病所由作也」。

⑨「於」，抄本同元刊明補本；薈要本、四庫本作「以」，聲近而誤。

⑩「惱」，抄本、薈要本同元刊明補本；四庫本作「腦」，聲近而誤。

⑪「以」，抄本同元刊明補本；薈要本、四庫本作「於」，聲近而誤。

⑫「預」，抄本、薈要本同元刊明補本；四庫本作「豫」，亦可通。